관계의
온도

박지음 소설집

관계의
온도

박지음 소설집

아시아

차례

내 이름은 뿌레야꼬

사람들이 연두가 불을 질렀다고 했다. 다섯 살짜리 꼬마가 고시원 계단에서 종일 놀아도 신경 쓰지 않던 사람들이 연두를 지목했다. 나는 그 시간에 학교에 있었기에 고시원에 난 불이 다 꺼진 다음 집으로 돌아왔다. 불이 나기 전까지 연두가 무엇을 하고 있었는지 변명할 방법이 없었다. 엄마가 일하러 가고 내가 학교에 간 사이에 연두는 혼자였다.

나는 수업이 끝나면 집에 오기 바빴다. 급식으로 준 빵이나 우유를 연두에게 주려고 친구들이 먹지 않겠다고 남기는 것까지 챙겨서 달음박질해 돌아왔다. 우리가 사는 골목으로 들어서면 연두는 집 앞 고시원 복도나 계단에서 놀고 있었다. 우리가 사는 빌라

건물과 마주 보고 있는 고시원 사이에 골목이 있었는데, 반대쪽은 다른 건물의 뒷벽에 막혀 있었다. 골목이라고 하기보다 두 건물의 마당이라고 불러야 적당할 것 같았다. 그러나 두 건물 사람들은 골목이라고 불렀고, 연두는 그 골목을 벗어나지 않고 언제나 열려 있는 고시원 건물을 드나들며 놀았다. 골목의 바닥에는 시멘트가 발려져 있었고, 쩍쩍 갈라져 있는 사이사이로 풀이 비집고 나와 있었다. 창문을 열면 앞 건물의 내부가 보이기에 대부분 커튼을 쳐놓고 지냈다. 빌라 지하인 우리 집은 낮에도 어두웠다. 골목을 사이에 두고 건너에 있는 고시원은 5층짜리 건물이었다. 출근하는 몇몇을 제외하고는 방 안에서 머무는 사람이 대부분이었다. 술만 마시는 노인이나 백수로 보이는 대학생, 밤에 일을 나가는 화장이 짙은 누나가 내가 아는 사람들이었다. 내가 사는 빌라는 6층 건물이었다. 층마다 두 집씩 살았고 6층에는 주인집이 살았다. 그들이 모두 연두가 불을 질렀다고 말했다.

—보세요. 연두 몸에서 불 냄새가 나잖아요.

같은 빌라에 사는 여자가 연두를 가리키며 말했다. 3층에 사는 여자는 새벽마다 남편과 싸우느라 살림살이가 남아나지 않았다. 나는 여자를 득달같이 노려봤다.

—어린 게 어디 어른한테 눈을 흘겨?

여자가 퉁퉁한 몸을 앞으로 내밀며 나한테 말했다. 나는 눈에

도끼를 넣어 여자의 주둥이를 찍어버릴 것처럼 눈에 힘을 주었다. 동네 사람들이 우리를 둘러싸고 있었다.

─연두야, 너 아니지? 그렇지?

나는 연두에게 물었다. 연두는 두 눈을 깜빡일 뿐 대답 없이 멍하다가 허공을 보며 웃었다. 콧물이 줄줄 흐르는 연두의 코를 내가 소매로 닦았다. 재가 묻어 얼굴이며 옷이 검었다.

─묻는다고 연두가 대답을 하냐? 모자란 애가.

3층 여자의 말이 떨어지자 나는 여자를 보며 소리 질렀다.

─아줌마가 봤어요? 우리 연두가 불 지르는 거 두 눈으로 똑똑히 봤냐고요. 괜한 사람 의심하면 내가 아줌마 가만둘 줄 알아요?

내 기세에 3층 여자는 얼굴이 붉어져 말을 잇지 못하고 머뭇거렸다.

─그러니까, 이 아이가 불 지르는 것을 보지는 못했다는 거죠?

옆에 서 있던 경찰이 말을 받았다.

─증거도 없이 사람을 의심해요? 왜? 우리 연두가 말을 못 해서 그래요? 지금 어른이 아이한테 막 이래도 돼요? 경찰이 이래도 돼요? 내가 경찰청 홈페이지에 항의할 거예요.

내가 따지고 들자 경찰이 움찔하며 한발 물러섰다. 내 목소리에 골목이 쩌렁쩌렁 울렸다. 어디선가 음식 쓰레기 냄새가 풍겼다. 하수도 냄새가 짙어진다는 느낌에 돌아봤다. 고시원 대학생 형이 서 있었다. 경찰도 동네 사람들도 내 시선을 피해 땅에 돈은 풀이나 쌓여 있는 쓰레기 봉지를 보았다. 대학생 형만은 경찰을 노려보다가 나와 눈이 마주치자 안심하라는 듯 눈을 찡긋했다. 나는 편들어주는 사람이 한 명이라도 있다는 기분에 어깨를 폈다.

─이 아이들 부모는 어디 있나요? 얘, 부모님 어디 계시니?

경찰이 나를 달래듯 물었다.

─왜요? 우리 엄마는 왜 찾아요? 우리 연두가 아니라는데 왜 엄마는 찾느냐고요?

경찰 옆에 서 있던 다른 경찰이 그만 가자고 속삭였다. 나는 몰래 한숨을 쉬었다.

─연두가 맞다니까. 시도 때도 없이 고시원 복도랑 계단 드나드는 게 누군데?

경찰이 가려고 하자 3층 여자가 말끝을 흐리면서도 못내 아쉬운지 두런거렸다. 나는 3층 여자를 있는 힘껏 노려봤다.

─봤어요? 아줌마가 봤냐고요. 내가 우리 연두 건드리는 것들 다 죽여버릴 거야. 그게 어른이면 매일 그 집 유리창을 다 깨버릴 거야. 차 유리도 다 박살을 내버릴 거야. 우리 연두랑 나 건드리는 것들 가만 안 둘 거야.

내 목소리가 골목에 다시 울렸다. 아니라잖아요. 대학생 형이 작게 말했다. 어른들이 주춤하며 물러서는 모습이 보였다. 나는 일부러 발을 구르고 더운 숨을 코로 내쉬었다.

─열두 살밖에 안 먹은 놈이 사내애라고 무섭네. 진짜.

어른으로서 깎인 체면을 차리려는 듯 내 뒤통수를 향해 중얼거리는 소리가 들렸다. 나는 휙 돌아서서 소리 나는 곳을 노려봤다. 그때 골목으로 들어서는 엄마의 모습이 보였다.

─썸낭 왔네. 경찰 아저씨들 이 여자가 연두네 엄마여. 캄보디아 여자 썸낭이여.

엄마는 사람들 눈치를 보면서 연두와 나에게 다가왔다. 사람들의 기세가 일시에 잡초처럼 돋아나 뾰족한 시선을 보냈다. 엄마는 그들의 시선에 찔려 더 쪼그라들었다. 엄마는 슬리퍼를 끌고 와서 연두의 손을 잡았다. 엄마는 영문을 몰라 사람들을 향해 배시시 웃었다.

─말이 잘 안 통해. 동남아 사람이라. 한국에서 이때까지 살았는데 말이 서툴러.

어른들이 이 말 저 말 쏟아내기 시작했다. 불쌍한 것. 큰 애는 썸낭 자식도 아니잖아. 나를 동정하는 척하면서 내 상처를 찌르는 말이 들렸다. 나는 발바닥까지 힘을 주고 있었는데, 썸낭 자식도 아니라는 말에 힘이 빠졌다. 나는 고개를 숙였다가 들고 어른들의 얼굴을 하나하나 노려봤다.

─그나저나 썸낭, 연두가 불을 질렀어. 연두가.

엄마는 별 대꾸 없이 고개를 숙이고 있었다. 경찰은 난감한 얼굴로 서 있다가 다시 오겠다고 말하고 골목을 나섰다.

─집에 가자. 엄마.

내가 일부러 큰소리치자 사람들이 길을 열어주었다. 나는 걸으면서 대학생 형에게 고맙다는 뜻으로 고개를 숙였다. 우리는 빌라 지하로 통하는 계단을 내려왔다. 의혹과 의심에 찬 눈들이 우리에게 계속 달라붙었다. 어두운 계단 참에서 나는 뒤돌아서 그들을 노려봤다.

─우리 엄마 건드리는 것들도 내가 다 죽여버릴 거야.

집에 돌아가지 않는 그 눈들을 향해 악을 썼다.

─어린것이 드세네.

내가 선 계단 참에 던져진 말이 내 귀에 들어왔다. 나는 조금 우쭐해졌다. 내가 이겼다.

─뿌레야꼬, 뿌레야께오.

엄마가 부르자 나와 연두가 엄마를 향해 돌아누웠다. 엄마는 우리의 가운데 누워 있었다. 엄마 이름은 썸낭. 행운이라는 뜻이었다. 엄마의 손을 잡으면 행운이 내 몸에 퍼지는 것처럼 따뜻하고 행복해졌다. 엄마는 내게 온 행운이니까. 엄마는 내 손을 잡고 반대쪽 손으로는 연두를 끌어안았다. 나는 엄마가 낳은 아들이 아니지만, 엄마는 내 엄마라고 했다. 엄마는 내게 이름을 내려주었는데, 뿌레야꼬였다. 엄마는 나의 행운, 나는 엄마의 뿌레야꼬. 엄마 나이는 고작 스물세 살이었다. 엄마는 나를 가슴으로 낳았다고 했다. 엄마는 내가 힘들어할 때, 아니 엄마 자신이 힘들다고 여겨질 때 뿌레야꼬 뿌레야께오 전설을 들려주었다. 뿌레야꼬는 엄마의 나라 말로 신성한 소라는 뜻이라고 했다. 연두는 뿌레야께오인데 신성한 보석이라는 뜻이었다. 크메르인에게 평화와 번영을 준다는 두 형제 신이었다. 힌두의 신 난디와 불교의 신 부처였다.

엄마가 눅눅한 이불을 끌어 올려 우리를 덮어주었다. 아빠가 새엄마라고 어리고 말도 안 통하는 외국 여자를 데려왔을 때, 나는 미운 일곱 살답게 못된 짓을 많이 했다. 엄마의 구두에 슬라임을 잔뜩 넣어놓거나, 한국어를 못 알아듣는다고 대놓고 욕을 하거나, 널어놓은 빨래에 점토를 묻혀놓았다. 엄마는 슬라임 때문에 신지 못하게 된 구두를 보며 울상을 지었지만, 빨래를 다시 하고, 밥을 해줬다. 반찬이 입에 맞지 않아서 내가 투정을 부리자 유튜브에서 찾아보고 닭을 튀겨주었다. 동생 연두가 태어나고 얼마 후 아빠가 사고로 죽었다. 트럭을 몰던 아빠가 사고를 내고 죽는 바람에 피해자 보상금을 물어주어야 했다. 그 과정에서 사람들이 엄마를 속인 것 같았지만, 엄마는 잘 몰라서 따질 수 없었다. 우리가 가진 돈이 다 사라졌다. 나는 열 살이었고 세상을 알기 시작할 때였다. 엄마가 나를 버릴 줄 알았다. 아니, 엄마가 연두까지 버리고 집을 나가버릴 줄 알았다. 마을 사람들이 모두 그럴 것이라고 수군거리는 소리를 들었다. 마을 사람들의 말속에서 엄마는 이미 자식을 버리고 집을 나간 여자가 돼 있었다. 아빠가 늘 가던 길이 아니라 다른 길로 간 것은, 그날 썸낭이 그러라고 시켜서라고 했다. 썸낭은 그 말을 들을 때마다 고개를 숙이고 신발코를 봤다. 엄마의 이름이 썸낭이며 행운이라는 뜻이라는 것은 통하지 않을 말이었다. 그들은 말로 엄마와 우리를 괴롭히기 위해 존재하는 사람들 같았다. 그들은 항상 나빴다. 엄마는 젊고 예뻤는데, 그것조차 눈에 거슬리는 모양이었다. 엄마가 입는 옷이나 엄마의 긴 머리카락까지 모조리 말로 헤집었다. 엄마가 한 번 웃기라도 하면 남편 잃은 여자가 웃고 다닌다고 손가락질했다. 엄마는 마을 사람 그 누구의 친절도 기대할 수 없었다. 연두와 나는 엄마를 불쌍하게 여기기 위한 혹처럼 여겨졌다. 엄마가 사고를 낸 것도 아니었는데 남편 잡아먹은 여자라는 말을 들었다. 엄마는 그 마을에 머물 수 없었다.

엄마는 내 손을 잡고 연두를 업고 이 골목으로 들어왔다. 나는 미운 일곱 살에 한 짓이 떠올라 엄마에게 미안해서 울었다. 연두가 말을 못 하고 남다르다는 것을 알게 된 날, 내가 두 사람을 지키기로 마음먹었다. 엄마를 건드리려는 동네 아저씨를 내가 들이받은 날, 엄마는 나한테 뿌레야꼬라는 이름을 주었다. 아빠가, 뿌레야꼬였어. 이젠 연준이 네가 뿌레야꼬야. 엄마는 천천히 뿌레야꼬, 뿌레야께오의 전설을 말해주었다.

옛날에 부부가 살았는데, 아내가 꿈을 꾸었어.

다이아몬드 반지를 끼는 꿈. 점쟁이가 남편에게 축복받은 아이가 태어날 것이라고 했어.

초록색 망고를 먹지 말라는 이상한 경고를 하면서. 초록색 망고는 아주 맛있거든. 아내는 배가 많이 나왔을 때 초록색 망고가 먹고 싶었어. 남편에게 부탁했지만 들어주지 않았지. 아내는 망고나무에 올라갔다가 썩은 가지를 밟고 떨어져서 죽었어.

엄마는 이부분에서 울먹였다. '죽었어'라고 다시 말하며, 내 어깨를 다독였다. 그리고 다시 이야기를 시작했다.

아내의 배 속에서 송아지와 아기가 나왔어. 송아지는 뿌레야꼬, 아기는 뿌레야께오였단다.

엄마가 말을 못 하는 게 아니었다. 서툴게 작게 하는 것이었다. 나는 신성한 보석인 연두도 천천히 오는 것이라고 생각했다. 우주 어딘가에 말을 잘하고 영리한 연두가 있는데, 지금 오고 있다고. 다른 아이들보다 천천히 와서 오래 빛나는 보석으로 우리 곁에 머물려고 지금 이러는 것이라고. 그러니 그 시간 동안 내가 연두를 지켜야 한다고.

엄마의 그다음 이야기가 재미있었지만, 나는 졸음이 쏟아졌다. 눈에 힘을 주고 눈을 부릅뜨고 엄마와 연두를 지키는 일은 고단했다. 내일도 나는 황소처럼 사람들과 싸워야 했다. 눈이 감겼다.

―회사에서 고마운 분이 엄마를 많이 챙겨줘. 힘이 나.

엄마가 이불을 덮어주고 다독이며 혼잣말처럼 말했다. 불 냄새가 엄마의 손끝에 묻어 있다가 내 코로 들어왔다. 집 앞 고시원이 타던 냄새였는지 진짜 연두에게서 나는 냄새였는지 알 수 없었다. 나는 내일 해가야 하는 숙제를 못 한 것이 잠결에 떠올라 걱정하면서 잠이 들었다.

다음날 눈을 떴을 때 엄마는 일하러 가고 없었다. 연두와 내가 먹을 아침이 밥상에 차려져 있었다. 계란프라이와 김치와 김과 밥이었다. 국은 된장국이었는데, 엄마가 끓인 국에는 고수가 들어가 있었다. 연두와 나는 국을 좋아하지 않았다. 연두를 깨워서 밥상에 앉혔다. 음식 쓰레기 냄새가 코를 찔러서 싱크대를 보다가 고개를 돌렸다. 지하 방이라 밖으로 난 창이 작게 있었는데, 그곳에 음식 쓰레기가 버려져 있었다. 쓰레기 봉지가 새고 있어서 방충망으로 구정물이 흘러들어왔다. 나는 코를 막고 있다가 밖으로 나갔다. 음식물 쓰레기통은 골목 입구에 있었다. 그동안 음식물 쓰레기를 우리 집에 버린 사람은 없었다. 나는 어제 연두를 드잡이하던 3층 여자가 떠올랐다. 어떻게 복수를 해주지? 나는 음식 쓰레기 봉지를 들고 계단을 올라갔다. 3층 여자의 집 앞에 물이 줄줄 흐르는 봉지를 던져두고 내려왔다. 우리집 방충망 근처 음식 쓰레기 물이 흐른 자리는 페트병에 물을 담아와서 뿌렸다. 음식 쓰레기 냄새는 가시지 않았지만, 학교에 갈 시간이 되어서 지체할 수 없었다. 불이 났던 고시원을 올려다봤다. 큰불은 아니었다고 했다. 복도에서 시작된 불을 소화기로 껐고 소방차가 출동했지만, 곧 돌아갔다고 했다. 고시원 부엌이나 고시원 방에서 난 불이 아니라 연두를 의심하는 것이었다. 나는 연두가 걱정이었다. 방으로 돌아오자 연두는 밥을 먹지 않고 뒹굴고 있었다. 나는 컵라면에 물을 부어서 연두 앞에 놔주었다. 연두가 좋아하는 것이었다. 텔레비전을 틀어 교육 방송 채널로 돌렸다. 연두가 좋아하는 캐릭터가 나와서 노래하고 춤을 추고 있었다.

　─연두야, 오늘은 밖에 나가지 말고 방에서 놀아.

　연두는 대답은 하지 않고 텔레비전에 코를 박고 있었다. 연두가 갑자기 자리에서 일어나더니 옷을 다 벗었다. 연두는 텔레비전 앞에서 다리를 벌리고 앉았다. 여자아이의 오줌 누는 곳을 보자 나는 얼굴이 붉어졌다. 엄마와 나는 연두를 남자아이처럼 키웠다. 머리를 짧게 자르고 남자아이 옷을 입혔다. 엄마는 연두가 여자아이인 것이 알려지면 위험할지 모른다고 했다. 엄마는 연두를 더러운 남자아이처럼 보이게 해서 남들이 만지지 않길 바랐다. 나는 그 말이 무슨 뜻인 줄 몰랐는데, 연두가 옷을 벗고 있자 알 것 같았다. 학교에서 짝이랑 몰래 보던 야동도 떠올랐다. 화장실에서 야동을 보느라 점심시간은 늘 짧았다. 나는 눈을 질끈 감고 말했다.

─연두야, 빨리 옷 입어. 이러면 못 쓰는 거야. 혼내줄 거야.

연두의 속옷을 입히는데 팬티에 동그란 핏자국이 보였다.

─연두야, 어디 아파? 배 아파?

연두의 옷을 올려주면서 물었다. 연두는 대답하지 않았다. 연두가 나를 보고 웃었는데, 웃는 얼굴이 이상했다. 누구한테 물어봐야 할까. 나는 급한 마음에 시계를 봤다. 뛰어가지 않으면 학교에 늦을 것 같았다. 가방을 메고 급하게 뛰어나오는데 3층 여자가 나를 불러 세웠다.

─이 음식 쓰레기 봉지, 네가 갖다 놨지? 바른대로 말해.

3층 여자가 음식 쓰레기 봉지를 내 눈앞에서 흔들었다. 나는 눈에 쌍심지를 켜고 여자를 노려봤다.

─아닌데요. 저는 모르는 일이에요. 음식 쓰레기는 저기다 버려야지, 안 그래요. 아줌마?

내가 손짓으로 음식 쓰레기통을 가리키자 3층 여자가 막말을 시작했다.

─내가 모를 줄 알아? 내가 이 봉지를 저기 창문에서 봤다고. 아침에. 연두는 불이나 싸지르고 다니고, 너는 이런 짓까지 하고. 내가 이 골목에서 너희들 다 쫓아내버릴 줄 알아.

─아줌마, 그 음식물 쓰레기를 우리 창문에서 봤다고요? 아줌마가 혹시 갖다놓으셨어요?

내가 대거리를 하자 여자가 말을 멈칫했다.

─연두가 불 안 질렀다고요. 내가 몇 번을 말해요? 저 학교 가야 하는데, 어른이 학교도 못 가게 하면 돼요?

─연두는? 연두는 왜 어린이집도 안 보내는데? 아동을 방치하는 것도 범죄인 거 아니, 모르니? 애가 저 모양이면, 어디 정신병원 같은 데 가서 치료를 받던가. 저대로 두면 우리가 불안해서 어떻게 살아? 언제 또 불을 지를지 알아서?

나는 입을 꾹 다물었다. 내가 입을 다물자 3층 여자는 연두에 대해서 꼬투리를 잡았다고 생각했는지 계속 이 말 저 말을 했다.

─어린이집이 아니면 복지관이든 어디든 연두가 갈 수 있는 곳을 알아봐야지. 내가 불안해서 살 수가 없어. 가끔 우리집 앞에

도 떡하니 서 있더라니까.

—애 학교에 늦겠어요. 그만하고 보내주지 그래요?

고시원에서 대학생이 나와서 말했다. 할아버지도 따라 나왔다. 그들은 담배를 들고 엉거주춤 서서 3층 여자를 한심하게 바라봤다. 그 두 사람이 내 편에 서자 3층 여자가 말을 멈추었다.

—아줌마, 아줌마가 음식 쓰레기봉투 거기 놓는 거, 내가 다 봤거든요. 치사하게 어린애한테 무슨 짓이에요? 아침부터 존나 시끄러워서 잠도 다 깼네. 어서 학교 가. 늦었다.

대학생 형이 내게 말했다. 대학생 형은 나와 게임에서 가끔 만났다. 우리는 전우애가 있다고 대학생 형이 말하곤 했다. 나는 연두가 고시원 복도에서 노는 것이 대학생 형이 봐줘서 노는 것이구나, 짐작되었다. 대학생 형이 다가오더니 내 손에 기프트 카드 한 장을 쥐여주었다. 게임 머니 충전하라는 뜻으로 눈을 찡긋했다. 나는 좋아서 헤벌쭉 웃었다. 다음에 겜에서 붙자. 대학생 형이 말했다. 나는 고개를 끄덕이고 학교를 향해 뛰었다. 연두가 태어나고 아빠가 출생 신고를 머뭇거렸다고 했다. 엄마가 말해주었다. 아빠가 출생 신고를 미룬 것은 늘 트럭을 몰고 다른 지역에 있어서였다.

점심시간에 급식을 먹고 복도에 있었다. 짝꿍이 화장실로 나를 불렀다. 점심시간에는 휴대폰을 할 수 있었다. 내 폰은 낡았고 와이파이가 되는 곳에서만 가능했다. 집에는 와이파이가 없어서 윗집 와이파이를 몰래 연결해서 썼다. 학교는 와이파이를 막아두기 때문에 내 폰은 깡통이나 다름없었다. 짝꿍은 데이터 무제한이었다. 나는 두근거리며 점심시간을 기다렸다.

— 내가 죽이는 사이트 찾아냈거든. 야동의 신세계가 열리는 거야. 한번 볼래? 별것이 다 있어. 여자들이 개랑도 해. 진짜 어린 애들도 있어. 이게 짤로 떴다가 사라져. 어젯밤에 몰래 이거 보느라 밤밤 새웠잖아. 개꿀이야. 완전, 개꿀.

짝꿍이 개랑도 해, 라고 말하자 내 머릿속에 불이 켜졌다. 눈앞에 개랑 여자가 하는 모양이 그려졌다. 개가 고추가 큰가. 개가 도대체 왜, 아니 여자가 도대체 왜 개랑. 그럼 여자는 개를 낳는 건가. 손이 떨렸다. 엄마가 해준 이야기 중에 뿌레야꼬는 소였다. 여자가 어떻게 소를 낳지? 엄마의 말처럼 전설인 줄 알았는데, 소랑 하면 소를 낳지 않을까. 나는 마늘을 먹고 곰이 사람이 되었다는 설화를 듣듯 들었던 엄마의 이야기도 야하게 들렸다. 속이 느글거려 급식 먹은 걸 토할 것 같았다. 짝과 나는 화장실 빈칸으로 들어가 휴대폰을 들여다봤다. 대박, 그사이에 엄청나게 올라왔어. 나는 화면을 보다가 눈앞에서 와장창 유리가 깨지는 것처럼 놀랐다. 화면 안에 벌거벗은 아이가 있었다. 나는 짝에게서 휴대폰을 빼앗았다. 아이가 있는 곳은 작은 방 안이었고, 아이는 벌거벗은 채 다리를 벌리고 있었다. 화면 밖의 남자가 아이에게 아이스크림을 주면서 못된 짓을 시켰다. 아이는 짐승 같은 짓을 하면서, 개가 되고 있었다. 아이는 연두였다.

—아, 존나 씨발 새끼들.

—너 왜 그래?

그 동영상을 다시 보려고 누르자 사라지고 없었다. 이거 다시 보려면 어떻게 찾아? 나는 짝에게 물으며 이것저것 눌렀다. 나도 모르게 눈에는 눈물이 흘렀다. 한번 본 영상은 사라졌다가 다시 뜨기도 해. 다른 이름으로 다시 떠. 지워지지는 않아. 근데, 네가 아는 사람이야? 나는 화장실 문을 박차고 나왔다. 짝이 내 옷자락을 잡고 말했다.

—이번 건 존나 셌냐?

—이런 좆같은. 너도 좀 찍어서 올려줘?

화장실을 나서는데 짝이 비아냥거렸다. 존나 유교적이다. 같이 봐놓고. 나는 화장실로 돌아가서 짝이 들어가 있는 화장실 문을 발로 찼다. 너 그거 또 보면 죽여버릴 줄 알아. 나는 교실로 가서 가방을 들고 학교를 나왔다. 몸이 부들부들 떨렸다. 구역질이 나와서 집을 향해 뛰다가 구토를 했다. 연두를 혼자 두는 게 아니었다. 엄마는 휴대폰 부품을 닦는 공장에 다녔다. 독한 화학 약품으로 닦는데 눈이 아프다고 했다. 밤이면 눈이 아파서 눈을 감고 뿌레야꼬 뿌레야께오 전설을 이야기했다. 나는 그 공장에서 시력을 잃었다고 말하는 사람의 기사를 인터넷에서 읽은 기억이 났다. 엄마가 걱정되었지만, 엄마가 일할 수 있는 곳은 많지 않았다. 그 공장 전에 다녔던 식당에서는 매일 엄마의 몸을 만지려는 남자들 때문에 진저리를 쳤다. 엄마에게 연두의 일을 말할 수는 없었다. 그렇다면 경찰에 알려야 할까? 경찰이 내 말을 들어주기나 할까. 그 동영상을 다운받아 놨어야 했나. 그 더러운 동영상을. 그 사이트를 다시 들어가자니 성인 인증이 필요할 것 같았다. 나는 방법을 몰라 애가 탔다. 동영상이 또 업로드되기 전에, 아니 연두가 또 영상 촬영을 당하기 전에 내가 연두를 지켜야 했다. 내가 급식에서 남은 빵을 가져가도 연두가 잘 먹지 않았던 것이 이해되었다. 연두는 집에서 밥도 잘 안 먹었다. 누군가 연두에게 단 것을 잔뜩 주면서 나쁜 짓을 시켰던 것이다. 나는 화면 안을 다시 떠올리려고 애를 썼다. 좁은 공간이었다. 고시원. 아침에 담배를 피우러 나왔던 할아버지일까. 대학생 형은 절대 아닐 것이다. 나한테 그렇게 잘해줬는데. 그나저나 누구든 잡히면 그 자리에서 죽여버리고 말겠다고 결심했다. 도대체 누굴까. 연두가 불을 지른 것도 이유가 있어서일지 모른다. 그럼, 연두가 정말 불을 질렀을까. 불을 지른 것이 나쁠까, 어린아이에게 나쁜 짓을 시키면서 동영상을 찍은 것이 더 나쁠까. 내 옆에 있는 연두가 아무것도 모르는 것 같아도, 우주에서 천천히 오고 있는 연두가 신호를 보냈을 것이다. 연두야, 그건 나쁜 짓이야.

　골목에 들어서자 쓰레기 냄새가 훅 끼쳐왔다. 그곳에서 생긴 초파리가 날아와 땀이 흥건한 내 몸에 달라붙었다. 다 죽여버리겠다는 기세로 달려왔는데, 열기에 익은 몸에서 피가 톡톡 튀어 올랐다. 습한 기운에 숨이 막혔다. 연두에게 가는 길이 용광로처럼 뜨거웠다. 나는 땀을 비 오듯이 흘리며 눈물도 같이 흘러나오는 것을 느꼈다. 누구를 붙잡고 화를 내야 할지 몰라서 답답했다. 나는 왜 어릴까. 어린데 연두랑 엄마를 지켜야 할까. 열두 살로 사는 게 나만 힘든가. 고시원으로 쫓아가 문을 부수고 방 안을 들여다보려고 했는데. 열기 속에서 뇌가 익는 것 같았고, 몸속의 피가 끓어올라 내가 타고 있는 것 같았다. 한 걸음 옮길 때마다 내가 디딘 자리에 흥건하게 땀이 쏟아졌다. 이마에서 흐르는 땀이 시야를 가렸다. 골목 안, 우리집 앞에 어제의 그 경찰들이 와 있었다. 나는 풀썩 주저앉아버렸다.

　─탈수증상이야. 물을 더 마시렴.
　눈을 뜨자 익숙한 어두움이 보였다. 낮에도 불을 켜놔야 하는

지하방의 어두움이었다. 경찰들은 땀을 비 오듯 흘리면서 인상을 찌푸리고 앉아 있었다. 연두. 나는 눈을 굴려서 연두를 찾았다. 작은 손이 불쑥 눈앞에 나타났다. 연두의 손이었다. 연두는 내 이마를 만져보며 아파, 아파, 하고 말했다. 나는 안도의 한숨을 쉬었다. 연두의 손이 차고 물기가 묻어 있다고 생각했는데, 연두가 손에 쭈쭈바를 들고 있었다. 연두가 쭈쭈바를 내 입에 집어넣었다. 나는 그 동영상이 생각나서 쭈쭈바를 입에서 뺐다. 또? 또 그 영상을 찍은 거야? 나 없는 사이에? 나는 벌떡 일어나 앉았다. 뒤통수를 얻어맞은 것처럼 뒷골이 당겼다.

　—연두야, 너 이거 어디서 났어?

　—날이 더워서 우리가 사 왔어. 냉동실에 넣어 놨으니까 먹어라.

　경찰이 말했다. 나는 다시 자리에 누웠다. 찌는 듯 더운 날이었는데 몸은 추워서 이불을 덮었다.

　—땀을 많이 흘려서 그런다. 그나저나 3층 여자가 계속 방화범 잡아달라고 민원을 넣어 우리가 또 왔어. 날도 더워 죽겠는데, 우리도 미치겠다 진짜.

　나는 다시 벌떡 일어나 앉았다. 연두가 놀라서 쭈쭈바를 떨어뜨렸다. 연두는 큰 소리만 나면 눈치를 살폈다. 내일부터는 학교에 가지 않고 연두를 지켜야겠다.

—그 아줌마가 아침에는 음식 쓰레기를 우리 창문 앞에다 버려놨어요. 이런 건 신고 안 돼요? 우리 연두는 아니라고 했잖아요. 왜 자꾸 연두만 의심해요. 연두가 말도 못 하고 어려서 그런 거예요? 아저씨들 경찰이잖아요. 억울한 사람 말을 들어야지. 왜 우리 괴롭히는 그 아줌마 말만 들어요?

어제부터 오늘까지 겪은 일들이 눈앞에 지나갔다. 나는 울음을 터트렸다. 이러지도 저러지도 못하고, 누구한테 물어볼 사람도 없어서 가슴이 답답해서 미칠 것 같았다. 혹시 경찰이 연두를 데려가버리면 엄마와 나는 어쩌나 싶어서, 그게 더 무서워서 울었다. 한참 울고 나자 경찰이 생수를 내밀었다. 탈수증세가 심해서 울고 나면 기운이 빠질 거라고. 옆에 있는 경찰은 냉장고에서 아이스크림을 꺼내 껍질을 까서 입에 넣었다. 경찰은 아이스크림을 먹으면서, 아침에 먹고 물려놓은 밥상과 비키니 옷장과 플라스틱 서랍, 벽에 붙여 놓은 내 상장들을 둘러봤다. 엄마와 나와 연두가 아빠와 찍은 사진이 액자에 있었다. 경찰은 엄마가 왜 전화를 받지 않느냐고 물었다. 일하는 시간에 전화를 받다가 직원 한 명이 잘렸대요. 퇴근 시간까지 핸드폰을 볼 수 없다고 했어요. 내가 대답하자 경찰은 고개를 끄덕였다. 경찰은 엄마가 일한다는 회사 이름을 물었다.

—알았어. 혹시 무슨 일 있으면 아저씨한테 전화하렴. 여기 번

호 있다. 이건 용돈이야. 라면이라도 사다놓고 먹어. 잘 먹어야 동생 지키지. 연두는 복지사가 와서 서류처리를 도와줄 거다. 연두도 어린이집도 다니고, 학교도 가야 할 것 아니니.

경찰이 만 원짜리 한 장과 명함을 내 옆에 놓았다. 경찰들이 나가자 밖에서 기다리던 3층 여자가 경찰들을 붙잡고 말했다. 왜 신고하는데 자꾸 무시해요? 연두가 불을 지른 게 맞다니까요. 내가 겁이 나서 잠을 못 자요. 여자의 목소리가 골목을 쟁쟁 울리고 내가 누워 있는 지하방에까지 들어왔다. 나는 경찰이 놓고 간 명함을 내려다봤다.

어느 날 멋진 청년이 된 뿌레야꼬오는 연못가에서 물놀이를 하던 크메르왕국의 막내 공주와 사랑에 빠졌어. 사랑이 허락되지 않던 시대였지. 공주에 대한 나쁜 소문이 퍼졌어. 왕은 화가 나서 공주를 죽이고 말았어. 하늘에서 지켜보던 인드라신은 잘려 나간 공주의 목을 다시 붙여서 목숨을 되살리고, 계시를 통해 그녀를 뿌레야꼬의 거처로 데려다줬어. 뿌레야꼬는 사랑하는 동생과 공주를 위해 자신의 배를 열어서 막대한 재물을 풀었어. 그 재물로 성대한 궁전을 지어서 두 사람을 결혼시켜줬대.

―소가 배를 열면 죽잖아.

엄마는 내 말에 대답하지 않고 이야기를 계속했다.

크메르왕은 시암왕이 영토를 빼앗으려는 야욕으로 닭싸움을 제안해서 골치가 아팠어. 이때 죽은 줄 알았던 공주가 뿌레야꼬오와 함께 왕궁으로 돌아왔어. 뿌레야꼬가 장닭으로 변신해서 닭싸움을 이길 수 있었어. 코끼리를 등판하는 싸움에서도 뿌레야꼬가 코끼리가 되어 시암왕의 야욕을 막아냈어. 시암왕은 싸움에 계속 지는 이유에 대해서 의혹을 품었어. 마지막으로 제안한 소싸움에서 물소 모형의 병기를 투입했어. 병기는 살아있는 동물의 힘을 능가했기 때문에 아무리 뿌레야꼬라고 해도 이길 수 없다고 판단했던 거야.

엄마는 눈앞이 흐릿해지고 있다고 했다. 귀도 어두워진 건지 모른다. 엄마는 엄마의 나라가 그리울 때면, 시엠립과 프놈펜을 연결하는 황토색 메콩강과 물속에서 자라는 나무들이 보고 싶다고 했다. 물속에서 나무도 자라고 사람들이 코끼리도 타고 다니는 나라이니까, 소가 장닭으로도 변신하고, 코끼리가 되기도 하겠지. 엄마는 회사로 경찰이 찾아왔었다고 말했다. 그러나 엄마가 말을 못 알아듣는 척해서 돌아갔다고 했다.

— 엄마… 연두가 말이야…….

엄마는 응? 이라고 묻고 나를 향해 돌아누웠다. 엄마가 눈이 아프다고 하니까 회사 직원이 안약을 선물해줬어. 엄마가 눈에 안약을 넣고 눈을 감았다. 내가 장닭으로 변해서 싸워볼게. 코끼리가 돼 볼까. 나는 마음속으로 다짐하고 엄마에게 말했다. 아니야. 연두가 말을 했어. 나한테. 아파? 하고 물어봤어. 내 말에 엄마는 정말? 우리 연두가 이제 크는구나, 라고 대답하고 눈을 감았다.

경찰이 골목으로 출동했다. 경찰은 대학생의 고시원 방을 압수 수색했다. 경찰은 긴급체포 영장으로 대학생을 체포했다. 불법 사이트를 수색한 결과 대학생의 아이피가 잡혔다고 했다. 나는 믿을 수가 없었다. 나한테 친절하던 유일한 사람이었는데. 그동안 대학생한테 받은 기프트 카드를 손으로 찢고 발로 밟았다. 개새끼. 씹새끼. 가서 뒤져버려. 나는 대학생의 뒤통수를 향해 침을 뱉었다. 고시원의 방들은 모두 문이 열려 있었다. 나는 연두의 손을 잡고 우리집 앞에서 대학생이 잡혀가는 모습을 지켜봤다. 3층 여자는 놀라지 않는 표정이었다. 다른 층 사람들도 같은 얼굴이었다. 그제야 나는 3층 여자가 연두를 이 골목에서 쫓아내려던 진짜 이유를 알 수 있었다.

그들은 다 알고 있었다.

나는 골목에 고개를 들이밀고 있는 사람들을 한 명씩 보았다. 그들은 마스크로 얼굴을 가리고 있었다. 내가 경찰이 준 번호로 전화해서 말하자, 경찰은 먼저 내 짝의 휴대전화기부터 압수했다. 내 짝은 경찰에 불려가 조사를 받으면서 말했다고 한다. 그 새끼도 같이 봤다고요. 그 새끼도 잡아 와요. 내 짝은 열두 살이고 미성년자라 감옥에 가지는 않는다고 했다.

경찰은 고시원에서 가져간 컴퓨터 하드 디스크에서 다른 것을 찾았다. 대학생이 몰래 설치해둔 폐쇄회로에 연두가 불을 지르는 모습이 찍혀 있었다. 연두는 경찰서에 가서 조사를 받아야 했다. 미성년자라 구속되지는 않지만 엄마와 같이 조사는 받아야 한다고 했다.

이틀 후 대학생이 풀려났다. 경찰은 증거가 없어서 혐의를 입증할 수 없다고 했다. 이렇게 빨리 돌아올 거면 경찰은 왜 신고 같은 걸 하라고 했는지, 나와 엄마는 잠을 잘 수 없었다. 골목 사람들이 모두 우리를 노려보고 있는 기분이었다. 3층 여자는 더러운 일에 엮여서 집값 떨어진다고 싫어했고, 집주인은 불을 지른 아이와 같이 살 수 없다고 집을 빼라고 했다. 물론, 고시원에 있던 사람들 대부분은 나갔지만 대학생은 꼿꼿이 버티며 나와 엄마와 연두를 노렸다. 걸리면 가만두지 않을 거라고 벼르고 있었다. 골목의 쓰레기 봉지가 우리집 창문을 다 막았다. 우리는 이 골목의 쓰레기라고 했다. 대학생은 우리집 유리창을 깼다. 경찰이 왔지만 주의만 주고 돌아갔다. 우리집 문에는 방화범이라는 붉은 글자가 적혀 있었다. 꺼져. 이 골목에서. 골목의 사람들은 우리가 떠나기를 바랐다. 대학생이 아니라. 우리가. 연두가.

곧 사회 복지사가 찾아온다고 했다. 연두에 관한 서류를 만들기 위해서였다. 나는 그들이 연두를 데려가버릴까 봐 겁이 났다. 나는 연두를 어떻게 지켜야 할까.

—왜 우리만 걸려요? 연두한테 나쁜 짓을 한 사람은 내버려두고요. 연두가 개보다 못 해요? 개를 때려도 감옥에 간다고 들었어요.

내가 경찰에게 전화해서 따지자 경찰은 말했다.

—법이 그래. 법이. 즉시 구속은 흔하지 않아. 대부분 조사받고 나오게 돼 있어. 살인을 해도 심신미약 핑계를 대면 집행유예가 많아. 6개월 징역형 2년 집행유예면 그냥 풀려나는 거야. 2년 동안 같은 범죄를 저지르지 않으면 형을 안 사는 거야. 사람들이 착각하는 게 신고하면 가해자를 감옥에 가둬두는 줄 알아. 혐의를 입증하지 못하면 구속영장이 안 나와. 그냥 풀어주게 돼 있거든. 가정폭력이랑 데이트 폭력에서 여자들이 죽어 나가는 이유지. 좆같은 법이야. 미안하다. 진짜 위험한 상황에서는 나한테 전화를 해.

병기에 진 뿌레야꼬는 동생 부부에게 자신의 꼬리를 잡게 해서 하늘을 날아 도망쳤어. 그때 남편의 손을 놓친 공주는 지상으로 추락해 석상으로 변했단다. 시암왕은 뿌레야꼬의 정체와 신묘한 능력을 알아차리고는 형제를 차지하기 위해 추격을 멈추지 않았단다. 한 번은 롱와엑 지역의 울창한 대나무숲에 숨었는데 시암왕이 그곳에 은화를 잔뜩 뿌리자 마을 사람들이 돈을 줍고자 대나무를 다 잘라버렸어. 형제가 발견돼버렸지. 물소로 변신해서 숨었는데도 시암의 군대는 찾아냈어. 결국은 시암 왕국으로 끌려가서 벽이 7겹이나 두터운 궁전에 지금까지 갇혀 있단다.

기차를 타러 가면서 엄마가 뿌레야꼬의 운명을 이야기해주었다. 내가 연두의 일을 경찰에게 알리지 않았으면, 우리는 그 골목에서 견디며 살 수 있었을까. 경찰은 연두의 일을 신고한 나보고 처음에는 영리한 아이라고 했다. 그러나 시간이 지나면서 전화를 받지 않았다. 도움을 주지 않고 손을 놓았다. 나는 어른들한테 화를 내던 일도 멈추었다.

엄마는 내 손을 잡고 다른 손으로 연두를 안고 있었다. 엄마는 남쪽으로 가면 밭이나 바다에서 일할 외국인이 부족하다고 했다. 같이 일하던 분이 몸이 안 좋아져서 고향으로 돌아간대. 그분의 고향이 남쪽이야. 그 고마운 분이 나보고 같이 가자고 했어. 살 집도 걱정하지 말라고 했어. 엄마가 희망에 부풀어 말했다. 엄마는 연두와 내가 7겹의 두터운 궁전에 갇힐 수 있으니 도망가자고 했다. 돈을 조금 더 모으면 뿌레야꼬와 뿌레야께오의 나라 캄보디아로 가서 살 수 있다고. 한국에서 번 돈을 가져가서 집도 사고 차도 사고 가게도 차려서 살자고. 한국어가 서툰 연두가 크메르인의 나라에 가면 크메르인의 말을 할 수 있을 거라고. 나는 보트를 타고 메콩강의 습지를 다니는 나, 뿌레야꼬를 상상했다. 정글에서는 코끼리도 타겠지. 엄마가 들려주는 전설 속 나라는 천국 같았다.

─그 새끼들도 똑같이 야동 찍어서 올려줄 거야.

그 순간 엄마가 내 손을 뿌리쳤다. 연준아, 연두 동영상 찍은 적 있니? 너도 짝이랑 같이 봤다고 했잖아. 엄마가 몸을 떨며 말했다. 나는 고개를 저었다. 그리고 엄마의 눈을 보았다. 나를 볼 때마다 엄마 눈에 켜지던 환한 불이 꺼지고 깜깜하고 차가웠다. 세상 사람들이 우리를 볼 때 보던 그 눈이었다. 나는 엄마의 눈을 향해 손을 뻗었다. 엄마는 내 손을 피하며 말했다. 눈이 더 안 보여. 연두가 자라는 모습을 볼 수 없을까 봐 겁이 나. 눈이 나빠져서 힘든 일을 계속할 수 없을지도 모르겠어. 도와주는 사람이 생겨서 다행이야. 엄마는 기차역에 도착할 때까지 말을 하지 않았다. 기차역 광장에서 엄마는 나를 의자에 앉혔다.

─잠깐만, 표를 끊어 올게. 연두는 데리고 가서 화장실 좀 들르고.

나는 내 옷이 든 가방을 받아 들었다. 엄마가 기차역 안으로 들어가려고 돌아섰다. 엄마의 뒷모습이 돌을 짊어진 사람처럼 무거워 보였다. 엄마가 돌아서서 말했다.

— 연두가 너처럼 남자아이였으면 좋았을 텐데. 뿌레야꼬, 너는 잘 살 수 있을 거야. 그렇지?

나는 불길한 예감에 엄마를 찌르듯 물었다

— 아빠가 엄마 때문에 죽어서 나를 여기까지 데리고 다닌 거야?

엄마가 낯선 눈빛으로 나를 쳐다보았다

— 너도 남들처럼 그렇게 생각하고 있었구나.

엄마는 짐 가방을 들고 역으로 서둘러 들어갔다. 엄마의 뒷모습이 좀 전보다 가벼워 보였다. 연두는 엄마의 손에 붙들려 가면서 나를 한 번씩 돌아봤다. 나는 폐쇄회로 화면에 있던 연두의 모습을 떠올렸다. 연두는 라이터로 종이에 불을 붙여 하나씩 던졌다. 고시원 복도에. 연두를 가둬두고 촬영했던 그 방 앞에서는 종이를 뭉쳐서 여러 장 던졌다. 불은 잘 붙지 않았고 활활 타오르지 않았다. 연두는 불을 지르는 것으로 말하고 있었다.

여기서 무슨 일이 벌어지고 있는지 너는 아냐고, 나는 아프다고.

엄마와 연두가 기차역에 들어간 지 한참 지났다. 아침이 밝아오고 출근하는 사람들의 분주한 걸음이 역 광장을 채우기 시작했다. 나는 기차역 안으로 들어가서 남쪽으로 가는 기차표를 끊는 곳으로 갔다. 엄마와 연두가 없었다. 나는 주머니에서 휴대폰을 꺼내 엄마한테 전화를 걸었다. 꺼져 있다고 음성으로 넘어갔다. 기차역 안에 가득 찬 사람들이 한 겹, 떠나버린 엄마가 두 겹, 불을 지른 연두가 세 겹, 경찰이 네 겹, 백수 대학생이 다섯 겹, 3층 여자가 여섯 겹, 죽은 아빠가 일곱 겹의 벽으로 나를 감쌌다. 세상 사람들이 나를 가두는 감옥이었다. 나는 뿌레야꼬, 내 배를 열고 엄마와 연두를 지켰는데. 세상 사람들을 들이받으며 싸웠는데. 크메르인이 되어 엄마와 연두를 지켜주고 싶었는데. 나는 결코 그 나라 사람이 될 수 없었다. 나는 썸낭이 나를 버렸다는 것을, 어쩌면 썸낭이 나를 다시 이 나라에 돌려주기 위해 버려주었을지 모른다는 사실을 받아들여야 했다. 연두가 말을 하지 않고 불을 질렀던 마음이 이제야 이해가 되었다. 연두가 말을 한다고 해서 세상 사람들이 들어주지 않는 것을, 연두는 알고 있었던 것이다. 그 어린아이가.

그 골목에서 연기가 솟아올랐다. 고시원과 3층 여자의 집에서 검은 연기가 났다. 나는 갈 곳을 잃고 터덜터덜 걷기 시작했다. 불이 번지면서 연기가 코끝을 스쳤다. 나는 손등으로 콧등을 문질렀다. 내 손에서 불 냄새가 났다. 언젠가 연두의 몸에서 나던 냄새였다. 나는 하늘 위를 올려다보았다. 우주에서 오고 있는 상처 받지 않은 연두를 기다려야겠다고 마음먹으면서. 썸낭의 나라에 있다는 흰 소, 뿌레야꼬가 되어 더운 숨을 코로 내쉬었다.

기요틴의 노래

감옥 문을 열고 들어가자 족쇄를 찬 사내들이 보인다. 침상 바닥에 고정된 족쇄는 열 명의 사내들을 한꺼번에 묶을 수 있게 한 줄로 설치돼 있다. 사내들은 한쪽 발은 쇠에 결박되어 있고 다른 발은 무릎을 접은 채로 앉아 있다. 밀랍으로 주조된 눈동자가 우연인 듯 정은을 향해 있다. 건드리면 비명을 지를 것 같은 상처투성이 육체는 정교한 인물 모형이다.

관람객은 사내들의 결박된 다리를 보고 휠체어에 얹어진 정은의 다리를 본다. 관람객의 시선에 묶인 정은은 때아닌 한기를 느낀다. 곁눈질은 '괴물의 입'이라고 불렸다는 호아로 수용소의 둥근 아치를 통과할 때부터 야물게 따라붙었다. 잡혀

들어가면 고문 끝에 죽어야 나올 수 있어서 베트남 사람들에게 그렇게 불렸다고. 일행을 인솔하는 가이드가 하는 말을 정은은 주워듣는다. 호아로 수용소를 채우고 있는 사람들은 대부분 한국인 관광객이다. 그들은 정은을 전시된 독립운동가 모형보다 기이하게 바라본다. 아픈 여자가 왜 여기까지 왔을까. 자기들끼리 수군거리는 소리도 등 뒤에서 들린다. 요즘 다들 살 만해졌어. 정은은 온몸의 신경이 바짝 곤두선다. 다리가 불편하면 소리도 못 듣는다고 생각하는지, 습도 높은 더위를 휘감고도 모골이 송연하다. 소리에 예민해 다른 이가 내는 웃음소리나 한숨도 다 정은을 향한 것만 같다. 관람하러 와서 관람을 당하는 기분은 숨막히는 모멸감을 준다. 정은은 오지 말았어야 한다는 늦은 후회와 체념에 숨고 싶다. 정은은 턱에 걸어두었던 마스크를 끌어 올려 눈 밑까지 가린다.

남편이 어금니를 물고 힘쓰는 게 정은의 몸에 느껴진다. 작은 턱에 바퀴가 걸려 매끄럽게 넘어가지 않는다. 정은은 그 느낌을 안다. 양손아귀에 힘을 주고 장애물을 넘어가는 느낌. 십 년이 넘는 시간 동안 정은이 딸의 등을 밀었던 느낌은 좀처럼 지워지지 않는다. 남편이 턱을 넘자 정은의 몸이 앞뒤로 흔들린다.

정은은 고난을 재현해놓은 모형들과 하나씩 눈을 마주친

다. 정은은 인물 모형 안에 잠들어 있는 독립운동가들을 동정한다. 저들은 발이 묶인 채 밤새 어떤 꿈을 함께 꾸었을까? 나라의 독립 같은 하나의 꿈만 꾸었다는 게 더 잔인하지 않았을까? 매일 고문과 죽음이 난무하던 침상에서. 정은은 관람객의 곁눈질에 신물이 나서 되는대로 모형을 뜯어보다가 남편에게 말을 건넨다.

"힘들면 그냥 나갈까? 당신, 독립운동하러 온 사람 같아."

남편이 어깨에 힘을 주고 민다. 뭘 봐도 뭘 먹어도 남들의 시선에서는 자유롭지 않다. 관람객이 정은을 보는 시선 때문에 정은에게는 베트남의 열기가 5도는 더 올라간 것처럼 뜨겁다. 남편이 느끼는 열기는 10도쯤 더 뜨거울지도. 남편의 대답이 없자 정은은 몸을 뒤로 돌린다.

"무슨 말이야. 다낭에서 하노이까지 비행기를 타고 왔는데. 다 보고 가야지."

남편은 담담한 표정으로 대꾸하고 시선을 피한다.

다낭의 대표 명소인 바나힐은 케이블카를 타러 가는 구간이 휠체어를 끌고 가기에 버거울 것 같아 포기했다. 오행산도 오르는 길이 가팔라서 갈 수 없었다. 정은은 바닷가를 산책하거나 풀장에서 노는 남편을 지켜봤다. 두 사람은 서로의 얼굴을 바라보다가 무료해져 어디든 가고 싶었다. 하노이에 가보자고 제안한 것은 남편이었다. 비행기로 한 시간 반 거리이니, 저녁때면 돌아올 수 있을 것 같았다. 하노이의 가볼 만한 명소를 검색하자 첫 번째로 호아로 수용소가 나왔다.

"저 사람들, 족쇄에 결박당해 있어. 화장실은 어떻게 갔을까."

정은은 남편의 얼굴을 힐끗 본다. 머리칼이 젖은 채 이마에 달라붙어 있고, 얼굴은 고구마처럼 붉다. 밭은 숨을 내뱉느라 남편이 낀 안경이 입김에 흐려졌다 맑아지기를 반복한다. 남편은 지치고 화난 사람처럼 대꾸하지 않는다. 정은은 입을 다물고 독립운동가들을 지나친다. 바닥에 두 다리가 결박된 독립운동가가 갇힌 독방은 한숨 돌릴 겨를 없이 지나간다. 다음 방에 이르렀을 때, 남편은 잠시 숨을 고르려고 정은에게서 멀어진다.

"화장실 다녀올게. 당신이 말하니까, 마렵네."

정은의 눈앞에 괴수가 서 있다.

그 순간, 주변의 소리가 사라진다. 적막과 고요를 넘어선 노이즈 캔슬링의 공간. 안도감과 공포를 동시에 느낀 정은은 심장이 일렁인다. 소리를 삼킨 공간에 괴수와 정은만이 마주하고 있다. 정은은 괴수의 몸을 눈으로 훑는다. 두 개의 나무

사이에 비스듬히 걸린 칼날이 곧 떨어질 것처럼 아슬아슬하다. 긴 줄이 바닥까지 이어져 있다. 허리 높이의 정면에는 오목한 그릇이 있고, 반대쪽에는 사람 몸통 길이의 널판이 있다. 검은색에 가까운 진한 갈색은 짓이겨지고 으깨진 영혼이 스며들어 만들어진 색이다. 끔찍한 괴성을 지르며 잘렸을 목. 덩그러니 머리가 담겨 있었을, 오목한 그 공간. 어디선가 음습한 바람이 밀려온다. 피비린내가 정은의 콧속으로 들어온다. 선명하다 못해 검붉게 말라버린 그것은 지독한 악취를 풍긴다. 분칠하듯 몇 겹의 피로 덕지덕지 발려 나무의 결 사이로 스민 악취. 죽음을 먹기 위해 움직이는 기계. 과거의 영광을 아쉬워하듯 녹슨 혓바닥이 날름거린다.

기요틴.

파리의 광장에나 어울릴 법한 물건이 동남아시아 작은 나라, 수용소에 있다. 족쇄를 차고 있던 사내들이 줄을 맞춰 머리를 집어넣는다. 당겼던 칼날을 놓는 순간 목이 잘린다. 잘린 머리가 도르륵 굴러 정은의 발치에 걸린다. 잘린 머리가 눈을 뜬 채 정은을 바라본다. 다음은 너야. 잘린 머리가 소리 없이 입술로 말한다. 정은은 줄 끝에 서 있다가 머리를 집어넣고 싶어 바퀴를 굴린다. 사슬로 만든 테두리에 걸려 바퀴가 멈춘다. 쇠가 부딪치는 소리에 정은을 둘러싸고 있던 적막이 깨진다.

정은은 벌떡 일어서고 싶어 양발에 힘을 주지만, 감각이 없다. 쇳소리가 사슬이 아닌 기요틴에서 들리는 것 같아 정은은 기요틴을 올려다본다. 칼날이 추락하면서 들리는 소리 같다.

"죄수들의 고통을 줄여주려고 만든 거래."

등 뒤에서 남편의 목소리가 들린다. 마법이 풀린 것처럼 주변의 잡음이 살아난다.

"죄책감을 덜려고 만든 게 아니고?"

정은의 물음에 남편은 말을 고르는 듯 뜸을 들이다가 다른 생각에 빠진 사람처럼 멍해진다. 남편이 침울하게 중얼거린다.

"그만, 리조트로 돌아가자."

공항에서 남편과 정은을 기다리고 있던 운전기사가 차 문과 트렁크를 열어준다. 남편은 정은을 안아 뒷좌석에 태우고 휠체어를 접어서 트렁크에 싣는다. 차가 출발하자마자 남편은 곤하게 잠이 든다. 가늘게 코 고는 소리가 들린다. 리조트까지 가는 거리는 한적하다. 간혹 차 옆을 지나는 현지인들은 오토바이를 타고 마스크를 쓴 채 길을 재촉하며 모습을 감춘다. 관광객을 위해 조잡하고 환한 불을 밝힌 해산물 식당에는 빈 테이블들만 놓여 있다. 오지 않는 손님을 기다리는 식당 주인이 오만상을 찡그리며 팔을 휘젓는다. 대형 마사지숍과 네일숍의 투명한 창에 비치는 것은 빈 의자들이다.

12월에 발병한 코로나로 모두가 예약을 취소한 여행이었다. 그래서 정은은 2월의 이 여행을 반겼다.

남편과 정은이 리조트에 처음 도착했을 때, 리조트는 한산했다. 남편과 정은을 제외하고 보이는 손님은 중국인 가족뿐이었다. 중국인 가족은 조부모와 손자까지 대가족이었고, 장기 투숙객처럼 보였다. 그들은 로비로 들어서는 정은을 대놓고 쳐다보면서 자기들의 언어로 떠들었다. 정은은 마스크를 남편에게 건네며 그들을 피했다. 다낭은 한국인이 많이 찾는 휴양지였지만, 리조트에 한국인은 남편과 정은밖에 없었다. 정은은 저녁을 먹으러 레스토랑에 갔다가 중국인들에게서 바이러스가 옮을까 봐 전전긍긍했다. 무대 위의 가수가 호응도 박수도 받지 못하고 청승맞게 노래를 불렀다. 흥이 떨어진 가수는 중국인 노인에게 말을 걸었지만, 대답을 듣지 못했다. 가수는 정은이 앉아 있는 모양을 보더니 어디서 왔냐고 묻지 않았다. 없는 사람을 대하듯. 정은은 그녀가 물어볼 때까지 빤히 쳐다봤다.

"둘이 왔나요? 아이는 없나요?"

정은의 시선을 받은 가수가 넉살 좋게 물었다.

"딸이 있어요."

정은이 대답하자 가수가 딸을 눈으로 찾으며 물었다.

"어디요?"

"여기 있잖아요."

비어 있는 자리를 정은이 가리키자 그녀의 얼굴이 굳어졌다. 다음 순간 그녀는 '조크?'라고 묻더니 재미있는 농담을 들은 것처럼 쾌활하게 웃었다. 남편과 정은이 따라 웃지 않고 그녀를 쳐다봤다. 중국인들이 자기들끼리 수군거리기 시작했다. 가수는 더는 노래를 부르지 않았고 팁도 받지 못한 채 퇴장했다. 레스토랑의 분위기는 찬물을 끼얹은 것처럼 어색해졌다. 중국인들과 정은은 서로를 쳐다보느라 물도 편하게 넘기지 못했다. 쥐 죽은 듯이 고요하던 공기를 가르는 비명이 들렸다. 중국인 손자들이 레스토랑 테이블을 돌면서 술래잡기를 시작했다.

하노이에서 기요틴을 보고 온 날에는 중국인 가족들마저 보이지 않는다. 전염병을 피해 중국을 떠나온 것처럼 보였는데, 체크아웃했는지 요란하게 떠들던 중국어가 들리지 않는다. 아이들이 뛰면서 지르던 함성조차 없다. 어쩌면 중국인들이 한국인을 피했던 건지도 모른다. 남편은 돌아오는 차에서 쉰 후라 기운이 나는지 정은을 가뿐히 들어 휠체어에 앉힌다. 로비의 직원은 한국어와 영어를 섞어가며 어디에 다녀왔냐고 묻고 정은과 남편의 체온을 잰다. 남편이 산책 겸 걷자고 말한다. 그는 리조트 안에서 이동시켜주는 트레일러를 타지 않고 휠체어를 민다. 정은과 남편은 색색의 호이안 등불이 켜진 다리를 건넌다. 적막하다. 호수도 호이안 등불도 열대 나무들까지도 소리를 삼키고 있는 것처럼. 남편의 밭은 숨소리만 적막에 작은 균열을 낸다.

"바닷가에 가고 싶어."

정은은 불 꺼진 2층 건물들을 올려다보다가 말한다. 풀빌라는 네 개의 방에 세 개의 욕실과 주방이 딸려 있어서 지나치게 컸다.

정은은 뭔가가 튀어나올까 봐 텔레비전을 크게 틀어놓고 지냈다. 남편은 2층을 보여주겠다면서 딱 한 번 정은을 안고 계단을 올라갔었다. 킹사이즈 침대와 테라스가 있었다. 2층에서 자면 전망이 좋겠다. 남편은 중얼거리다가 정은을 의식하고 입을 다물었다.

정은은 풀빌라에 들어가면 다시 적막을 견뎌야 할 것 같아서 해변으로 가서 파도 소리라도 듣고 싶다.

"나는 좀 피곤해. 하노이까지 다녀왔잖아. 비행기만 왕복세 시간이야. 공항에서 대기하는 시간을 계산 못 했어. 진짜피곤해 죽겠어. 바다는 어제도 갔었잖아."

남편이 투덜거린다. 정은은 어제의 그 바다를 눈앞에 떠올린다. 파도가 밀려오는 바다는 싱그러웠다. 물비늘이 반짝이자 눈이 부셨고 문득 살아 있다는 생각이 들었다. 이렇게 좋아도 되는지 마음 한편이 무너지면서도 소금기 섞인 훈풍에 몸이 들떴다. 정은은 어제의 바다를 그려보며 아련하게 말한다.

"통버이를 타고 그물 던지는 어부를 봤었지."

전날 아침에 정은과 남편은 해변 길을 따라 산책했다. 바닷가에 도착하자 백사장이 펼쳐져 있었다. 휠체어 바퀴가 모래에 빠지면 구르지 않기 때문에 남편은 정은을 업고 바닷가를 걸었다. 베트남 전통배인 통버이가 보였다. 남편은 통버이를 타보고 싶었는지 정은을 모래사장에 내려놓았다. 남편은 바닷가로 가서 어부와 아이가 타고 있는 통버이를 바라보았다. 어부가 손을 흔들었다. 코코넛으로 만든 바구니 배가 뒤집힐 것처럼 흔들렸다. 팔다리가 새까맣게 탄 어부와 아이가 노를 저었다. 파도가 칠 때마다 통버이는 뭍으로 밀리는 것처럼 보였고 뒤집힐 것처럼 아슬아슬했다.

잠시 후 그들은 그물을 던졌다. 전날 던져놓은 그물인지도 모른다. 정은은 바닷물과 한참 떨어진 백사장에 앉아 있어서 자세히 보이지 않았다. 남편만이 가까이 가서 관찰했다. 노를 저어 바닷가로 돌아온 어부와 아이는 있는 힘껏 그물을 당겼다. 아이의 몸이 활처럼 휘면서 용쓰는 게 보였다. 남편도 그들과 같이 그물을 당겼다. 어부는 잠시 후 그물에서 물고기를 꺼내 양동이에 넣었다. 어부와 아이는 몸이 젖어 있었다. 그들은 흰 이를 드러내며 웃었다. 그 모습이 평화로워 정은은 잠시 눈을 감았다가 떴다. 어부와 아이는 양동이를 들고 반대편을 향해 걸어가고 통버이만 남아 있었다. 남편이 정은을 향해 뛰어오는 것이 보였다. 물고기 좀 잡았어? 정은이 다가오는 남편에게 물었지만, 그는 대답하지 않았다. 남들 옆에서 행복해하던 것을 들킨 사람처럼 얼굴을 붉혔다.

"너무 피곤해. 습도가 높아서 그런지 금방 힘이 빠져. 피곤해 죽겠어."

전날의 남편 모습을 지우며 오늘의 남편이 쌀쌀맞은 투로 대꾸한다. 남편이 길가에 주저앉는다. 남편은 한쪽 다리를 접어 무릎에 얼굴을 괴고 반대쪽 다리는 바닥에서 구부린다. 슬리퍼가 벗겨진 남편의 발바닥이 정은을 행해 드러난다. 굳은살이 박이고 껍질이 벗겨진 뒤꿈치. 세상의 땅을 골고루 밟아봐서 해외여행은 원이 없다고 말했던가.

정은은 한 번도 땅을 밟아보지 못한 딸의 뒤꿈치가 떠오른다.

걸음마조차 하지 못하고 굳어진 딸의 두 다리는 가늘었고, 인공와우를 낀 귀는 자주 기울어졌다. 정은은 딸의 뒤꿈치에 볼을 비비며 딸을 위해 담대해지자고 마음먹었다. 그때 정은은 딸을 위해 길을 만들어주고 싶었다. 입학 시험에 합격한 중학교는 명문이었다. 학구열이 높은 만큼 시설이 좋았는데, 장애인을 위한 휠체어 경사로가 없었다. 휠체어를 탄 학생이 이 학교에 들어오는 것은 처음이라고 했다. 학교 측에서는 다른 학교를 권했다. 정은은 단호하게 말했다. 우리 딸은 머리가 좋아요. 몸이 불편할 뿐이에요. 학교 측에서는 학부모들도 달가워하지 않는다는 언질을 주었다. 정은은 길을 만들기 위해 교육청에 투서를 넣었다. 딸을 데리고 교육청 앞에서 시위했다.

"너를 위해서야. 네가 다니는 학교에 네가 다닐 수 있는 길을 만드는 일이야."

비가 내리는 날이었다. 딸을 위해 싸운다는 생각에 정은은 의욕이 넘쳤다. 저 엄마가 저런 사람이었구나. 딸을 위해 대단한 희생을 하고 있어. 정은이 시위할 때 주변에서 이런 말을 했다. 정은은 십수 년 동안 야릇한 시선만 받아오다가 우호적인 시선을 받자 힘이 났다. 늘 구석만 찾아다니는 삶을 살았고, 편견의 시선에 찔려 달팽이처럼 진액을 쏟으며 오므라들어 있었다. 그러나 휠체어 경사로를 만드는 일에 나서자 위대한 모성이라는 말까지 들었다. 간혹, "구석에 쪼그리고 있어. 기어 나오지 마. 누가 그런 자식 낳으래?" 같은 말을 중학교 학부모들에게 들었지만 겁나지 않았다. 이 일을 해내면 딸을 위해 뭐든지 할 수 있을 것 같았다. 딸에게 더 나은 미래를 만들어줄 수 있을 것 같은 자신감이 들었다. 시위를 끝내고 돌아오는 길에 정은은 딸에게 말했다.

"네 소원을 이루어줄 거야."

"엄마, 내 소원은 그 학교에 들어가는 게 아니에요. 날 받아주는 곳으로 마음 편하게 다니고 싶어요. 내 소원은 그냥, 비행기를 한번 타보는 거예요."

비를 맞은 딸은 몸을 후들후들 떨며 앉아 있었다. 정은은 딸을 바라보며 마음속으로 중얼거렸다. 너와 함께 비행기를 탈 수 있을까. 너와 함께 세상의 땅을 밟으면 내 뒤꿈치가 다 닳아도 좋으련만. 너한테 보여주고 싶은 세상이 너무나 많은데. 정은은 딸이 태어나고 나서 비행기를 탈 엄두를 내지 못했다. 딸이 어릴 때는 상태가 급격히 나빠질까 봐, 다른 병이 옮을까 봐, 낯선 곳에서 잘못될까 봐, 마음을 졸였다. 딸이 자란 지금은 가능할까. 정은은 하늘로 고개를 돌렸다. 비행기가 날아가고 있었다. 딸이 태어나기 전에는 일 년에 한 번은 해외로 휴가를 다녔었다. 그 순간 정은은 딸에게 미안한 마음이 들면서도, 딸로 인해 결박되어버린 삶이 아쉬워 멀리 떠나고 싶었다. 몇 주간 몸에 들었던 자신감이 빠져나가고 정은은 다시 초라한 아픈 아이의 엄마로 돌아왔다. 딸은 왜 이런 말을 해서 힘을 빼놓을까.

정은은 진심으로 딸이 태어나지 않았던 시간으로 돌아가고 싶었다.

풀빌라로 들어선 남편은 거실에 정은을 두고 옷을 다 벗어젖힌다. 속옷까지 벗어 던지고 수영장으로 뛰어간다. 긴장감으로 엉덩이에 힘이 들어간 채다. 젊다. 정은이 저 몸을 받아낸 게 삼 년 전이다. 딸이 죽고 나서 남편은 정은을 여자로 대하지 않았다. 소변 마려워. 정은은 남편의 등에 대고 외친다. 물속으로 뛰어드는 소리가 요란하다. 시원해. 들어올래? 남편이 소리 지르고 잠수한다. 대답을 들으려고 물은 게 아니다. 언젠가 남편은 '당신 잘못이 아니라고' 말했던가. 그때도 남편은 정은의 말을 듣지 않았다.

"당신 잘못이 아니야."

정신과 의사 앞에서 남편이 말했다.

"그러니까 어서 일어나 걸어봐."

남편은 의사가 시키는 대로 정은에게 말했다.

"당신이 신인 줄 알아? 일어나 걸으라면 털고 일어날 수 있다고 생각하는 거야?"

남편은 정은의 말을 듣지 않고 자리를 피했다.

"딸이 죽은 것을 시원해하는지도 몰라요."

정은이 망설이다가 의사에게 말했다. 의사가 마땅치 않은 얼굴로 정은을 외면했다.

"환자분께서 마음을 열어야 합니다."

그날 의사는 전보다 약을 늘려서 처방했다. 정은은 속을 함부로 털어놓지 말고 입을 다물어야겠다고 생각했다.

"소변이 급하다고!"

정은은 풀장에 있는 남편을 향해 외친다. 반응이 없자 정은은 화장실로 바퀴를 굴린다. 변기 옆에 안전바가 있다. 그것을 잡고 몸을 옮겨 변기에 앉는다. 팔목이 욱신거린다. 밖에서는 남편이 물을 첨벙거린다. 물소리에 요의가 급하다. 낯선 손이 방광을 움켜쥔 듯 아랫배가 조인다. 정은은 몸을 비틀며 바지를 내리다가 소변을 지린다. 소변은 줄줄 나오기 시작해서 바지를 적시고 바닥에 흐른다. 정은은 골반을 비틀어 바지를 벗으려 한다. 정은은 남편에게 퍼붓고 싶다. 호아로 수용소에서도 자신은 화장실에 가면서 정은에게는 묻지 않았다. 정은은 참았다가 공항에서 화장실에 들렀다. 정은은 뱀가죽처럼 달라붙은 바지를 잡아당긴다.

왜 내 말은 안 들어. 풀장에서 첨벙거리는 소리가 들린다. 여보 출출하지 않아? 남편이 풀장에서 외친다. 정은은 상체를 숙이고 발목에서 바지를 끌어당긴다. 여보! 여보! 어디 있어? 쿵, 소리와 함께 정은은 머리를 욕실 바닥에 박는다. 남편이 화장실 문을 열고 들어온다. 벌거벗은 남편 몸에서 물방울이 떨어진다.

"그러게, 내가 내 말 좀 들으라고 했잖아. 이게 뭐야."

정은이 남편을 노려본다. 리조트 밖의 적막이 둘 사이에 흐른다.

"치욕스러워. 이렇게 사는 거."

남편이 정은을 앉히고 바지를 벗긴다. 딸도 가끔 소변 실수를 했다. 정은은 딸의 아랫도리를 씻기면서 지긋지긋하다고 생각했다. 왜 자꾸 실수하는 거야. 다 큰 애가. 미리 좀 엄마를 부르거나 용변을 보러 오면 안 되는 거니? 딸의 몸이 계속 자라 무게가 나가는데, 정은은 나이 먹을수록 힘이 빠졌다. 허리가 아팠고 손목이 시렸다. 정은은 딸이 부끄러울 거라는 생각은 하지 못했다. 딸은 어릴 적부터 정은의 손으로 용변 처리를 했었으니까. 딸이니까.

지독한 악취가 정은의 콧속으로 밀고 들어온다. 정은은 바지와 함께 벗겨진 팬티를 본다. 진녹색 변이 묻어 있다. 남편은 코를 막고 고개를 돌린다. 남편의 목울대가 구토하듯 출렁인다. 냉방기의 차디찬 기운이 벌거벗은 정은의 몸을 핥는다. 정은은 사시나무 떨듯 몸을 떨며 운다.

"너를 위해 온 여행이야. 전염병을 뚫고."

남편은 정은을 물건처럼 들어 욕조에 던지듯 넣고 물을 튼다. 남편이 넌덜머리 난 듯 말을 쏘아붙인다.

"넌 그냥 이렇게 살고 싶은 거지? 베트남 오더니 왜 이렇게 불평이 많아졌어? 옆에 있는 사람 질리게."

남편은 정은을 씻기고 옷을 입힌 다음 2층으로 올라가버린다. 정은은 휠체어에 앉아서 거실 창을 본다. 2월의 베트남은 아침저녁으로 서늘하다. 낮에는 해가 뜨거워서 얼굴이 화끈해진다. 남편은 리조트에 온 첫날 풀장에 뛰어들어가 보고는 말했다. 물이 너무 차가워. 널 위해 풀빌라를 잡았는데. 너는 들어오면 감기 걸리겠다. 남편은 엉덩이까지 땀에 젖어 있는 정은을 두고 풀장에서 나오지 않았다. 에어컨이라도 틀어줘. 정은이 부탁했지만 들리지 않는 것 같았다.

남편은 2층에서 내려올 생각을 하지 않는다. 풀장에 조명이 켜져 있어서 찰랑이는 물이 보이고, 야자나무와 열대 식물들이 보인다. 정은은 시끄럽게 틀어놨던 텔레비전을 끈다. 순식간에 적막이 몰려온다. 정은이 묵는 풀빌라는 개울을 사이에 두고 건너에 다른 풀빌라가 보이는 구조다. 개울 건너에 있는 풀빌라들의 불이 모두 꺼져 있다. 바람이 열대 식물들을 흔든다. 정은은 답답한 마음에 풀장으로 나가는 문을 연다. 데크가 있고, 라탄 테이블과 의자가 놓여 있다. 중간 크기의 야자나무가 풀장과 경계를 나누듯 서 있다. 정은은 바퀴를 굴려 밖으로 나간다. 나오자마자 날카로운 비명이 들린다. 적막을 예상했던 정은은 몸을 움츠린다. 새소리 같기도 하다. 저렇게 우는 새가 있나? 정은은 소리 나는 쪽으로 귀를 기울인다. 건물 밖은 에어컨이 켜져 있는 안보다 습하다. 서늘한 바람이 불지만 피부가 끕끕해진다. 소리가 다시 들린다. 비명일까? 정은은 중얼거린다. 다른 관광객이 바닷가 쪽 빌라에 묵고 있을지도 모를 일이다. 바닷가 쪽에는 중앙 수영장이 있고 단층 빌라가 있다. 비명이면 구해달라는 신호일지도 모른다. 정은은 길게 이어진 데크를 따라 바퀴를 굴린다. 데크 끝에 이르자 열대 나무로 만들어진 경계 사이에 철문이 있다. 정은이 철문을 밀자 허술하게 열린다. 거실 창을 잘 잠가야지. 정은은 문밖으로 바퀴를 굴리며 중얼거린다. 그때 다시 소리가 들린다. 소리는 바다

쪽에서 들린다. 여보? 정은이 문 안을 향해 외쳤지만 2층에 있는 남편은 반응이 없다. 내가 없어져봐야 나를 찾으러 돌아다니겠지. 정은은 자신이 다가가지 못하게 2층으로 올라가 버린 남편에게 소심한 복수를 하고 싶다. 다시 소리가 들린다. 정은은 길을 따라 바퀴를 굴린다. 전동 휠체어를 가져왔어야 한다고 정은은 후회한다. 딸이 사용하던 전동 휠체어를 정은이 탔다. 외국까지 가져오기에는 부담스럽다고 남편이 말렸다. 비행기 화물칸에서 고장이 나면 고치는 데 애를 먹는다고. 자신이 잘 밀고 다닐 테니 걱정하지 말라고. 그 약속이 사흘을 못 갔다. 정은은 십 년을 넘게 했던 일이다. 정은은 남편을 생각할수록 명치가 끓어오른다.

시간이 지날수록 정은은 휠체어 바퀴를 굴리느라 숨이 막히고 팔이 저리다. 정은은 풀빌라로 돌아갈까 망설인다. 비명 같은 소리가 다시 들린다. 마치 정은을 부르는 것처럼.

바닷가에 도착했을 때, 어제는 보이지 않던 것이 있다. 짚으로 만든 해 가림막을 지나, 파도가 밀려오는 곳 가까이에 서 있는 그것.

기요틴!

호아로 수용소에서 봤던 기요틴을 일부러 설치해놓았을 리가 없다고 생각한 정은은 고개를 갸웃한다. 정은은 그네를 매 놓은 것인가 싶어 눈을 크게 뜨고 본다.

기다란 두 개의 장대와 그 사이의 칼날. 긴 줄.

정은은 바닷가에 있는 단층 빌라들을 눈으로 훑는다. 모두 불이 꺼져 있다. 바닷가까지 오는 길목에 있던 빌라들도 빈집이었다. 정은은 주머니를 뒤진다. 휴대폰이 없다. 소리가 다시 들린다. 기요틴에서. 정은은 눈을 질끈 감았다가 뜬다. 기요틴 옆에 통버이가 흔들리고 있다. 통버이에 누군가 있다. 정은은 소리를 지르며 손을 흔든다. 헬프 미. 정은은 모래사장 앞에서 멈추어 선 채 외친다. 통버이에 있던 사람이 돌아앉아 얼굴을 보인다. 어부의 아이다. 왜 아이가 이 밤에 혼자 나와 있을까. 주변을 둘러보지만, 어부는 보이지 않는다. 통버이가 서서히 떠밀려간다. 아이는 노를 젓지 않는다. 뒤집힐 것처럼 흔들리는 통버이에서 아이가 손짓한다. 정은은 주변을 둘러보며 소리친다. 살려주세요. 리조트의 텅 빈 어둠을 흔들며 메아리가 울린다.

살려주세요. 빈 빌라들의 창은 꿈쩍하지 않는다.

정은은 급한 마음에 모래사장으로 바퀴를 굴리고 들어간다. 바퀴는 진창에 빠지듯 모래에 박혀 헛바퀴질만 하고 앞으로 나아가지 않는다. 아이가 탄 통버이가 더 멀어진다. 정은은 몸을 바닥으로 던진다. 정은의 몸무게에 휠체어도 앞으로 거꾸러진다. 휠체어는 모래에 처박힌 꼴이 된다. 손에 잡히는 모래는 부드럽고 차갑다. 정은은 모랫바닥을 기어서 아이가 손짓하는 곳, 통버이가 있는 곳, 기요틴이 있는 곳을 향해 간다.

한참을 기어간 후 뒤를 돌아본다. 어른 걸음으로 열 걸음이나 왔을까. 정은의 몸이 땀투성이다. 땀이 난 몸에 모래가 달라붙는다. 눈으로 코로 입으로 모래가 들어온다. 정은이 고개를 들었을 때 배는 멀어져 있다. 배 위에 있던 아이의 모습은 보이지 않는다. 정은은 애가 탄다. 그러다 정은은 목소리가 나오지 않는다는 것을 깨닫는다. 정은의 목소리가 사라진 것이다. 정은은 비명을 질러본다. 아무 소리도 나오지 않는다. 그때 조명이 켜지듯 기요틴에 달빛이 비친다. 정은은 뒤를 돌아본다. 뒤집힌 휠체어가 있다.

딸은 학교 옥상에서 몸을 던졌다.

옥상 난간 근처에 휠체어가 넘어져 있었고, 그 옆에 억지로 뜯어낸 인공와우가 떨어져 있었다고. 딸은 수업 시간에 자리를 비웠다고. 딸이 옥상에서 떨어지고 나서야 학생들과 선생은 딸이 자신들의 옆에 없다는 것을 알아차렸다.

딸이 죽고 난 후, 정은은 딸의 일기장을 보고 나서 알게 되었다. 정은과 딸이 교육청 앞에서 시위할 때, 딸의 사진이 찍혔던 것을. 딸이 SNS에서 악성 댓글에 시달리기 시작했다는 것을. 딸이 휠체어 경사로를 따라 등교하기 시작하고부터는, 선생들과 반 아이들이 딸을 없는 사람 취급 했다는 것을. 그들은 혐오와 차별을 하지 않았다. 유령처럼 투명해지게 배제했다. 얼굴을 가린 사이버 세상에서는 무차별 공격을 퍼부었다.

정은에게 만족감을 줬던 '딸을 지키는 엄마' 타이틀이 딸에게는 공개적 형벌의 의미였다. 정은이 옳다고 믿었던 의미와 전혀 다른 의미로, 사이버 세상에서 딸은 매일 처형당했다.

"알면서도 모른 척했던 거 아니야? 장애인 단체에 특강 하러 다니느라."

남편은 정은을 몰아세웠다.

"너 때문이야."

편견을 이겨낸 성공한 어머니로, 정은은 매주 특강을 다녔다. 딸은 학교에 적응을 잘하고 있다고 믿었다. 정은은 힘겨웠던 인생을 보상받는다고 여겼다. 다 잘되고 있다고. 딸이 자살한 그 순간에도 '부정을 긍정으로 바꾸는 마음'에 대해서 특강하고 있었다.

"편견의 시선에서 벗어나 자유로워지세요."

그날 정은은 부서진 딸의 몸을 끌어안고 오열했다. 인공와 우는 딸이 뜯어낸 것으로 보인다고 했다. 정은은 울다가 기절했다. 정신을 잃었을 때 정은은 딸에게 묻고 있었다. 듣기 싫은 소리가 있었던 거니? 질문을 던지자마자 정은은 바닥으로 추락했다. 정신을 잃은 사흘 내내 깊이를 알 수 없는 바닥으로 떨어졌다. 깨어났을 때, 다리가 움직여지지 않았다. 병원에서 각종 검사를 받았다. 다 정상이었다. 정신신체장애. 정은에게 내려진 진단명이었다. 정은이 걷지 못하는 것은 다친 마음 때문이라고 했다. 병원에서는 정신과 상담을 권했다.

사람들은 딸을 억지로 명문 학교에 집어넣은 정은을 탓했다. 엄마의 교육열에 희생된 장애인 아이라고. 왜 악성 댓글을 달고 딸의 사진을 올린 그들은 처벌하지 않는 거야. 정은은 악을 썼지만, 자식 잡아먹은 엄마의 말을 아무도 들어주지 않았다. 정은은 딸의 휠체어를 타고 정신과 의사를 만나러 다녔다. 삼 년 동안 정은은 병원 외에 집 밖으로 나가지 않았다.

모랫바닥을 기어가던 정은이 고개를 든다. 기요틴 옆에 아이가 있다. 비명처럼 들리던 날카로운 소리는 기요틴에서 나는 소리다. 아이가 긴 줄을 잡아당겨 칼을 끌어 올린다. 칼이 내려올 때마다 소리가 난다. 날카로운 비명처럼 귀를 파고드는 소리. 바닷물이 피처럼 붉다. 정은은 더 빨리 손을 움직인다. 기요틴에 머리를 집어넣고 싶다. 프랑스인들이 수용소에 기요틴을 들여온 것은 독립운동가를 죽이기 위해서였다고 한다. 시간이 지난 후, 동족인 남베트남인들이 더 지독하게 독립운동가들을 고문하고 죽였다. 사상이 다르다는 이유로. 남베트남에 기요틴을 여러 개 들였다. 베트남의 독립을 위해 투쟁했지만, 그들은 처형되었다. 전혀 다른 의미로.

정은이 옳은 일을 한다고 믿었던 것이, 딸에게는 공개적인 처형의 의미였던 것처럼.

딸은 어떤 마음으로 휠체어를 타고 옥상까지 갔을까. 손목의 힘만으로 몸을 지탱해 난간을 넘어갔을 때, 혹시 그곳이 자신이 도달할 수 있는 길의 끝이라고 생각하지는 않았을까.

딸이 죽고 나서 생각하고 또 생각하던 것이었다. 정은은 넘어진 휠체어와 뜯긴 인공와우를 직접 본 것이 아니었다. 딸을 부둥켜안고 실신한 사흘 동안, 그것은 치워졌다. 정은이 정신을 차린 후에는 몸이 불편해서 그곳에 가보지 못했다. 보지 않고 전해 들은 장면은 상상 속에서 생생하게, 더 아프게 살아났다.

"너를 이렇게 낳아서 미안해. 내 인생을 대신 주고 싶다."

정은은 간혹 술에 취하면 딸의 발을 붙잡고 주정했다. 그러나 딸이 용변 실수를 하는 날이면, 등짝을 찰싹 때리며 악담을 퍼부었다. 나는 언제까지 이렇게 살아야 하니. 정은은 사실 눈치채고 있었다. 딸의 학교생활이 순탄하지 않다는 것을. 정은이 딸을 데리고 등교할 때, 하교 후 딸을 데리러 갈 때, 선생들과 학생들, 학교 전체가 딸에게 등을 돌리고 있음을. 정은은 모른 척했다. 정은이 해결해줄 수 없는 부분이라고 믿었다. 언제나 편견에 시달리던 아이니까 견딜 줄 알았다. 다른 학교에 가도 편견에 시달릴 것이니까. 공부에 집중하라고 다그쳤다. 딸이 휠체어를 타고 옥상 난간까지 갔던 시간이, 정은이 기요틴을 향해 기어가는 시간보다 더 힘겨웠을 것임을 정은은 안다.

정은은 기요틴에 다다라 고개를 든다. 기요틴은 사라지고 없다. 어둠 속에 있던 아이도. 기다려줘. 정은은 외쳐보지만 목소리가 나오지 않는다. 파도 소리가 들린다. 핏빛 바닷물이 정은을 향해 밀려온다. 정은은 길게 밀려온 포말에 얼굴과 몸이 젖는다. 떠밀려갔다고 여겼던 통버이가 파도에 밀려 모래사장에 걸려 있다. 아이는 어디로 갔을까. 정은은 고개를 돌려 기요틴을 찾는다. 저 멀리, 정은이 힘겹게 기어 오기 시작한

지점. 휠체어가 있던 자리에 기요틴이 있다. 정은을 향해 파도가 밀려오자 젖은 몸이 부들부들 떨린다. 정은은 다시 기요틴이 있는 자리로 기어가기 시작한다.

죄책감이 원인입니다. 의사가 뻔한 진단을 내렸다.

"당신은 내가 아이를 위해 나설 때, 아이가 힘들다고 할 때, 뭘 했는데?"

정은은 참았던 말을 쏟아냈다. 남편은 그 후로 벌 받는 아이처럼 정은의 휠체어를 밀었다. 딸의 장애가 정은에게 족쇄였던 것처럼, 정은의 장애는 남편의 족쇄였다. 정은이 딸의 장애를 이해하면서도 불편해하고, 때론 그 시간에서 떠나버리고 싶었던 것처럼, 남편도 정은을 같은 방식으로 대했다. 남편은 아픈 아내를 헌신적으로 돌본다며 주변의 칭찬을 들었다. 아픈 딸을 잃고 아픈 아내를 돌본다는 평가는 남편에게 자부심을 주었다. 정은은 전보다 더 많은 것을 견뎌야 했다. 마음이 불편하다고 말할 수 없었다. 정은이 침묵하길 바라는 무언의 압력은, 남편의 배려로 시작되었고 세인들의 미소로 단단해졌다. 사회적 약자가 된다는 것은 소리를 삼키는 일이라는 것을 정은은 알게 되었다. 정은은 소리를 낼 수 없었고, 소리를 듣고 싶지 않았다. 딸이 집단의 배제를 토로하지 못하고 끝내 입을 다물었던 것처럼.

정은은 다시 한번 기요틴을 향해 기어가다가 고개를 든다.
기요틴은 기요틴으로 보이다가 휠체어로 보인다. 정은의 처형
은 딸의 휠체어 위에서, 딸의 인생을 대신 겪으며, 삶이 끝날
때까지 이어질 것이다. 정은은 자신의 기요틴에서 일어나 걷
지 못할 것이다. 딸이 살아 있던 시간보다 더 큰 후회와 자책
이 정은의 마음을 채울 것이기에.

다낭의 습한 바람이 바다에서 불어온다. 전염병으로 사람
의 발이 끊긴 바닷가와 리조트에 아침이 밝아온다. 전염병으
로 사람들이 여행을 취소해서 좋다고, 아무도 없으니 눈치 보
지 않아서 다행이라고, 정은은 그제야 여행을 반겼다. 의사
의 권유로 여행을 예약했을 때 정은이 반대하던 것과 다른 반
응을 보이자 남편도 다행이라고 했다. 그러나 그게 정말 좋았
던 걸까. 정은은 자신을 구해줄 사람을 기다리는 중에 후회한
다. 여행 내내 마음이 불안하고 불편했다. 중국인 관광객과 그
들의 손자라도 보고 싶다. 옆에 사람이 있다는, 누군가와 같은
공간을 즐긴다는 느낌을 받고 싶다. 해가 떴지만, 직원들은 모
습을 보이지 않는다. 정은은 어부를 기다린다. 어부가 나타나
면 지난밤에 보았던 그의 아이에 대해서 전해줄 것이다. 목소

리가 죽었으니 그림이라도 그려서 알려줄 것이다. 밤새 2층에서 잠들었던 남편은 정은을 찾아 나서기는 할까. 정은은 남편이나 어부도 모두 사라져 나타나지 않고, 오롯이 이 리조트에 남게 될지 모른다는 예감이 든다. 그러자 가슴이 터질 듯한 두려움이 밀려든다.

그때 어부가 양동이를 들고 백사장 너머에서 걸어오는 모습이 보인다. 정은의 가슴속에 머물던 공포가 눈물이 되어 모랫바닥에 떨어진다. 어부의 옆에는 아이가 있다. 어부와 아이가 정은을 발견하고 달려온다. 딸에게도 저만큼의 따뜻함이 있었다면. 정은은 어부의 아이를 보다가 알게 된다. 다가오는 아이는 지난밤에 보았던 아이가 아니다. 바다 건너, 딸이 죽은 나라에서부터 불어온 바람이 정은의 눈물을 닦아낸다. 전쟁의 상처가 지나간 이 나라 바닷물이 유독 푸르다. 넘어진 휠체어에 도착한 정은은 머리를 기대며 속삭인다.

너는 갔지만, 나는 끝까지 살아낼게.

미안해, 라는 단어가 정은의 귓가를 맴돈다. 정은은 비명을 질러본다. 목소리가 나온다. 정은의 비명에 어부가 양동이를 던지고 뛴다. 정은은 그 순간 날카로운 소리를 들었고 소리의 정체가 뭔지 깨닫는다. 인공와우를 뜯어낸 딸이 바닥으로 떨어지면서 질렀을 마지막 소리. 딸이 밤새 정은에게 들려주던.

언어가 되기 이전의 소리. 억울하고 분하고 답답한 순간, 엄마인 너는 내 소리를 들어야 하지 않느냐고, 엄마인 정은을 부르던 노래다.

돌의 노래

여수의 태양이 바다로 쏟아져 들어가 은빛 윤슬을 만들었다. 해양경찰의 배가 정박해 있는 항구는 고요했고 해상 케이블카만이 분주하게 허공을 가르며 운행했다. 여름 해 아래 놓여 있는 항구 도시는 제빛보다 더 찬란한 빛을 냈다. 호텔 창밖의 풍경을 보던 수잔은 손바닥에 올려놓은 돌멩이로 눈길을 돌렸다. 칠십 년 넘게 간직하던 돌이었다. 달걀처럼 동그란 모양이 마침맞게 손에 쥐어지는 크기였다. 돌의 바탕 빛깔은 회색이었고 마치 손에 쥐었다 놓은 것 같은 붉은 얼룩이 돌에 스며 있었다. 수잔은 돌멩이를 코에 대고 냄새를 맡았다. 낯설게 변한 고향보다 수잔이 쥐고 있는 돌멩이가 마음을 감싸주었다. 수잔은 시애틀에서 여수까지 온 길을 돌아보고 후회의 한숨을 쉬었다.

─끔찍이도 잘 살고 있구나. 다 잊어버리고.

수잔은 배신감에 중얼거렸다. 수잔이 여수를 떠날 때는 바닷물이 핏빛이었다. 매일 동네를 들쑤시고 다니던 우익 청년 단체의 손가락 끝이 가리키는 곳이 죽음의 자리였다. 그들은 다 죽었을까. 수잔은 죽음조차 공평하지 않다고 생각했다. 그들은 꿔간 보리쌀 한 되를 갚기 싫어서 그 손가락으로 사람을 죽이기도 했다. 수잔이 잊고 살았던 시간이 여수에 발을 들이자 일제히 살아나 눈앞에 아른거렸다. 수잔은 속이 시끄러워 조셉을 떠올리며 한숨을 내쉬었다. 순덕이였던 수잔을 구해준 친구이면서 사랑했던 남자.

조셉이 돌연사하지 않았다면, 수잔은 정원을 가꾸고 바닷가를 산책하는 일상을 살다가 눈을 감았을 것이다. 조셉이 심장마비로 죽고 나자 수잔은 죽음에 대해 생각하기 시작했다. 수잔은 조셉이 죽은 후 돌멩이를 손에 쥐고 매일 침대에 누워 있었다. 수잔이 불안할 때 하는 습관이었다. 새알처럼 손에 쥐어지는 돌멩이는 수잔에게 엄마 같은 것이었다.

순덕아, 내 딸아! 니가 누군지 잊어 불더라도 살아남아라.

칠십 년이라는 시간을 건너와 전해지는 엄마의 말이었다. 수잔은 그때 엄마를 따라 죽고 싶었다. 고작 여덟 살짜리 여자아이가 엄마 없는 세상을 왜 살아내야 하는지. 죽어서 가는 천국이 더 따뜻한 것이 아닌지.

살아남아. 살아.

피투성이 얼굴로 말하던 엄마의 마지막이 돌연사한 남편의 얼굴보다 선명하게 떠올라 수잔은 고개를 내저었다. 이만큼이면 다 살아낸 거 아니냐고 수잔은 엄마에게 묻고 싶었다. 수잔은 돌멩이를 손에 쥐고 며칠째 누워 있던 침대에서 일어났다. 수잔은 시애틀의 돌투성이 해변을 산책하러 나가서 바다 너머를 보았다. 수잔의 고향 바닷가에도 몽돌이 있었다. 몽돌 위로 파도가 지나가면 돌이 웃는 소리를 냈다.

자각. 자각. 깔깔.

돌이 웃는다고 알려준 사람은 엄마였다. 봄이면 들로 나가서 시퍼런 갓잎을 따다가 김치를 담던 엄마. 일본으로 징용가죽은 아버지 대신 작은 횟집을 하던 엄마. 엄마의 손 아래에서 장어도 얇게 포가 떠져 하모 샤부샤부가 되었고, 서대의 살이 발라져 회무침이 되었다. 생선살이 녹도록 끓여놓은 지리탕의 국물은 매콤한 찌개를 싫어하던 어린 순덕을 위한 배려였다. 군내 나게 신 묵은지에 회를 싸서 먹으며 생선 지리탕을 한 순

갈 떠 넣던 날들. 수잔이 순덕이었을 때의 일상은 바다 건너에
있었다. 그 순간 수잔은 여수에 가서 죽고 싶었다.

— 만성리에 갈 수 있는 방법을 알아냈어요.

손녀 앤이 호텔에 들어서며 말했다. 앤은 발갛게 익은 얼
굴에 흐르는 땀을 닦았다. 앤은 휴대폰에 입력해둔 주소를 수
잔에게 보여주었다.

— 무슨 소용이겠니. 다 죽었다고 들었다. 그때 사람들.

수잔이 말하자 앤이 고개를 돌려 호텔 밖의 풍경을 바라보
았다. 수잔이 한국행을 결심했을 때, 딸은 여든이 넘은 수잔의
노구를 걱정했다. 딸이 앤을 어떻게 설득했는지 모르지만, 앤
은 비행기와 호텔 예약을 나서서 했다.

손녀 앤은 외가의 뿌리가 궁금할 때마다 딸에게 물었다.
수잔이 대답을 피했기에 딸은 수잔에게는 묻지 않았다. 딸은
아버지인 조셉에게 물었다. 사진 한 장 없는 외가의 가족은 누
구였으며, 어디 살았는지, 남아 있는 사람은 있는지. 조셉은
수잔이 한국의 여수라는 도시에서 왔다고 말해주었다. 조셉은
수잔이 말하고 싶어 하지 않는다는 것을 알았기에 더는 말하
지 않았다. 수잔은 조셉의 손을 잡고 여수를 탈출하던 일과 수
잔의 엄마가 처형당했던 일을 입에 담고 싶지 않았다.

─택시를 불러놨어요. 일부러 그곳을 찾아가는 사람은 없는 것 같아요. 사람들이 만성리 유적지를 잘 몰라요.

　앤이 대답하고 휴대폰을 봤다. 수잔은 만성리를 찾아가려니 무릎에 힘이 빠지면서 몸이 떨렸다.

　간첩이라고. 국가가 그렇게 말했으니 죽여도 된다고.

　여수 사람 전체가 수잔을 찾아 죽이려고 하던 그때. 고작 여덟 살짜리 수잔이 국가를 전복할 간첩이라고 여기던 그때.

　수잔은 그때를 생각하면 여수 쪽에 머리를 대고 잠도 자고 싶지 않았다. 여수가 있는 한국 방향으로도, 한국이 있는 아시아 방향으로도 눕고 싶지 않았다. 여든이 되면서 수잔의 머릿속은 종종 복잡해졌고 그럴 때마다 수잔은 수잔이 아니라 여덟 살 순덕이로 돌아갔다. 수잔이 순덕이로 돌아갈 때면 돌을 손에 쥐고 며칠 동안 누워 있었고, 조셉이 베개에 놓인 수잔의 머리를 쓰다듬어 주었다. 순덕이를 아는 사람은 조셉뿐이었다. 수잔은 돌을 놓고 조셉의 손을 잡았다. 그러면 순덕과 조셉이 손잡고 놀던 종산국민학교 운동장이 슬며시 다가왔다.

　─내일 갈까요? 조셉 할아버지를 만난 곳이 여수라고 하셨죠?

앤이 물었다. 수잔이 대답했다.

—종산국민학교 운동장에서 조셉을 처음 만났단다.

앤이 이때다 싶어서 말했다.

—그곳에 가보실래요?

수잔은 손사래를 쳤다.

—나는 순천댁을 모릅니다.

앤이 수잔을 물끄러미 바라보았다.

—순천댁?

수잔은 여수에 온 다음 머릿속이 혼란스러웠다. 수잔은 그
것을 들켰다는 생각에 앤의 눈치를 보았다. 앤은 수잔의 이름
과 나이와 사는 곳을 물었다. 수잔은 앤이 불안해하는 이유를
짐작하고 말했다.

—내가 치매에라도 걸렸을까 봐 그러는구나.

앤은 갈색 눈을 깜빡였다. 수잔은 머리를 올려 묶고 반바
지에 티셔츠를 입은 앤의 모습이 조셉의 엄마를 닮았다고 생
각했다. 수잔은 어린 순덕이로 돌아갔다.

*

조셉의 부모는 선교사로 여수에 와서 교회 사택에 머물렀

다. 조셉의 엄마는 종산국민학교 입학식 날 정장을 입고 운동장에 들어선 유일한 외국 여자였다. 조셉의 엄마는 코트를 입고 모자를 쓰고 있었다. 순덕은 모자에 달린 깃털이 신기했다. 보드라운 갈색 깃털을 다가가서 만져보고 싶어서 순덕은 손을 꼼지락거렸다. 조셉의 아빠는 양복에 코트를 걸치고 모자를 쓰고 있었다. 조셉과 조셉의 엄마 아빠는 가만히 서 있기만해도 시선을 받았다. 외국인이라서 그랬다. 조셉도 양복을 입고 넥타이를 맨 꼬마 신사였다. 조셉이 신은 자그마한 구두가검은 다이아몬드처럼 반짝였다. 한복 저고리를 차려입고 온다른 아이들처럼 순덕도 누빈 저고리에 고운 치마를 받쳐 입고 털배자를 입고 있었다. 엄마가 준비한 새 옷이었다. 여수의 3월은 포근한 듯하면서도 바람이 매웠다. 운동장의 흙먼지가일어나 줄을 맞춰 서 있는 아이들을 덮쳤다. 순덕은 추워서 엄마의 손을 꼭 잡고 있었다. 순덕을 제외한 여학생은 몇 명 되지 않았고, 대부분 잘사는 집 아이들이었다.

해방정국의 3년 동안 남한 단독 정부 수립과 통일 정부 수립으로 혼란스러웠다. 독립한 대한민국을 이끌 어린이들의 입학식이라 의미 있다고 교장은 말했다. 순덕은 자꾸 외국인 부부와 남자아이를 바라보았다. 파란 눈의 외국인들이 말을 알아듣고 있는지 궁금했다. 순덕이 교실에 갔을 때, 옆자리에 파란 눈의 외국 아이가 앉아 있었다.

내 이름은 조셉이야. 나는 미국인이야.

순덕은 대답하지 않고 조셉을 바라보았다. 조셉이 한국말
을 능숙하게 해서였다. 선생님이 들어와서 순덕에게 말했다.

조셉이 학교에 잘 다닐 수 있게 친구가 되어서 도와주거라.

어쩐지 선생님도 순덕처럼 조셉을 어려워하는 것 같았다.
남자아이들의 눈이 짓궂게 빛났다. 선생님이 칠판에 자음과
모음을 썼다. 조셉과 순덕은 공책에 자음과 모음을 옮겨 적었
다. 아이들은 조셉을 투명 인간처럼 대했다. 조셉이 운동장에
서 놀고 있으면 남자아이들은 조셉이 듣거나 말거나 조셉의
이야기를 했다. 조셉이 고개를 들고 말을 시키면 자리를 피했
다. 조셉이 모래로 만들어놓은 성을 허물고 도망갔다. 순덕은
조셉의 옷에 묻은 흙을 털어주고, 조셉의 옆에서 같이 모래성
을 쌓았다. 조셉과 나란히 앉아서 조셉이 싸 온 볶음밥을 나눠
먹고, 순덕이 싸간 생선구이를 발라 먹었다.

코쟁이네 각시래요. 코쟁이한테 시집간대요.

아이들이 순덕을 놀렸다. 조셉과 순덕은 손을 잡고 운동장
을 지나서 집으로 돌아갔다.

조셉이 자기 집에 가서 놀자고 했다. 교회에 딸린 사택은
일본인이 살다가 버리고 간 붉은 벽돌 주택이었다. 조셉의 엄

마는 조셉과 순덕에게 쿠키와 우유를 주었다. 순덕은 동그란 과자를 쿠키라고 부른다는 것을 조셉의 엄마에게 들었다. 파란 눈에 금발의 여자가 쿠키라고 말하자 그 말이 세상에 새로 생겨난 것처럼 느껴졌다. 순덕은 설레는 마음으로 쿠키를 깨물었다. 쿠키에서는 땅콩 맛과 고소한 버터 맛이 났다. 버터는 조셉이 도시락에 싸 오던 샌드위치에 발라져 있던 것이어서 맛을 알았다. 순덕은 조셉의 엄마가 자기 엄마였으면 좋겠다고 생각했다. 아름답고 우아하게 쿠키를 만드는 여자가 엄마였으면.

조셉의 방에는 장난감 기차 레일이 근사하게 장식돼 있었다. 조셉과 순덕은 블록으로 모형 집을 만들어놓고 소꿉놀이를 했다. 순덕은 쿠키를 밥상에 놓고 말했다.

여보 밥 묵으랑께요.

조셉은 밥 먹는 시늉을 했다.

그날 조셉의 아버지는 순덕을 교회에 앉혀놓고 하느님에 대해서 말했다. 교회 안에는 저녁 예배를 온 사람들이 정장을 차려입고 앉아 있었다. 성경책을 읽고 있는 그들 사이에서 순덕은 조셉의 손을 잡고 앉아 있었다.

한 달 후, 1948년 4월 3일에 제주에서 난리가 났다.

식당 손님들이 와서 수군거리는 소리를 순덕의 엄마가 전했다. 순덕의 엄마는 그즈음 군인들에게 밥을 해주고 있었다. 고정적으로 돈을 맡기고 백반을 사 먹는 사람들은 군대의 장교라고 했다.

순덕과 조섭이 다니는 종산국민학교도 어수선해졌다. 교실에서는 아이들이 부모에게 들은 무서운 말들을 거침없이 쏟아냈다. 제주에서 빨갱이들의 폭동이 일어났다고. 동네 사람들이 다 죽어서 동네가 텅 비었다고. 되는대로 죽여서 구덩이에 밀어 넣고 태워버린다고. 광주에 군인들이 모여서 진압을 시작했다고. 미국 군인들이 진압하려고 몰려갔다고 했다. 그 말을 하면서 아이들은 조섭을 봤다. 미군들이 사람을 죽이는 것이 모두 조섭의 탓인 것처럼. 숨 막히는 공포의 말을 퍼부어놓은 아이들은 조섭을 당장 죽일 듯이 노려보았다.

조섭은 교실을 나와서 혼자 앉아 있곤 했다. 순덕은 봄꽃을 꺾어서 조섭에게 주며 위로했다.

아이들도 여수도 무서워. 아빠가 말했어. 여기도 곧 폭동이 일어날 거라고.

조섭도 아이들처럼 말했기에 순덕은 몸을 떨면서 대답했다.

내가 지켜줄 거구만. 걱정 말랑께.

순덕이 말하자 조섭이 고맙다고 웃었다. 그러나 조섭은 시

무룩해 보였다.

우리도 곧 떠나야 할지 모른다고 했어. 엄마 아빠가.

그날 집에 돌아가는 길에 누군가 조셉에게 돌멩이를 던졌다. 조셉은 머리를 맞았다. 옆에 있던 순덕이 아이들을 향해 욕을 대차게 퍼부었다.

조셉을 건드리는 아그들은 미군이 와서 총으로 쏴버릴 것잉께. 한번 해보랑께. 이 육시럴 놈의 새끼들아. 염병하고 자빠졌네.

조셉은 그 후로 학교에 나오지 않았다.

군인들이 모집되었고 광주 4연대에서 차출된 병력으로 여수에 14연대가 창설되었다고 순덕의 엄마가 말했다. 순덕이네 식당으로 밥을 먹으러 오는 군인들이 늘어났다. 순덕의 엄마는 백반을 많이 팔아서 좋다고 하면서도 불안해했다. 조셉이 학교에 나오지 않자 순덕은 심심했다. 혼자 도시락을 먹어야 했고, 혼자 놀아야 했다. 이미 조셉과 놀던 순덕은 아이들과 섞일 수 없었다. 순덕의 엄마가 과부이고 식당을 한다며, 여자아이들도 순덕을 피했다.

순덕이 학교가 끝나고 집에 돌아가면 조셉이 놀러 왔다. 순덕은 엄마의 식당 일을 도와줘야 했다. 그러나 14연대의 군인들이 밥을 먹으러 오면서 식당은 또 하나의 전쟁터였다. 군인들은 경찰에 대한 불만을 토로하다가 고함을 질렀다. 순덕의 엄마가 위험하다며 조셉과 순덕을 식당 밖으로 내보냈다. 조셉은 순덕을 자기 집으로 데려가서 놀았다.

조셉의 엄마는 순덕이 올 때마다 쿠키와 우유를 주었다. 조셉의 엄마는 조셉과 순덕에게 영어와 수학을 가르쳐주었다. 피아노를 연주해주었다. 조셉의 집만 평화로웠다. 교회 밖에서는 좌우익이 충돌하고 있었지만, 교회 안까지 쳐들어오지는 않았다. 좌익 세력이 강해지면서 정장을 입고 교회에 나오던 신자들이 줄었다. 조셉의 엄마는 피아노를 치면서 성가를 불러주었다.

*

여든이 넘은 수잔이 돌이켜보니 젊은 나이였던 조셉의 엄마는 그렇게 두려움을 다스렸을 것이다. 여수를 떠나고 싶어도 좌익이 주도권을 잡아가는 도시에서 길을 찾기가 점점 어려웠을 것이고, 결국 발목이 잡혀버린 것이다. 다른 나라의 해방정국에 발을 잘못 들인 자신들의 선택을 후회했을지도 모른다. 하늘이, 신이, 방법을 알려주길 바라며 성가를 불렀을지도.

―오늘은 못 가겠다.

수잔이 말했다. 조셉의 엄마와 꼭 닮은 앤이 택시 앱을 열어서 택시를 취소했다. 앤은 배가 고프지 않냐고 물었다. 수잔은 엄마가 끓여주던 생선 지리탕이 떠올랐다. 호텔 근처 식당을 검색한 앤이 수잔 보고 나가자고 했다.

―증조할머니와 증조할아버지가 여수를 떠날 때의 시기를 검색해보니까, 여수와 순천에서 큰 사건이 있었더군요. 만성리에서 사람들이 학살당했고요. 여수가 혼란스러웠을 것 같아요. 증조할머니랑 증조할아버지는 무서웠겠어요. 할머니, 여수를 보러 왔으면 보고 가세요.

앤이 호텔을 나서며 말했다.

수잔은 생선 비린내가 밴 식당 안을 둘러보았다. 순덕의 엄마가 하던 식당은 양철 테이블이 다섯 개 정도 놓여 있었다. 순덕의 엄마 혼자서 음식하고 밥상을 차려야 해서 딱 그 정도가 적당했다.

수잔이 앉은 탁자에 반찬이 줄줄이 나왔다. 생선 지리탕만 시켰는데 반찬이 탁자를 가득 채웠다. 수잔의 입에 군침이 돌았다. 묵은지와 갓김치, 가지볶음과 조개무침. 수잔이 미국에서 그 맛을 잊지 않고 맛을 내려고 무던히 노력하던 음식들이었다.

　-이제 그 돌 좀 놓고 식사하세요. 할머니.

　앤이 돌멩이를 가리켰다. 수잔은 체온에 익은 돌을 더 꽉 쥐었다.

　-그 돌에 대해서 말씀해주시지 않을 거예요?

　앤이 묻자 반찬을 나르던 식당 여자가 앤을 다시 보았다.

　-한국말 잘하시네요.

　식당 여자가 앤에게 말했다. 앤은 수잔에게 말할 때 한국어를 사용하려고 일부러 배웠다. 앤은 자신 있게 고개를 끄덕였다.

　-만성리 아시나요?

　앤이 식당 여자에게 묻자 수잔은 당황해서 숟가락을 놓았다. 식당 여자는 잘 모르겠다고 대답하고 자리를 피했다. 외국 여자를 대하는 방식은 칠십 년 전이나 지금이나 비슷하다고 수잔은 생각했다. 수잔은 시간이 돌고 돈다는 생각을 놓을 수 없었다. 자신을 옥죄던 어린 시절 공포가 다시 돌아온다면 앤은 수잔의 마음을 짐작할 수 있을까. 수잔이 돌멩이만 쭈물거리고 있자 앤이 수잔의 손에 숟가락을 쥐여주었다. 생선 지리탕의 맛이 수잔의 혀끝을 감돌았다. 짜지도 맵지도 않고 생선살이 녹아내린 담백한 맛. 수잔은 밥을 한 숟가락 떠먹고 갓김치를 집어서 입에 넣고 씹었다.

─내일, 내일 가자. 만성리 가면서 다 말해주마.

앤이 숟가락질을 하면서 고개를 끄덕였다. 앤은 생선 지리탕을 먹으며 오, 라고 감탄했다. 조셉의 엄마도 같은 표정이었다.

*

조셉의 엄마가 생선 지리탕에 밥을 말아 먹었다. 조셉의 아빠도 체면을 잊고 허겁지겁 먹었다. 우아하던 조셉의 엄마가 웃으며 얼굴이 더러워진 채로 밥을 먹는 모습은 순덕에게 묘한 위안을 주었다. 순덕은 조셉의 엄마 아빠를 숨겨준 엄마가 자랑스러웠다. 구정물에 손 담가 그릇을 씻고, 생선 대가리를 시퍼런 칼로 댕강 잘라내는 엄마를 이제껏 부끄러워하던 순덕이었다. 과부이면서 식당을 하는 순덕의 엄마는 어른들 사이에서 조롱거리였고, 순덕의 친구들 사이에서도 놀림거리였다. 순덕은 외국 여자인 조셉의 엄마가 부러웠다. 그러나 순덕의 부탁으로 순덕의 엄마가 조셉의 엄마 아빠를 숨겨주고 돌봐주자 순덕은 엄마의 그 강인함이 좋아졌다. 순덕은 조셉의 엄마가 자신의 엄마였으면 하고 바랐던 마음이 부끄러웠다.

순덕이네 창고 구석에는 가족 대피소가 있었다. 일본 군인들을 피하려고 만들어놓은 것이었다. 일본 군인들이 전쟁 막바지에 여자들을 잡아갔기에, 그때 숨으려고 마련해놓은 곳이었다. 그곳에 조셉의 엄마 아빠가 숨어 있었다. 순덕이네 식당에서는 14연대 군인들이 밥을 먹고 있었고, 창고에서는 조셉의 엄마 아빠가 밥을 먹고 있었다.

우리는 제주도 애국인민을 무차별 학살하기 위하여 우리들을 출동시키려는 작전에 조선 사람의 아들로서 조선 동포를 학살하는 것을 거부한다

10월에 14연대는 이러한 선언문을 내걸고 봉기했다. 제주 사람들을 죽일 수 없다는 항명은 정당했기에, 여수, 순천, 보성, 등 지역민들의 지지를 받았다.

여수가 14연대에 장악되자 조셉의 엄마 아빠는 몸을 숨겨야 했다. 조셉의 엄마 아빠가 순덕이네 창고에 숨고 며칠 후, 순덕의 엄마가 말했다.

혹시라도 나한테 뭔 일이 나서 내가 죽게 되믄, 우리 순덕이 꼭 살려줘요. 약속할 수 있지라?

순덕은 엄마의 다짐이 두려웠다. 조셉의 엄마 아빠가 눈을 빛냈다. 조셉의 엄마가 고개를 끄덕였다.

하느님 두고 맹세할 수 있지라? 내가 나까지는 안 바라요. 우리 순덕이는 꼭 살려서 여수에서 데고 나가 주쇼. 알았지라?

순덕의 엄마가 하늘을 가리키며 다짐을 받았다. 순덕은 엄마의 손을 꼭 잡았다. 순덕은 아껴두었던 눈깔사탕을 조셉의 손에 쥐여주었다. 군인들이 밥을 먹고 순덕에게 준 것이었다. 군인들은 이제 돈을 내지 않았다. 경찰들을 죽이고 우파를 제거한 후에는 무조건 밥을 내놓으라고 했다. 순덕의 엄마는 생선과 쌀과 김치를 구하느라 애를 썼다. 살아남기 위해 14연대 군인들의 뜻을 거스를 수 없었다. 순덕의 엄마가 상황이 역전될 수 있다는 짐작을 한 것은, 14연대 군인들이 모여서 하는 말을 듣고부터였다.

광주에서 진압군이 몰려오고 있답디다. 미군들이랑. 이승만이 군인들을 보냈다고 합디다.

순덕의 엄마 말에 조셉의 아빠가 반색했다.

지창수와 반란군 우두머리들이 죽었습니까?

순덕의 엄마는 그런 것은 정확히 모르겠지만, 상황이 바뀌었다고 말했다.

조셉의 엄마가 순덕의 엄마에게 말했다.

걱정하지 마세요. 살려준 은혜는 꼭 갚겠습니다.

　그 말은 일주일 후 지켜졌다. 반란군과 진압군의 교전은 전쟁을 방불케 했다. 집이 불타고 수많은 사람이 죽었다. 미군과 진압군이 여수에 들어왔고 반란군은 숙청되어 지리산으로 도주했다. 반란군 진형에 섰던 사람들은 부역자로 잡혀갔다. 순덕의 엄마도 부역자로 끌려가 종산국민학교에 갇혀 있었다. 매일 고문을 당하고 죽어 나가는 사람들의 비명이 여수와 순천의 구석구석을 채웠다.
　조셉의 엄마 아빠는 교회 사택으로 돌아가면서 순덕을 데려갔다. 군인들이 순덕을 끌고 갈까 봐 숨겨두고 돌봤다. 미군이 여수로 들어왔지만, 조셉의 엄마 아빠는 순덕 엄마와의 약속을 지키기 위해 떠나는 것을 미루었다. 미군의 보호로 조셉의 엄마 아빠는 우익의 누구도 건드리지 못했다.

　12월이 끝나갈 즈음부터 경찰과 우익 청년들은 순덕을 찾기 시작했다. 반란군들이 밥을 먹었던 식당의 주인인 순덕의 엄마가 그들의 계획을 낱낱이 들었을 것이라고 짐작했다. 그들은 순덕의 엄마를 고문했지만, 진술을 받아내지 못했다. 딸을 찾아서 순덕의 엄마를 협박하기 위해 순덕을 찾기 시작했다. 그들은 순덕이 어디 있는지 짐작하고 있었다. 미군의 비호로 들어갈 수 없는 성지인 교회 사택에 있을 것이라는 사실을 아는 사람은 다 알았다. 군인들이 교회 앞까지 왔다가 돌아간 날이 허다했다. 조셉의 엄마 아빠는 버텼다.

새해가 밝았지만 사태는 더 악화될 뿐이었다. 미군들은 민간인 학살을 진압이라는 이유로 모른 척했다.

순덕은 사택 지하에 숨어 있었다. 조셉이 온종일 순덕과 놀아주었다. 순덕은 괜찮은 척했지만, 엄마가 보고 싶었다. 잡혀간 엄마가 무사한지 알고 싶었다. 순덕은 지하실에서 나와 거실로 갔다. 조셉의 엄마 아빠가 영어로 이야기하고 있었다. 그동안 순덕은 조셉의 엄마에게 영어를 배워서 대화를 엿들을 수 있었다.

우리를 태워주는 배를 구했어요. 1월 15일에 떠나야 해요. 미룰 수가 없어요. 미군 총지휘관이 이제 떠나라고 명령했어요.

조셉의 아빠가 말했다.

1월 13일에 사람들을 처형할 거라고 발표를 했다면서요. 종산국민학교에서요. 순덕은 어쩌죠? 여기 남아 있으면 사람들이 그 아이를 죽일 거예요.

조셉의 엄마가 말했다.

순덕은 엄마가 죽는 날짜가 정해졌다는 사실에 눈앞이 캄캄해졌다. 사흘 후였다. 엄마가 죽는다면 같이 죽고 싶었다. 이렇게 끔찍한 세상에 살아서 무엇 하나 싶었다. 서로가 서로를 죽이기 위해 이를 가는 세상. 식당을 하는데 군인들에게 밥을 해줬다며 부역 혐의로 죽어야 하는 세상. 바글바글 끓는 증오로 우파를 죽이던 사람도, 그 반대의 이유로 좌파를 죽이는 사람도, 이해할 수 없었다. 조섭의 아빠가 말하는 신이 있다면 신은 무엇하길래 순덕의 엄마를 죽이려고 하는지 묻고 싶었다. 순덕은 엄마와 같이 죽기로 결심했다.

*

수잔은 악몽에 시달리다가 잠에서 깼다. 에어컨 바람에 뼈가 시렸다. 무릎과 허리, 어깨의 관절들이 삐걱거리면서 통증이 왔다. 백내장으로 흐려진 눈에서 눈물이 났다. 수잔은 이불을 걷고 일어나 이곳이 어디였던가 가늠했다. 옆 침대에서 잠든 앤을 보고 나서야 어제의 일이 머릿속에 선명해졌다. 악몽 속 일은 칠십 년 전 일이었고, 어제의 일은 여수에 온 것이었다. 수잔은 오늘 찾아가기로 한 만성리를 떠올리며 밤새 쥐고 있던 돌멩이로 얼굴을 문질렀다. 하늘이 어두웠고 비가 내리

92

고 있었다. 다른 날보다 춥게 느껴져서 수잔은 에어컨을 껐다. 앤이 일어나서 몸을 씻고 나갈 준비를 했다. 앤은 쿠키와 우유를 아침으로 내놓았다. 조셉의 엄마가 내주던 쿠키와 같은 것이었다. 수잔은 미국에 가서야 조셉의 엄마가 내주던 쿠키는 그 집안에서 내려오던 쿠키라는 것을 알게 되었다. 수잔도 그 레시피를 배웠고, 수잔의 딸도, 앤도 쿠키 만드는 법을 배웠다.

ㅡ엄마가 만들어서 싸주신 쿠키에요. 할아버지가 말했대요. 이 쿠키가 할머니를 구했다고요.

ㅡ아니, 나를 구한 것은 이 돌멩이였단다.

수잔이 말하고 쿠키를 깨물어 먹었다. 땅콩의 고소한 맛이 나고 버터가 섞인 쿠키의 부드러움이 혀를 감싸고 돌았다. 쿠키 가루가 목에 걸려 수잔은 캑캑 소리를 냈다. 수잔은 우유잔을 잡으려 했지만 손이 떨렸다. 수잔은 우유를 엎질렀고 앤이 다가와서 수건으로 바닥의 우유를 닦았다. 앤이 고개를 들고 말했다.

ㅡ할머니 얼굴이 창백해요. 오늘 괜찮겠어요? 택시를 불러놨어요. 30분 후에 우리는 만성리로 떠나야 해요.

수잔과 앤을 태운 택시가 동굴 속으로 들어갔다. 해변에 있는 동굴 속 길은 한 개의 차선만 있었다. 천장에는 조명이 켜져 있었지만 비좁았다. 바위를 깎아 만든 동굴은 수잔이 순덕이었을 때, 엄마를 향해 가던 어둡고 축축한 길을 연상시켰다. 수잔은 엄마를 향해 뛰어가던 여덟 살 순덕이로 돌아갔다. 앤의 손이 수잔의 손을 잡았다. 수잔은 엄마의 손을 부여잡듯 앤의 손을 꽉 쥐었다.

*

순덕은 여수 시내에 있던 교회의 사택을 살그머니 빠져나왔다. 순덕은 종산국민학교로 가야만 했다. 여수 시내에는 죽은 사람들이 널려 있었다. 군인들이 경비를 서고 있어서 가족이 시체를 가져갈 수 없었다. 순덕은 종산국민학교로 가는 큰길을 놔두고 해변 길로 갔다. 일본 사람들이 파놓은 동굴이 있었는데, 차단해놓았다고 했다. 그 길이 지름길이었다. 순덕은 동굴의 축축하고 어두운 길을 밟고 가며 춥고 두려워서 몸을 떨었다. 길을 더듬어 가는 순덕의 눈에 불빛이 보였다. 순덕은 눈을 깜빡이다가 동굴의 움푹 들어간 곳으로 숨었다. 순찰대가 지나가고 있었다. 순덕은 숨을 멈추었다. 엄마를 보고 엄마의 손을 잡고 죽기 위해서 가는 길이었다. 두 명의 순찰대는 횃불을 들고 있었다. 동네의 아는 사람들이었다. 순덕은 그들에게 울면서 도와달라고 말하고 싶었다. 그들은 돌아가신 아빠의 친구들이었다. 경찰관 형제가 있던 사람들이어서 징용을 피할 수 있었다고 엄마가 말해주었다. 순덕은 어둠 속에서 일어섰다가 입술을 깨물고 주저앉았다.

종산국민학교 운동장에 묶여 있는 사람들이 보였다. 장대에 한 명씩 묶여 있었고, 중간에 장작불이 타고 있었다. 그중에 엄마가 보였다. 보초병은 보이지 않았다. 교대병이 오지 않은 모양이었다. 순덕은 엄마에게 다가갔다.

어매요. 얼매나 추우요. 내가 왔당께라. 순덕이.

순덕이 엄마를 흔들면서 울었다. 엄마는 얼굴이 피투성이였고 이빨이 뽑힌 입안은 비어 있었다. 고문으로 손발이 으깨져 있었다. 한겨울의 냉기가 얼려놓은 몸은 이미 이 세상 사람이 아닌 것처럼 차가웠다. 순덕의 엄마는 순덕의 목소리에 눈을 겨우 뜨더니 말했다.

왜 왔다냐. 순덕아 너 여기 오믄 죽어야. 얼릉 도망가랑께. 누가 물어도 순천댁은 모른다고 해라. 알았지야.

순덕이 고개를 저었다.

나 어매랑 여그서 죽을라요. 내일 어매를 죽인답디다. 내가 어매 없이 살아서 뭐 한다요.

순덕의 엄마는 피눈물을 흘리면서 순덕을 봤다. 순덕의 엄마는 으깨진 손으로 바닥을 더듬더니 돌멩이를 주웠다. 그것을 순덕의 손에 쥐여주었다. 둥글고 매끈하고 차가운 감촉이 순덕의 손에 전해졌다. 돌멩이에는 엄마의 손에 묻어 있던 피가 있었다.

순덕아, 살아. 꼭 살아내야. 내가 너 살릴라고 뼈가 부사지도록 벼뤘어야. 꼭 살아내야. 여그 여수에서 도망쳐서 꼭 살아라. 약속하랑께. 꼭 살아라. 인쟈 이 돌이가 어매다.

순덕은 고개를 저었다. 누군가 뒤에서 순덕을 끌어안았다. 조셉이었다.

가자. 제발, 순덕아 가자.

조셉이 순덕의 손을 잡아끌었다. 순덕은 울면서 몇 걸음 내디뎠다. 어둠 속에서 교대병이 나타났다. 조셉과 순덕은 뛰기 시작했다. 조셉과 순덕은 어둠 속을 달려서 사택에 도착해 조셉의 방으로 숨었다. 군인들이 쫓아와서 문을 두드렸다. 조셉의 아빠가 문을 열었다. 군인들이 조셉의 방까지 밀고 들어왔다.

너 순천댁 딸이지? 바른대로 말해라.

군인들이 총을 순덕에게 겨누었다. 순덕은 엄마가 준 돌을 주머니에서 꼭 쥐었다. 순덕은 엄마가 가르쳐준 대로 말했다.

나는 순천댁을 모릅니다.

군인들이 웃기 시작했다. 조셉과 순덕은 어둠 속을 헤집고 오느라 옷이 흙투성이였다. 뻔한 거짓말을 하는 순덕의 말을 비웃으며 군인들이 총을 겨눴다. 조셉의 아빠는 한국말을 잘했지만, 일부러 영어로 말했다.

수잔. 이 아이 이름은 수잔이요. 집안일을 도와주던 아이고 고아요.

조셉의 아빠가 군인들의 총부리를 몸으로 막았다. 군인들은 영어를 듣자 당황해서 시선을 피하더니 총을 더 바짝 들었다. 조셉의 엄마가 뒤늦게 나타나 비명을 질렀다. 그때 미군들이 나타났다. 한국 군인들은 말이 통하지 않아서 상황을 전달할 수 없었다. 그들은 물러났다. 조셉의 엄마 아빠는 조셉과 순덕을 안아주었다. 조셉의 아빠가 말했다.

수잔은 예수님과 열두 사도를 섬긴 성녀, 수산나에서 유래한 이름이란다. 너는 우리가 어려울 때 우리를 살려주었어. 너는 우리의 수잔이야. 그러니 무서워 말아라. 수잔. 이제 우리가 너를 도울 차례야.

순덕은 조셉의 아빠를 안고 울음을 터트렸다. 그날 밤 순덕은 돌멩이를 손에 쥐고 고열에 시달렸다. 순덕은 엄마가 목

숨으로 대가를 치르고 자기를 살렸다는 것을 마음에 새겼다.
순덕은 수잔으로 살기로 마음먹었다.

1949년 1월 13일에 처형이 시작되었다.

헌병들은 종산국민학교에 수용했던 부역자들을 다섯 명씩
줄을 세워놓고 총으로 쏘아서 죽였다. 백이십오 명이었다. 그
중에 순덕의 엄마가 있었다. 그들은 다섯 명씩 장작더미에 눕
혀 오 층으로 쌓은 큰 더미 다섯 개에 기름을 부어 태웠다. 시
신은 사흘 동안 불에 탔다. 코를 찌르는 지독한 냄새가 주변을
채웠다. 헌병들은 전날 순덕이 그랬던 것처럼 처형된 부역자
의 가족들이 접근할 것 같아서 보초를 세웠다.

열이 끓던 순덕은 1월 14일 밤에 몰래 나가서 엄마가 타는
모습을 지켜보았다. 1월 15일에 떠나기로 했던 조섭의 가족은
배가 미루어지는 바람에 20일에나 여수를 떠나게 되었다. 순
덕은 매일 밤 숨어서 엄마가 타고 있는 불을 지켜봤다. 시신을
태운 지 사흘이 지나자 불이 꺼졌다. 순덕은 엄마의 뼈 한 줌
이라도 집어 오고 싶었다. 그러나 헌병들은 그 시쳇더미를 태
운 자리에 커다란 바위를 올려두었다.

순덕은 허탈하게 돌아오던 길에 만성리 계곡을 지났다. 부
역한 사람들을 죽여서 되는 대로 시체를 버린 곳이었다. 순덕

은 돌멩이를 집어서 계곡에 던졌다. 돌멩이가 떨어지다가 소리가 사라졌다. 순덕은 돌멩이를 하나 더 집어 던졌다. 엄마를 묻지 못하는 대신 그 사람들을 묻어주고 싶었다. 순덕은 돌무덤을 만들어주려고 밤새 돌멩이를 던지다가 사택으로 돌아갔다.

조섭의 가족이 떠나는 날까지 헌병들은 조섭의 집을 감시했다. 조섭의 가족이 순덕을 데리고 떠나지 못하게 하기 위해서였다. 헌병들은 순덕이 지리산에 숨은 간첩들과 소식을 주고받던 애기 간첩이라는 소문을 냈다. 여수 사람들이 순덕을 찾으려고 혈안이 돼 있었다. 조섭의 부모는 순덕이 밤에 몰래 나가는 것을 막았다. 조섭의 부모는 순덕을 데리고 여수를 떠날 방법을 고심했다.

조섭의 가족이 떠나는 날 아침, 조섭의 엄마는 집에 있던 밀가루로 쿠키를 구워서 광주리를 가득 채웠다. 순덕을 상자에 넣고 그 위에 나무 합판을 올린 다음 쿠키 광주리를 올렸다. 조섭네 가족이 사택을 나왔을 때, 헌병들과 미군들이 승선을 돕는다며 따라왔다. 순덕을 넣은 상자는 수레에 실렸고 그 옆에 조섭이 앉았다. 조섭은 일부러 쿠키를 깨물어 먹었다. 고소하고 달콤한 향이 조섭의 가족이 지나가는 길마다 퍼졌다.

수레를 감시하며 따라오던 미군들과 헌병들은 군침을 삼켰다. 조셉이 들고 있는 쿠키를 보느라 한눈을 파는 미군도 보였다. 조셉은 상자에 난 조그만 구멍에서 쿠키를 꺼내는 척하며 순덕의 손을 잡았다. 순덕은 되는대로 길에 버려져 있는 시신들과 그들의 피로 붉게 물든 바닷물을 보았다. 조셉네 가족이 미군 군함에 타기 전에 미군의 짐 점검이 시작되었다. 헌병들도 눈을 떼지 않았다.

여수를 뒤흔든 여자 간첩, 순천댁의 딸 순덕을 찾기 위해서.

미군들과 헌병들이 순덕이 숨은 상자를 가리켰다. 조셉의 엄마가 상자를 열어 쿠키 광주리를 꺼냈다. 조셉의 엄마는 쿠키를 미군들과 헌병에게 하나씩 나눠 주었다. 미군들은 달콤하고 고소한 쿠키를 깨물어 먹으며 웃음을 지었다. 미군이 통과 시켰으므로 헌병들은 그 상자를 열어볼 수 없었다. 미군 군함에 승선한 후에도 순덕은 상자에서 나올 수 없었다. 군함이 태평양 한가운데를 통과할 때가 되어서 조셉이 순덕의 손을 잡고 꺼내 주었다. 순덕의 손에는 돌멩이가 쥐어져 있었다.

1950년 6월 25일에 한국전쟁이 일어났다.

순덕은 미국으로 입국해 수잔이 되었다. 수잔은 한국전쟁이 터져서 사람들이 죽었다는 소식을 들을 때마다 엄마를 죽였던 사람들이 다 죽어버렸으면 하고 바랐다. 수잔은 침묵, 침

묵, 침묵, 침묵하며 견뎠다.

수잔이 순덕이였던 시간은 지워지고 수잔은 한식 식당을 경영하는 한국계 미국인으로 살았다. 김치를 담고 생선찌개를 끓였다. 조셉의 엄마 아빠가 죽고 조셉과 수잔이 결혼해 딸을 낳고 또 손녀를 보는 동안, 수잔은 한국에 돌아가지 않았다. 수잔은 한 번도 엄마의 이야기를 꺼내지 않았지만, 손에서 돌멩이를 놓은 적이 없었다.

오랜 시간이 지나 제주 4·3 사건의 진상규명이 시작되었다는 소식을 들었을 때도 수잔은 침묵했다.

*

수잔이 이야기를 멈추었다.

비가 그치고 햇빛이 비쳤다. 택시는 수잔과 앤을 '여순사건 형제묘'라는 간판 앞에 내려놓고 떠났다. 간판에는 1949년 1월 13일에 한꺼번에 죽은 125명의 죽음을 기리기 위해 만든 무덤이라고 쓰여 있었다. 희생된 시신을 찾을 길이 없어서 죽어서라도 형제처럼 함께 있으라고 '형제묘'라고 이름 붙였다고 했다.

수잔은 형제묘로 향하는 계단을 올라가며 거기가 끝이라고 생각했다. 수잔은 엄마의 가묘를 다녀와서 여수의 바다에서 죽고 싶었다.

이제 다 살아냈으니 홀가분하게 가겠다.

형제묘를 오르는 계단 옆 나뭇가지에 '당신의 희생을 평화와 민주로 꽃 피우겠습니다'라는 글씨가 쓰인 노란 리본이 묶여 있었다. 수잔은 여순사건 진상을 규명하기 시작했다는 뉴스를 들은 적이 있었다. 수잔은 노구의 몸이라서 숨이 차고 무릎이 아팠지만 마음이 놓였다. 수잔이 죽어도 후손들이 달리 기억할 수 있겠다는 마음이 들었다. 칡넝쿨이 우거진 계단을 올라가 '형제묘' 비석과 마주친 수잔은 무릎이 꺾였다. 무덤이 풀 속에 처박혀 있었다. 노란 바람개비가 꽂혀 있고 국화다발이 놓여 있긴 했지만, 처참한 몰골이었다. 수잔의 엄마가 이 자리에서 죽었다. 수잔이 보는 앞에서 불태워졌다.

더 소중히 기억해야지.

수잔은 무덤 앞에서 무릎을 꿇고 울기 시작했다. 수잔이 죽지 않고 살아낸 칠십 년의 진실이 규명되지 못하고 또 한 번 무참히 덮여버리는 기분이었다. 수잔은 시애틀에서 비행기에 올랐을 때 다른 결말을 바랐다.

내가 이것을 보려고 여기까지 왔는가.

수잔은 앤과 '형제묘'를 내려왔다.

─조금 더 걸으면 '여순사건 희생자 위령비'가 있을 거예요.

앤이 수잔에게 말했다. 수잔은 흥분한 나머지 순덕이가 되어 사투리로 말했다.

─거그 가믄 뭐가 다르다냐. 무덤을 이라고 풀 속에 묻어 놨는디. 암도 몰라야. 그날 뭔 일이 있었는지. 우리 어매가 왜 죽었는지. 모른당께. 그냥 다 뒤져 불길 바란당께. 이놈의 세상은 말이여. 희망이 없당께. 희망이 없어.

수잔과 앤은 희생자 위령비로 발길을 돌렸다. 수잔은 다리가 풀려 걷기 힘들었다. 앤이 수잔을 부축하고 걸었다. 여수의 땡볕이 수잔에게 쏟아졌다. 수잔은 손수건으로 얼굴에 난 땀을 닦았다. 희생자 위령비 앞에 도착했을 때 수잔은 더 걸을 힘이 없었다. 어서 여수의 바다로 걸어 들어가고 싶었다. 여수의 바다에 이 돌멩이부터 던져 버리고, 몸도 마음도 가벼워지고 싶었다. 간첩 딸이라는 무거운 짐을 지고, 출신을 숨기며 사느라 내내 마음이 천근이었다.

살아내라는 약속이 담긴 돌이 얼마나 무거웠는지. 그날의 수많은 학살이 뭉쳐진 돌은 수잔이 잊고 싶어도 잊을 수 없었던 여수 자체였다. 엄마의 참혹한 죽음이었다. 수잔이 살아도 살아 있지 못 하게 하는 죄책감 덩어리였다. 돌멩이 하나에 응축된 것은 학살의 역사 자체였다.

희생자 위령비 앞에는 동그란 돌멩이들이 놓여 있었다. 동백이 곱게 그려져 있거나 표정이 그려져 있는 돌멩이들이었다. 수잔이 들고 다녔던 돌멩이와 똑같은 모양을 보고 수잔은 아연실색했다. 앤이 간판에 쓰인 영문 설명을 읽었다.

—억울하게 죽어간 사람들을 위해 이 골짜기를 지나는 사람들이 작은 돌을 계곡에 던져 넣어 희생자들의 넋을 위로하는 풍속이 한동안 지속되어 돌탑 무덤이 솟아오르기도 했다고 하네요. 음, 그래서 돌멩이가 놓여 있나 봐요. 할머니 거랑 같은 건데요.

수잔은 여수를 떠나기 전에 밤새 골짜기에 던져 넣었던 돌멩이를 떠올렸다. 누군가 그 모습을 지켜보고, 누군가 수잔 대신 계속 돌을 던져 무덤을 만들었다. 누군가. 그 누군가가 있었다. 수잔은 돌멩이가 옹기종기 놓여 있는 모양을 지켜보다가 돌멩이에 쓰인 다짐을 찾았다.

또 그 누군가였다.

너무 몰랐습니다. 더 공부하고 화도 내고 알리며 살게요.*

*여순사건 희생자 위령비 앞에 놓여 있던 돌멩이에 쓰인 말임을 밝힙니다.

수잔은 얼굴도 모르는 이 아이의 다짐이 놀라웠다. 아이는 몰랐던 것이다. 그날 수잔의 엄마에게 일어났던 일을.

이 아이는 수잔이 목숨을 끊지 않고 해야 할 일을 깨닫게 해주었다.

수잔이 알고 있는 그 날의 일을 '알리고 화를 낼 것'.

그동안 수잔은 침묵으로 고통을 견뎠을 뿐, 화를 내지 않았다.

수잔은 엄마가 죽기 전에 자신의 손에 쥐여준 돌의 진짜 무게를 알게 되었다. 수잔 개인의 상처가 한 마을의 상처로 한 도시의 상처로 한 나라의 상처로 인정받아야 함을. 수잔이 살아남았고 살아 있음을 증명해내는 그 과정이, 그 억울함을 푸는 과정이, 부역자를 희생자로 다시 명명하는 일임을. 수잔은 비로소 깨닫게 되었다.

얼굴도 모르는 아이가 놓고 간 돌에서 수잔은 희망을 찾았다. 희망을 발견한 수잔은 몸이 떨리고 설레었다. 수잔이 모르는 어떤 아이가 칠십 년이 지난 후에, 자신이 몰랐던 일에 대해서 '화를 낼' 각오를 했다는 것. 수잔이 죽겠다고 결심한 사이에 이곳에서 태어난 후손은 수잔이 살아 있을 이유를 주었다는 것. 수잔은 얼굴도 모르는 그 아이의 말에 다리에 힘이 들어갔다. 백내장이 껴서 흐릿해 보이던 세상이 달리 보였다.

─앤! 내 한국 이름은 정순덕이었다. 정순덕이 하려는 일을 너도 도와주었으면 좋겠구나. 너는 내 피를 받았으니까. 나는 그날의 피해자이며 유족이다. 너는 그 유족의 후손이다.

　앤이 고개를 끄덕였다. 앤은 희생자 위령비의 사진을 찍고 영문 설명을 찍었다. 앤은 이 기록을 복원하고 남기려고 한국에 온 것이라고 했다. 앤은 자신이 쓰려는 논문의 주제가 '2차 대전 후, 한반도 여순사건 복원작업'이라고 말했다. 수잔은 앤의 손을 잡았다.

　─내가 이 일을 하다가 죽으면, 앤이 해야 한다. 내 어머니는 그날의 희생자다. 우리가 나서서 말하지 않으면 어머니의 죽음을 증명할 수 없다. 이제 이 돌멩이를 너한테 맡기마.

　수잔이 쥐고 다니던 돌멩이를 앤에게 주었다. 앤은 그 돌멩이를 희생자 위령비 앞에 올려놓았다.

　─우린 혼자가 아니에요. 같이할 겁니다.

　수잔은 고개를 끄덕이고 앤의 부축을 받으며 그곳을 걸어 나왔다. 수잔은 길까지 걸어 나온 다음 뒤를 돌아보았다. 희생자 위령비 앞의 돌멩이들이 파도에 쓸리는 몽돌처럼 자각자각, 깔깔, 소리를 내는 것 같았다. 돌이 웃는 소리라고 수잔의 엄마는 말했었다. 수잔은 가벼워진 손을 내려다보았다.

　─이제 돌이 노래하는구나.

수잔이 말했다. 칠십 년을 넘게 손에 쥐고 다니던 '수잔의 돌'과 '화를 내겠다'라고 결심한 '아이의 돌'이 나란히 놓여 여수의 햇빛을 튕겨내고 있었다.

너는 어디에서 살고 싶니

내 안에는 불 켜진 방이 있어. 선과 면으로 이루어져 있고, 내 정신이 담겨 있는 공간이야. 내가 평생 꿈꾸며 찾던 공간이지. 그곳에서 너와 보듬고 살고 싶어.

엄마의 집 앞에 서자 그가 했던 말이 스쳐 지나갔다. 그 사람은 너를 망칠 거다. 아빠의 마지막 말도 따라왔다. 그 사람은 너를 위해서 인생을 걸 사람이 아니야. 나는 손에 쥐었던 문고리를 잡았다가 놓았다. 아빠는 이 집에 없다. 나는 다짐하듯 말하고 문고리를 잡아당겼다. 낡은 양철 대문을 열자 초록색 잔디가 눈앞을 채웠다. 비좁은 마당과 반지하를 예상했던 나는 잘못 찾아온 것이 아닌가, 주소를 확인했다. 인기척을 듣고 현관문을 열고 나온 엄마가 내게 손짓했다.

엄마의 집 거실에 들어섰을 때 벽난로가 보였다. 붉은 벽돌로 마감처리 되어 있는 벽난로는 메리의 집에 있던 낡은 벽난로를 떠오르게 했다. 벽난로 안에는 타다 남은 재가 있었다. 벽난로 위 잉글누크*에는 작은 인형들이 장식되어 있었다. 돌하르방과 네덜란드 소녀, 인디언 소녀와 치파오를 입고 있는 소녀, 일본 고양이 인형과 프리다 칼로의 해골 여인, 스페인의 블랙 성모상이 나란히 놓여 있었다. 내가 외국에 나갈 때마다 공항 기프트숍에서 하나씩 사 온 것들이었다. 명절이면 엄마의 집에 오지 못해도 그동안 사놓은 것들을 택배로 보내주곤 했다. 건강식품과 상품권과 작은 인형들을 함께 보내면서 받지 않을까 봐 걱정했다.

식탁과 거실의 구석구석에는 각종 화초가 자라고 있었다. 바닥에는 카펫이 깔려 있었다. 벽난로 앞에는 흔들의자가 있었고, 베이지색 삼 인용 소파가 탁자를 가운데 두고 놓여 있었다. 거실 정면에는 엔틱풍의 피아노가 자리하고 있었는데, 나는 그 피아노가 과연 소리가 날까, 의문이 들었다. 삼 인용 소파 옆에는 이 인용 소파가 있었다. 삼 인용 소파 양옆으로 대

*벽난로 주위로 벽을 우묵하게 파서 만든 공간

형 스탠드가 있었고 천장에 조명이 없었다. 부엌과 거실의 경계를 나누듯 동그란 식탁이 자리잡고 있었다. 좁은 주방에 목재로 만들어진 주방 가구가 보였다. 온돌에 익숙한 한국식 공간이 아니라 벽난로와 카펫이 깔린 서양식 공간이었다. 엄마의 집은 오래된 물건들이 주는 안정감과 화초의 조화로 따뜻한 느낌을 풍겼다.

베란다로 뒷마당이 보였는데 초록빛 잔디와 화초가 자라고 있었다. 화단에는 고추며 가지, 토마토, 블루베리, 옥수수, 애호박, 깻잎, 상추, 고추가 무성하게 자라나고 있어서 눈이 부셨다. 엄마의 집은 거실도 부엌도 방도 딱 혼자 살기 좋게 작았다.

엄마는 침대가 놓인 안방을 지나서 책상이 있는 작은 방을 가리켰다. 침대는 없었고 엑스트라 베드가 접혀 있었다. 책상에는 데스크톱이 있었고, 데스크톱 옆에도 난초가 자라고 있었다.

여기서 자면 된다.

나는 엑스트라 베드를 못마땅하게 바라봤다. 엄마의 침대는 새하얀 호텔식 시트로 감싸여 있었고 북유럽 스타일의 이불이 올려져 있었다. 엄마는 저런 침대에서 자면서 딸이 왔는데, 바닥에서 자라는 건가. 나는 부러 퉁명스럽게 말했다.

소파에서 잘게요. 나는 소파가 편해요. 제 짐은 저 방에 풀어놓을게요. 엄마랑 같이 안 자도 되겠죠?

엄마가 고개를 들고 나를 보았다. 볼이 움푹 들어가고 머리카락이 하얗게 센 엄마가 말했다.

그러렴. 그런데 나는 아버지가 죽은 시간인 새벽 3시부터 깨서 잠들지 못한단다. 내가 좀 부스럭댈 거야. 괜찮지? 곧 너도 익숙해질 거야.

엄마를 자세히 보니까 못 먹고 못 자는 얼굴이었다. 거죽만 남은 어깨가 굽어서 나이보다 더 들어 보였다. 엄마를 마지막으로 본 것은 오 년 전이었다. 그때 엄마는 오십 대 중반임에도 하이힐을 신고 청바지를 입을 만큼 젊었다. 그러던 엄마가 오 년 만에 근육이 흐물거리게 빠지고 몸이 굽은 노인이 돼 있었다. 엄마는 아버지의 장례식을 지내지 않고 화장만 했다. 엄마는 나와 연락이 닿지 않아 장례식을 포기했을지 모른다. 나는 휴대폰을 꺼놓고 지내다가 한 달 만에 켰다. 엄마의 문자를 보고 아버지의 부고를 알게 되자마자 바로 엄마에게 오는 길이었다.

엄마가 아버지를 그렇게 사랑했던가.

나는 아버지의 유골이 있는 곳을 물어보려다가 입을 다물었다. 엄마는 아버지를 화장한 다음 적당한 곳을 찾지 못해 집에 보관한다고 했다. 아버지의 유골이 무섭지 않냐고 물으려는 내게 엄마는 좀 더 같이 있다가 보내려고, 라고 말했다. 이 아기자기하고 안락한 엄마의 집에 나와 엄마와 죽은 아버지가 함께 거주하고 있었다.

뒷마당에 묻어주지 그래?

나는 뒷마당의 화초와 채소를 보다가 말했다. 엄마는 무슨 뜻인가 가늠하다가 대답했다.

이 집 월세야.

참, 우린 집이 없었다. 나는 서양식 인테리어를 해놓은 집주인 취향이 궁금해서 물었다.

인테리어는 누가 했는데?

용산에 미군 기지 있을 때 거기서 일하던 외국인이 사서 꾸민 거야. 평택으로 이사하면서 세를 놓았는데, 이 집을 처음 보고 마음에 들어서 바로 계약했어. 생각보다 월세도 싸. 외국인이라 뭘 모르나 봐. 입주 조건이 있는 그대로 사는 거야. 정원의 꽃과 잔디를 잘 가꿔주는 것하고.

엄마는 자랑스럽게 말하더니 뒷마당 문을 열었다. 양푼을 들고 뒷마당으로 나간 엄마는 풋고추와 오이, 깻잎, 상추와 토마토를 따 왔다. 엄마는 수도를 틀더니 화초와 채소에 물을 주기 시작했다. 물은 소형 스프링클러를 호스 끝에 연결해서 자동으로 주는 것이었다. 엄마는 양푼에 뜯어 온 채소를 가지고 주방으로 가더니 겉절이를 무치고, 샐러드를 만들기 시작했다. 나는 엄마를 도우려고 손을 씻으러 욕실로 들어갔다. 욕실은 건식이었고 샤워 커튼을 걷자 욕조가 보였다. 샤워기가 고정된 방식이 낯설어서 한참을 바라보다가 커튼을 닫았다. 손을 씻다가 고개를 들자 내 얼굴이 보였다.

한국은 계절의 변화가 뚜렷하기 때문에 집을 짓고 내부 설비를 갖추는 것이 간단하지 않았다. 집은 계절에 맞추어 변화하는 자연에 대응하며, 그 집에 사는 사람들을 철 따라 다르게 보호해주어야 한다. 사람이 그렇듯이 집도 겨울옷과 여름옷은 큰 차이가 난다. 겨울에는 눈이 들어오지 못하게 문을 꼭 닫아야 하는 동시에 햇빛은 잘 들어야 하며, 여름에는 시원한 바람이 잘 통하면서도 이글거리는 열기와 쏟아지는 폭우를 잘 막아내야 한다.

메리는 알고 있었어. 한국에 집을 지을 때 고려해야 하는 것들을.

그는 자신이 읽은 부분을 손으로 짚어주었다. 나와 그는 '딜쿠샤'를 복원하기 위한 프로젝트에 같이 참여하고 있었다.

나는 대학을 졸업하고 취직한 건축 사무실에서 일하고 있었
고, 그는 팀장이었다. 그가 프로젝트를 따왔고 나보고 함께하
자고 했다. 대학을 갓 졸업하고 온 신입인 나에게 평생을 따라
다닐 경력이 붙는 제안이었다. 나는 내게 온 기회에 가슴이 설
레었다. 내가 가진 무엇이 그를 내게 이끌었는지 모르지만, 내
가 가진 것을 다 주면서 얻고 싶은 기회였다. 그는 대답조차
못 하고 서 있는 내 어깨를 토닥이며 말했다. 몇 년이 걸리는
사업이 될지 모르며 입주자들을 옮기고 시작해야 하는 작업이
라 시간이 더 걸릴 거라고. 그는 딜쿠샤의 복원에 앞서서 메리
가 집에 관해 가진 생각을 이해해보자고 했다. 딜쿠샤에 먼저
가보자. 그가 말했다. 그는 다른 팀원들은 두고 나와 함께 갔
다.

　그는 사직동 딜쿠샤에 가서 무너져가는 딜쿠샤를 보며 눈
물을 흘렸다. 그날 나는 그를 위로하다가 그의 공간으로 따라
갔다. 그는 한강이 보이는 넓은 오피스텔에 나를 데려갔다. 창
밖으로 도시가 내려다보이는 쾌적하고 고요한 공간이었다. 그
집에서는 세면대의 수도꼭지 하나조차도 빛이 났다. 나는 반
지하의 곰팡이 핀 샤워기를 떠올렸고 그 집에서 나를 기다리
는 엄마와 아버지를 생각했다. 한 조각의 햇빛도 보지 못한 사
람들처럼 노랗게 늙어가는 부모를. 내 아버지의 나이는 오십

대 중반이었다. 무엇을 하면 이 남자처럼 살 수 있고, 무엇을 하지 못하면 내 아버지처럼 사는가, 나는 무엇을 해야 부모의 집에서 벗어날 수 있는가. 그 남자의 집 욕실에서 눈부신 것들을 보며 생각했다.

그날 스물다섯 살의 나는 오십 대 남자를 처음 안았다. 그는 턱수염도 머리칼도 음모도 희끗희끗 새어가고 있었다. 어쩌면 그가 나를 안으려고 나를 그 프로젝트에 참여시켰을지 모른다는 의혹이 들었다. 그는 '네가 주는 생의 기쁨이 무엇인지 너는 모를 거라며', 내 몸을 쓰다듬었다. 다시 살아난 기분이야. 딜쿠샤는 페르시아어로 '기쁜 마음의 궁전'인데 너는 내 기쁜 마음의 궁전이야. 그가 내 눈을 따뜻하게 바라봤다. 내 몸이 당신의 기쁨인 것이냐고, 나는 차마 묻지 못했다. 메리가 가진 기쁜 마음의 궁전은 집이었고, 그가 나에게서 찾은 기쁨은 내 몸이었다. 나는 그때 시간 앞에 무너져가던 메리의 궁전을 보았기에 그 무너짐이 젊디젊은 내 몸과는 멀다고 생각했다. 그는 아내와 별거를 시작했다. 나보고 처음 같이 잤던 오피스텔에서 같이 살자고 했다. 자신이 꿈꾸던 공간을 지어 나와 보듬고 사는 그날까지.

우리가 그 집에 들어가 살기 시작한 계절은 봄이었다.

일 층에 있는 너비 14미터의 넓은 거실은 그 앞에 있는 포치에 가려서 많이 어두웠기 때문에 벽에 황금빛이 도는 노란 페인트를 칠했다. 벽지를 발랐다가는 장마철에 군데군데 곰팡이가 피기 때문에 도배를 하는 것은 좋은 생각이 아니었다. 처음에 벽지가 무슨 색이었든 나중에는 모든 벽이 죄다 이끼 같은 녹색으로 덮이고 만다.

식탁에 앉자 엄마가 보던 책이 펼쳐져 있었다. 엄마는 책에 줄을 그어놓았고, 나는 무의식적으로 그 부분을 따라 읽었다. 익숙한 느낌에 책의 하단을 보았다. '호박목걸이'라고 제목이 작게 적혀 있었다. 나는 책을 덮어 앞부분을 보았다. 그가 딜쿠샤를 복원하기 전에 읽던 책이었다. 나보고도 그 책을 읽으라고 했고, 나는 읽다가 지쳐서 그만두었다. 딜쿠샤에 관한 내용만 있는 것이 아니라 메리의 삶 전반에 관해 쓴 내용이었다. 엄마가 어떻게 이 책을 읽고 있는지 의문이 들었다. 엄마는 겉절이를 접시에 덜고, 토마토와 텃밭의 채소로 만든 샐러드를 내놓았다. 풋고추를 찍어 먹으라고 된장을 꺼내고, 가지와 애호박을 볶아 접시에 덜었다.

이 책은 뭐야?

나는 겉절이를 집어 먹으며 물었다. 고춧가루의 매콤한 맛과 젓갈의 비릿한 맛이 혀에 감겨들었다.

이 책 나온 지 좀 됐는데. 네 아버지 죽고 나니까 시간이 남더라. 아버지가 너 집에서 나가고 자꾸 기운이 없다고 하더라. 다니던 회사가 화학약품을 다루던 곳이었는데, 우린 그래서 기운이 없는가 했어. 네 아버지가 오래 아프면서 네가 돌아오길 기다렸어. 한번 오지 그랬니.

빵에 버터를 발라 먹어야 할 것 같은 집에서 겉절이를 씹으며 나는 엄마가 하지 못한 말을 되뇌었다.

독한 것.

나는 그와 먹던 해동한 냉동식품들을 생각했다. 냉동 피자와 냉동 만두, 토스터기에 구운 식빵과 커피, 밀키트 식품들이 그와 내가 나눈 것이었다. 그는 나와 식사를 하러 나가지 않았고, 자신의 공간에 나를 두는 것이 좋다고 했다. 언제까지나 시들지 않는 꽃처럼. 그 공간에서 향기를 피우며 자리를 지키고 있길 바랐다.

너 기억나니? 우리 그 책에 나온 딜쿠샤에서 잠시 살았었잖아.

엄마가 밥그릇을 내 앞에 놔주며 말했다.

우리가? 기억 안 나. 언제?

엄마는 생각하는 것처럼 눈을 돌리더니 대답했다.

너 다섯 살 때나 됐을 거야. 아버지 사업이 부도나서 집도 절도 없었거든. 빚만 잔뜩 져서 숨어 지낼 때였어. 여기 집이 있다고 해서 왔었어.

나는 젓가락을 놓고 엄마에게 물었다.

근데, 왜 한 번도 그 집 이야기는 안 했어?

엄마는 식탁에 앉더니 벽난로 위에 놓인 물건들을 하나씩 쳐다보았다. 기억을 더듬는 것인지 하기 싫은 말을 꺼내는 것인지 짐작이 가지 않았다.

아버지한테는 힘든 기억이니까. 그때 한 일 년 살다가 그 집 월세 계약 자체가 사기라는 것을 알고, 걸어놨던 보증금도 못 받고 나왔어. 알고 보니까 그 집이 국가 재산이더라고. 우린 그것도 모르고 사기당한 거였지. 그 집에서 모았던 돈으로 반지하 얻어 살면서 어지간히 일해서 빚을 갚아 나갔었어. 불쌍한 양반, 빚만 갚다가 병 나서 갔어. 그나마 산재가 인정 돼서 아버지 병원비 내고 얼마간 돈이 남아서 내가 이제 해 잘 드는 집에 산다.

나는 아버지 이야기가 나오자 입을 다물었다. 내가 그와 살겠다고 했을 때, 아버지는 다시는 내 얼굴을 보지 않겠다고 했다. 우리 삶에 남은 희망이 너밖에 없다고, 우린 너를 위해 서 견디며 살았는데, 너는 왜 우리를 실망시키냐고. 아버지는 그 남자가 절대 가정을 버리지 않을 거라고 했다. 아버지는 며칠을 누워서 울었다. 나는 짐을 싸서 집을 나오면서 꼭 그와 잘 사는 모습을 보여주고 말겠다고 결심했다. 그러기 전에는 절대 돌아오지 않겠다고.

나는 왜 하나도 기억이 나지 않을까.

내가 중얼거리자 엄마가 말했다.

벽난로에 불을 지펴서 라면도 끓여 먹었어. 고구마도 구워 먹었고. 나는 지금도 벽난로에 붙어 앉아 있던 네가 생각나. 나는 사실은 좋았어. 사업한다고 밖으로만 돌던 네 아버지가 집에 있기 시작할 때라서. 겨울에 추워서 이불을 뒤집어쓰고 셋이 꼭 붙어서 잘 때도 견딜 만했어. 그래서 딜쿠샤랑 닮은 이 집이 맘에 들었어. 이 집 얻으려고 왔을 때, 그 느낌이었거든. 저 벽난로가 그때를 생각나게 했어. 나 혼자 남아 있어도 그때 셋이 붙어 있을 때처럼 따뜻할 것 같아서.

엄마는 투명한 뚜껑으로 화구를 막아놓은 벽난로를 보면서 말했다.

그는 벽난로를 새로 만들자 했고, 나는 있던 벽난로의 복원이 중요하다고 맞섰다. 이 프로젝트의 팀장은 그였다. 대부분 그의 의견대로 프로젝트가 진행되었지만, 벽난로에 관해서 나는 완고했다. 딜쿠샤는 버려져 있던 기간 동안 무허가로 입주했던 사람들이 거실에 벽을 쌓아 방을 만들어버리는 바람에 과거의 모습은 거의 사라져버렸다. 딜쿠샤를 복원하는 것은 남겨진 사진 몇 장에 의지해 할 수밖에 없었다. 2층 거실인 테일러 부부의 개인 공간을 복원할 때, 벽난로를 복원하는 부분에 관한 대립은 더 심해졌다. 나는 내가 그 공간에 왜 애정을 갖고 있는지 이해할 수 없었지만 고집을 꺾지 않았다. 복원 공사가 시작되고 마무리 단계에 접어들고 있을 때였다. 일 년 정도 작업이 진행되면 내부 공사와 공간 디자인까지 마무리될 것이었다. 내부 공간 디자인을 위해서 마지막 프레젠테이션을 하는 날이었다. 그의 만류에도 나는 문화재청 임원단 회의에서 내 의견을 굽히지 않았다.

문화재 복원 사업이라고요. 남겨지는 부분이 한 부분이라도 있어야죠. 다 새로 만들고 사들이는 것들뿐이잖아요. 벽난로는 딜쿠샤의 상징이에요. 한국 주택과 서양 주택의 가장 큰 난방의 차이죠. 겨울이 추워서 온돌이 적합한 이 나라에 서양식 난로를 놓았던 것, 그로 인해 일반적인 벽돌 쌓기 방식이 아니라 공동벽 쌓기 방식이 도입된 거죠. 공동벽 쌓기로 여름의 습기와 겨울의 냉기를 막을 수 있었어요. 벽난로와 공동벽 쌓기는 우리나라에 있는 서양식 건축물에서 중요한 부분입니다. 이 부분을 보여줄 수 있는 공간을 마련해야 합니다. 특히 그 시대의 벽난로가 실제 모습으로 복원된 부분은 딜쿠샤의 핵심입니다. 딜쿠샤는 메리의 가족이 살던 집입니다. 메리가 꿈꾸던 공간이면서 메리의 가족이 살던 공간이죠. 그 특유의 따뜻함을 보여주는 것도 이 프로젝트에서 중요하다고 봅니다.

그는 내 얼굴을 노려보았다. 그는 자신이 이제까지 설계했던 건축물들을 화면에 띄워놓고 말을 시작했다.

딜쿠샤의 복원 사업이 중요한 이유는 앨버트 테일러의 업적 때문입니다. 앨버트 테일러가 AP 통신 기자로 활동하면서 독립 선언문을 서양에 알린 일과 고종황제의 장례를 알린 일, 제암리 학살 사건을 보도한 일이 그가 우리나라에 해준 일이기 때문입니다. 앨버트가 우리 역사에 남을 일을 하지 않았다면 서양인이 살던 가옥을 복구하고 문화재로 보존하는 가치가 없습니다. 이 사업의 목적에 맞는 예산 투입이 필요하다고 봅니다. 딜쿠샤를 외양부터 거의 다시 짓고 있습니다. 일 층의 거실에 장식될 물건들과 이 층 거실에 장식될 메리와 앨버트의 물건 구입비가 만만치 않습니다. 인간문화재를 동원해서 제작해야 하는데 그 시간과 비용이 대부분을 차지할 겁니다. 러시아산 카펫 한 장에 얼마가 드는 줄 아십니까. 서양의 방식을 보여주는 것은 거실에 놓인 물건이지 그 집의 보이지 않는 벽난로 따위가 아닙니다. 이 부분을 인식하셔야 합니다.

문화재청의 임원단이 고개를 끄덕였다. 그러나 임원단 중 몇 사람은 내 의견에 동의했다. 일 층의 방 하나에 실제 모습으로 복원한 벽난로와 공동벽 쌓기를 재현해두라고 했다. 그가 나를 바라보았는데, 그의 눈에서 날카로운 비수가 솟아나 내 심장을 찌르는 것처럼 가슴이 뻐근했다. 나는 그가 나에게서 찾던 기쁨이 끝나버렸다는 것을 느꼈다. 이미 이 공사가 시작되면서 끝나가고 있었던 건지 모른다. 나는 밤새우는 현장 일에 지쳐 있었다. 화장을 거의 하지 않았고 스트레스로 폭식을 하면서 살이 십 킬로가 늘었다. 나는 그의 기쁨의 궁전이나 꽃으로 오피스텔에 앉아 있을 수 없었다. 내가 그의 설계에 다른 의견을 내놓거나 잘못된 부분을 지적하기 시작하면서 그는 나에게 자주 언성을 높였다. 그동안 그가 쌓아놓은 경력에 도전하는 사람은 없었다.

그는 마지막 프레젠테이션 이후 오피스텔로 돌아오지 않았다.

딜쿠샤에 네가 설계한 부분은 한 부분도 남기지 않을 거야.

다음 날 내가 벽난로 설계도를 제출했을 때 그가 설계도를

내 얼굴에 던지며 말했다. 그를 기다리며 밤새 다시 그린 설계
도였다.

나랑 가볼래?

샐러드를 씹고 있는 내게 엄마가 물었다.

어딜?

딜쿠샤에.

나는 대답을 망설였다.

그가 오피스텔로 돌아오지 않으면서 회사에서 내 입지는
좁아졌다. 그와 나에 관한 소문이 퍼지기 시작했다. 그를 발판
삼아 내가 올라서려 했다는 말이 돌았다. 그가 가정에 얼마나
충실한 사람인지는 그의 SNS가 증명해 주었다. 내 SNS에는
그의 손이나 발만 나왔다. 그와 내가 뒹굴던 침대나 그가 서
있던 오피스텔 창가는 SNS에 올리지 못했다. 나는 SNS 안에
서 늘 혼자 있었다. 나는 그와 나 사이에 흐르는 시간을 증명
할 수 없었다. 그와 내가 있던 공간은 집이 아니었다.

그와 같이 살았던 시간 동안 나는 그가 이혼하겠다고 했던
말을 믿고 기다렸다. 그는 가끔 대학생 아이들을 보러 간다고
했고, 딸의 남자친구를 만나러 간다고도 했다. 그가 돌아오지
않는 밤에는 딜쿠샤의 내부 설계를 여러 번 다시 그렸다.

내 안에는 불 켜진 방이 있어. 선과 면으로 이루어져 있고, 내 정신이 담겨 있는 공간이야. 내가 평생 꿈꾸며 찾던 공간이지. 그곳에서 너와 보듬고 살고 싶어.

그가 빛나는 봄날 나를 보듬고 했던 약속을 더듬었다. 나도 같은 꿈을 꾸겠다고. 그런 공간을 집으로 갖고 당신과 함께 살겠다고. 그리고 매일 당신의 기쁨의 궁전이 되겠다고. 그의 귀에 속삭이던 나를 떠올렸다. 그와 내가 다시 짓는 딜쿠샤가 그가 평생 꿈꾸며 찾던 공간이길 바랐다. 그러니 나는 딜쿠샤에 그와 내가 꿈꾸던 모든 것을 담고 싶었다. 그가 그 시간에 아내에게 돌아가서 자신이 평생 만들어놓은 모든 것을 즐기고 보살핌을 듬뿍 받고 있을 줄은 몰랐다. 자식들의 존경과 아내의 사랑이 담긴 자신의 집에서 중년이 누리는 안락을 충분히 즐기고, 나에게 돌아오는 것을 몰랐다.

아버지가 가보고 싶어했어. 네가 지어놓은 딜쿠샤.

엄마가 말했다. 나는 가지 않을 핑계를 찾으려고 대답을 고르고 있었다.

엄마는 어떻게 알았어?

네 SNS에 한동안 딜쿠샤 작업하는 이야기만 올라와 있더라. 복원되고 오픈했다며. 우리가 살던 방이 어떻게 변했는지도 궁금하고. 근데 혼자는 못 가겠더라. 아버지 있으면 같이 갔을 텐데. 그 양반도 죽기 전에는 자기가 살던 곳이라 궁금해하더라. 그때 우리를 숨겨준 곳이 딜쿠샤밖에 없었다고, 거기라도 있어서 다행이었다고 하더라. 우리 가족 셋이 죽어버리려고 했었대. 근데 그 집에 들어가서 벽난로에 불 지피면서 있으니까, 또 살아보자, 싶더란다. 벽난로 앞에서 이불 덮고 잠든 너 보니까 살고 싶더래. 다시 살 힘을 얻은 집이니 가보고 싶었겠지. 네가 그 집 다시 짓는다고 했을 때, 아버지도 기대가 컸었어.

아버지의 기대가 컸었다는 말에 나는 죄인처럼 고개를 숙이고 바닥을 내려다보았다. 그가 가족에게 돌아갔다는 사실을 알았을 때 딜쿠샤의 작업은 마무리 단계에 접어들고 있었다. 나는 그와 나의 사진을 SNS 계정을 통해 그의 아내에게 보냈다. 그의 아내가 회사로 찾아왔다. 직장 동료들도 어느 정도 눈치를 채고 있던 터였다. 경력도 없는 내가 프로젝트에 참여하게 된 것에 대해 의혹을 가졌던 동료들은 그의 아내가 찾아오자 그것 보라고 뒷말을 했다. 그의 아내는 모 대학의 교수라고 했다. 단정한 단발에는 백발이 섞여 있었다. 속눈썹 한가락에도 교양이 넘치는 여자였다. 그녀가 말했다.

당신한테 가라고 했어요. 이 나이가 되면 다 귀찮아지거든. 남편을 챙겨야 하는 것도 귀찮아서, 젊은 여자 좋으면 가라고 했지. 나는 내 자식들이랑 살면 되니까. 가난한 애가 프로젝트 하려고 달라붙으니까 할 수 없이 넘어갔다고 하더라고. 보니까, 내가 신경 쓸 정도도 아니네. 그 사람 안목이 실망스럽네. 아가씨, 진짜 아버지뻘 되는 남자랑 집 짓고 살 생각한 건 아니지? 그 사람이 그러더라. 내가 언제나 돌아가고 싶은 곳이 당신이라고.

나는 픽 웃었다.

그건 메리 린리 테일러의 말이에요. 딜쿠샤를 그렇게 말했죠.

그의 아내가 미친 듯이 웃었다. 나도 따라 웃기 시작했다.

존나 신파야. 시대에 안 맞게. 너나 나나.

나 그 일 그만뒀어. 딜쿠샤는 내가 설계한 집이 아니야.

내가 말하자 엄마가 대답했다.

알고 있어. 그래도 마무리는 해야지. 사람 관계도 일도. 끝난 걸 봐야 돌아보지 않는 거야. 인생이 다 한 덩어리가 아니야. 거기 한 조각 여기 한 조각 흩어져 있는 거지. 네가 말하던 꿈꾸는 공간도 말이다. 그때그때 다른 거야. 스무 살 때 다르고, 서른 살 때 다르고.

엄마가 자리를 털고 일어나 설거지를 했다. 엄마가 그릇을 정리하려고 싱크대를 열었다. 아버지의 유골함이 그릇 사이에 놓여 있었다. 엄마는 유골함을 행주로 닦더니 싱긋 웃고 다시 그 자리에 넣어두었다. 나는 엄마가 뒷마당에 나간 사이에 아버지의 유골함을 꺼냈다. 유골을 한 주먹 집어서 방으로 가져간 다음 작은 병에 담았다.

나는 소파에 누워서 잠이 들었다. 자다가 눈을 뜨니 흔들의자에 아버지가 앉아 있었다. 아버지는 병을 앓아 바짝 마른 몸이었다. 나는 몸이 굳어져서 꼼짝을 못하고 있었는데, 아버지도 아무 말 없이 나를 내려다보고 있었다. 내가 집을 떠나던 날처럼 울거나 화난 얼굴이 아니었다. 아버지가 저기 앉아서 나를 기다리고 있었나. 아버지 계속 이 집에 있었어요? 죽은 다음에도? 나는 묻고 싶었지만 입술이 움직여지지 않았다.

엄마의 방에서 침대가 삐걱거리는 기척이 들렸다. 이불이 부스럭거리고 엄마가 슬리퍼를 끌고 나오는 소리가 들리자 아버지의 모습은 희미해지다가 사라졌다. 나는 이불을 끌어다 덮으며 휴, 한숨을 내쉬었다. 엄마가 나와서 식탁에 앉아 뒷마당을 보고 있었다. 엄마는 흰 원피스 잠옷 차림이었고 불면의 피로로 눈 밑이 검었다. 엄마가 말했었다. 매트리스가 두 개 올려진 저 침대도 낡고 오래된 피아노도 소파도 다 이 집 주인의 것이라고. 대낮의 햇빛 아래에서는 찬란해 보이던 것들이 밤이 되자 음습했다. 나는 인기척을 내고 엄마와 이야기를 하며 이 새벽을 보낼까 잠시 고민했다. 엄마는 내가 깰까 봐 발소리를 내지 않고 부엌으로 갔다. 엄마는 불을 올리고 물을 끓이고 차를 내렸다. 나는 벽에 있는 시계를 확인했다. 새벽 3시였다. 엄마는 찻잔을 들고 아버지가 앉았던 의자에 앉아 나를 보며 차를 마셨다. 새벽 4시쯤 창밖이 밝아오기 시작했다. 나는 다시 잠이 들었다. 잠결에 엄마가 쌀을 씻어 밥을 짓는 소리를 들었다. 그 소리를 듣자 깊은 잠에 빠져들어서 엄마가 흔들어 깨울 때까지 잤다.

엄마와 나는 지하철을 타고 독립문역에서 내렸다. 종로를 통해 행촌동으로 걸어가는 길도 있지만, 비 오는 날이었다. 걷는 거리를 최소한으로 줄이려고 독립문역에서 내려 사직 터널 방향으로 걸었다. 앨버트 테일러의 가옥이라는 팻말이 있었다. 엄마와 나는 계단을 올라가서 딜쿠샤 앞에 도착했다. 엄마는 육백 년 된 은행나무를 한참 올려다봤다. 비가 내려서 인적이 드물었다. 안내를 맡은 직원이 보일 뿐이었다. 엄마와 나는 딜쿠샤에 발을 들였다. 일 층 거실에 벽난로가 보였고 식탁이 놓여 있었다. 벽난로는 모양만 내놓은 것으로 화구는 시멘트로 막혀 있었다. 오른쪽 방으로 발을 옮겼다. 그 방에 실제 벽난로의 모형이 재현되어 있었고, 천장의 골격이 보였다. 건축 방식을 보여주기 위함이었다. 공동벽 쌓기의 모형도 전시되어 있었다. 나는 내가 주장하던 벽난로의 재현을 보았으나, 화구가 꼭 막혀 있어서 실망했다. 백 년의 시간을 견딘 벽돌이 제 모양을 잃었을 것이라는 생각은 했다. 그러나 재현해놓은 모양은 내가 설계했던 모양이 아니었다.

여긴 전시실일 뿐이야. 진짜 메리의 집이 아니라고. 정신 차려.

내가 설계해서 제출한 벽난로를 보며 그가 말했다.

시멘트로 발라놓을 거면, 도대체 왜 방마다 벽난로 모양을 만들어놔요?

다른 직원들이 나를 쳐다봤다. 나는 입을 다물었다.

그는 내가 그만두고 나갈 때까지 직장에서 나한테 압력을 줬다. 그와 관련된 소문도 그가 퍼트린 것일지도 모른다는 의구심이 들었다. 그가 오피스텔에서 나가라고 통보했을 때 나는 그에게 물었다.

진짜 나를 좋아했던 건가요, 아니면 내 몸을 원했던 건가

132

요?

너랑 내 아내의 차이가 뭔 줄 알아? 네가 어려서 모르는
것 같아 말해주는데, 내 아내는 아내의 몸 자체가 곧 집인 여
자야. 원하는 공간을 완성하는 건 결국 사람이라고.

나는 그의 말을 이해하지 못하고 멍하니 서 있었다.

여기야.

엄마가 말했다.

여기 이 방이 우리가 살던 방이었어. 화장실은 공동이었어.
여기 벽난로 자리가 남아 있구나. 이 낡은 벽돌 보이니? 막아
버린 것 같은데 이 구멍 안에다 불을 피웠어.

2층 왼쪽 방으로 들어간 엄마가 말했다. 벽에는 낡은 벽돌
벽이 있었고, 벽돌 가운데 정사각형의 구멍이 있었다. 구멍 안
은 검은 재의 흔적이 있었다. 나는 커튼이 쳐져 있는 창문을
보았다. 창마다 보이는 것은 다른 빌라의 벽들이었다. 딜쿠샤
를 둘러싸고 있는 주택과 건물이 빼곡해서 답답하고 숨이 막
혔다. 엄마의 작은 마당과 집이 훨씬 따뜻하게 느껴졌다. 딜쿠
샤 내부는 설계도보다 작게 보였는데, 삼중으로 공동벽 쌓기
가 되어 있고, 내부가 방들로 나뉘었기 때문이었다.

그땐 나도 젊었지. 그리고 그때 참 좋았어. 이 층짜리 넓은

주택에서 살다가 이런 좁은 방으로 와서 사는데, 셋이 있으니까 좋더라.

어린 시절의 내가 벽난로에 손을 쪼이고 있는 모습이 그려졌다. 내가 그의 뜻을 거스르며 벽난로에 집착한 것이 기억도 못 하는 어릴 적 때문일지 모른다는 생각이 들었다.

근데, 기대했던 것보다는 좀 그렇다. 내가 진짜 궁전을 상상하고 와서 그런가. 우리가 살던 때는 방이 칸칸으로 나뉘어 있었는데, 그때가 더 넓게 느껴지는 이유가 뭔지 모르겠다. 방마다 밥해 먹느라고 냄새 피우고, 사람들 울고 웃던 소리 다 들리고, 그때는 진짜 집 같았는데. 여긴 그냥 박물관이구나.

엄마가 허탈한 표정을 짓더니 복도에 있는 화장실로 들어갔다. 나는 주머니에 숨겨왔던 작은 유리병을 꺼냈다. 폐쇄회로가 천장의 모서리 부분에 있었다. 나는 등으로 폐쇄회로를 가리고 벽에 난 구멍 앞에 섰다. 여기 아버지를 한 조각 남겨주고 싶었다. 아기 때 말이다. 다섯 살 때 네가 얼마나 예뻤는 줄 아냐. 죽은 사람도 살릴 만큼 예뻤어. 아버지가 말했던 그 다섯 살 때가 이곳에서의 시간이었을 것이다. 나는 구멍 안에 아버지를 밀어 넣었다. 일부라도 내가 지어놓은 공간, 아버지가 행복했던 집에서 계속 머물러 있길 바라며.

아버지 미안해요.

나는 구멍에 대고 속삭였다. 구멍 속을 들여다보았다. 구멍 안에는 밝고 포근한 주황불이 켜져 있었다. 그 안에 메리의 거실이 있었다. 내가 구멍을 들여다보고 있는 곳이 벽난로 인 듯했다. 메리와 앨버트, 아들인 브루스가 벽난로 주변에 있었다. 앨버트는 좌탁에 앉아 차를 마시며 체스를 두고 있었다. 메리는 소파에 앉아 담요를 두르고 책을 읽고 있었다. 브루스는 바닥에 앉아 블록를 쌓고 있었다. 메리가 한마디 하자 앨버트가 대답했고, 브루스의 한마디에 셋은 웃었다. 메리는 펜을 꺼내서 책에 줄을 긋고 메모를 했다.

　당신이 언제나 돌아오고 싶은 공간을 만들고 싶었어요.

　메리가 말하자 그 말은 그가 했던 말과 전혀 다른 의미가 되었다. 메리네 가족의 한 조각도 여기 남아 이렇게 호박 보석처럼 빛나고 있었다. 나는 구멍에서 눈을 뗐다. 구멍 안에서 다시 불빛과 소리가 났다. 이번에는 군고구마 냄새도 났다. 나는 다시 구멍 안을 들여다보았다. 젊은 엄마와 아버지가 내 앞에 앉아 있었다. 솜털이 툭툭 튀어나오는 낡은 이불을 돌돌 말고 있는 것은 어린 나였다. 군고구마 다 익었다. 아버지가 내 안에 들이밀고 있던 꼬챙이를 꺼냈다. 고구마가 꿰어져서 구워져 있었다. 어린 나는 이불을 걷어버리고 아버지의 무릎에 앉았다. 아버지는 군고구마 껍질을 벗기다가 얼굴에 검은 재가 묻었다. 그것을 보고 엄마가 웃음을 터트렸다. 노랗게 익은 고구마 한 입을 받아먹은 어린 나는 또 달라고 입을 새처럼 벌렸다. 어린 내가 고구마를 먹고 있는 모습을 지켜보던 나도 군침을 삼켰다. 얼마나 따뜻했는지. 그 한 조각의 고구마가.

내가 다시 돈 많이 벌면 이만한 집 사서 살게 해줄게.

아버지가 엄마를 보고 말했다. 엄마는 어린 나와 벽난로인 나를 가만히 보고 있었다.

나는 이대로도 좋아요. 그동안 집만 크고 외로웠거든요. 당신이 밖에 다른 사람을 뒀었다는 것을 알고 있었어요. 이제 다 잊었어요. 당신이 죽지 않고 살기로 했으니까요. 나는 작은 텃밭이 있는 조그만 집이면 돼요.

아버지가 입을 다물고 고개를 숙였다. 어린 내가 고구마를 더 달라고 아버지를 흔들었다. 아버지는 엄마에게 미안하다고 말했다. 내가 그와 살겠다고 했을 때, 아버지가 울었던 이유를 알 것 같았다. 그냥 화를 내면 될 것을. 몸져누워 며칠을 울고 있던 아버지는 당신이 과거에 했던 잘못이 딸에게 돌아왔다고 생각했겠지.

젊은 아버지가 눈을 껌뻑거리며 벽난로인 나를 바라보았다. 아버지가 벽난로에서 고구마를 꺼내 엄마에게 내밀고 한 입 먹으라고 했다. 엄마는 고구마를 먹으면서 입술 주위에 숯

검정을 묻혔다. 어린 내가 엄마 얼굴을 보면서 깔깔 웃었다. 우리 가족의 한 조각이 그곳에 있었다. 주황불이 호박 보석처럼 환하게 빛나다가 꺼졌다. 나는 검고 차가워진 그 구멍 앞에 그대로 서 있었다.

한순간이라도 좋았던 순간이 있으면 추억으로 남겨두는 거야.

엄마의 목소리가 등 뒤에서 들렸다. 나는 화들짝 놀라서 돌아보았다. 엄마도 이 구멍을 들여다보았나. 나는 고개를 저었다. 엄마는 볼 필요가 없을 것이다. 그때의 한 조각을 마음으로 되새길 수 있으니까. 우리 가족은 딜쿠샤 이후에 반지하를 전전하며 이사 다녔는데, 간혹 장마에는 집에 물이 차기도 했다. 물이 빠지면 가재도구를 씻고 계속 살았다. 나는 곰팡이 핀 집이 싫어서 집을 나가는 꿈을 꾸었다. 우리 집은 왜 이렇게나 가난한가. 해 잘 드는 집을 지을 수 있는 어른이 되어야지 다짐하며 잠이 들었다. 대학에 다니고 졸업해서 취직해도 형편은 달라지지 않았다. 내가 부모를 돌보고 노후를 책임져야 할지 모른다는 생각까지 들자 진짜 도망가고 싶었다. 그는 나한테 도피처였다. 그가 꿈꾸는 집을 지어주길 바랐던 것이 아니라, 도망갈 기회를 주길 바랐던 건지 모른다. 나의 이런 빈 마음을 간파한 그의 아내는 폭소를 터트린 거겠지.

엄마와 나는 딜쿠샤를 나와서 도시를 내려다보았다. 내려다보았다는 표현은 적당하지 않았다. 과거에 딜쿠샤는 높은 지역에 있었겠지만, 지금은 주변의 주택들이 올라가서 푹 파묻혀 있었다. 그 많은 건물에는 지하가 있고, 우리 가족이 떠돌며 살던 지하도 그 어디쯤 있었다. 아버지의 유골을 한 줌씩 집어서 우리가 살았던 집에 뿌린다면 몇 줌이 필요할까. 내가 지낼 아버지의 장례식은 이제 시작이었다.

너는 어디에서 살고 싶니?

엄마가 내게 물었다. 나는 메리의 집을 올려다보고 엄마의 뒷마당을 떠올렸다. 콩과 옥수수를 따 먹으러 새들이 날아오던 곳. 메리의 집과 엄마의 집 사이에는 무수히 많은 빌라와 주택과 아파트가 있었다. 내가 원하는 집은 그 사이 어딘가에 다시 지어지고 있었다.

*이 소설은 딜쿠샤를 모델로 하고 있지만, 실제 복원 사업과 무관함을 밝힙니다.
*소설 속 인용된 문장은 메리 린리 테일러의 『호박 목걸이』(책과함께, 2014)를 참고하였습니다.

오비랍토르

1

　도어락의 마지막 비밀번호는 4였다. 빗장 열리는 소리가
오의 가슴속을 파고들었다. 거실에는 공룡 피규어가 사방에
널려 있었다. 오는 눈에 익은 공룡 피규어를 움켜쥐었다. 홍의
아이가 이 공룡의 목을 잡고 마트에 가고 놀이터에 가는 것을
본 적이 있었다. 오는 공룡을 배달 캐리어에 집어넣었다.

　홍의 머리카락이 뭉쳐 있었다. 내추럴 브라운으로 염색된
머리카락. 엄지와 검지로 집어 올려 코에 댔다. 홍의 뒤를 밟
으면서 맡았던 체취가 코끝을 간질였다. 홍의 머리카락을 휴

지에 싸서 배달 캐리어에 넣었다. 오는 준비해온 장비를 꺼냈다. 뭔가 떨어지는 소리에 오는 자신도 모르게 움찔했다. 베란다 창으로 비바람이 들이쳤다. 오는 베란다로 나가 실외기가 놓인 쪽 창을 닫았다. 양쪽이 열려 있을 때보다 바람 소리가 잦아졌다. 건너 아파트의 창이 눈에 들어왔다. 이 집에서 앞 동은 잘 보이지 않았지만, 앞 동에서 마음을 먹으면 밤에는 이 집이 환히 보였다. 오는 펄럭이는 버티컬 블라인드를 묶었다. 베란다 창이 가려지지 않게 정리하면서 앞 동의 한 집을 건너다보았다. 오는 안방에 들어가 침대에 몸을 뉘었다. 장마철의 퀴퀴한 냄새가 안방 화장실과 장롱 속에서 풍겨와 침대에서 벌떡 일어났다. 이 방이 더러울까, 내 발이 더 더러울까. 오는 중얼거리며 발밑을 내려다보았다. 얼룩처럼 검은 물체가 오의 발에 걸렸다. 침대 밑에 상자가 있었다. 오는 어릴 때 엄마와 함께 열어봤던 상자가 떠올라 심장이 요동쳤다. 상자를 열었다.

상자 속에는 실꾸리가 있었다. 대문 밖이 소란스러웠다. 상자를 닫아 침대 밑에 밀어 넣었다. 숨을 참으며 귀를 기울였다. 열린 방문으로 부엌 싱크대가 보였다. 칼꽂이에 종류별로 꽂힌 칼을 노려봤다. 앞집 노인의 중얼거리는 소리가 들리고 도어락을 누르고 문을 여닫는 소리가 들리더니 잠잠해졌다.

오는 거실, 부엌, 안방, 화장실에 장비를 설치했다. 오는 변기에 소변을 누고 물을 내리지 않았다. 냉장고 칸을 열어보다가 자두를 찾아냈다. 한 입 깨물어 오물거리고 식탁 위에 올려두었다. 오는 홍이 실체 없는 누군가를 느끼고 공포가 홍을 잠식하길 바랐다. 오는 신발장에서 배달 캐리어를 열었다. 공룡 피규어를 두고 갈까 망설이다가 다시 집어넣었다. 홍과의 일이 불거진 것이 꼭 그 자리였다.

배달 라이더 앱이 생기기 전이었다. 오는 중국집 배달부였고 철가방을 들고 다녔다.

그날 오는 철가방을 열고 짜장면과 짬뽕을 꺼내 거실 바닥에 놓았다. 핫팬츠에 민소매 티셔츠를 입은 홍이 다가왔다. 홍은 짜장면 그릇을 들어다 식탁에 옮기고 짬뽕 그릇을 가지러 왔다. 오는 멍청히 서서 아이가 들고 다니는 공룡 피규어를 보았다. 아이는 공룡을 짜장면 그릇 옆에 세워두고 식탁에 앉았다. 너도 같이 먹자. 아이가 공룡을 쓰다듬었다. 남편은 보이지 않았고 다양한 종류의 공룡 피규어만이 거실바닥을 굴러다녔다. 카드 되죠? 홍이 물었다. 신발장과 연결된 진열장 위에 까만 장지갑이 있었다. 아, K카드는 휴대폰에 꽂혀 있는데. 홍은 거실 이 구석, 저 구석을 돌아다니고 부엌을 더듬으며 휴대폰을 찾았다. 만 원 이하는 카드가 안 되는데, 홍은 이 년 단골이라 사장이 카드 계산을 허락했다. 홍이 시키는 메뉴라고는 오가 있던 이 년 동안, 거의 매주 짜장면과 짬뽕이었다. 오는 카드를 받아 기계에 꽂고 영수증을 주고 돌아 나왔다. 저녁 때 중국집으로 전화한 홍의 남편은 정중히 경고했다.

"실수했더라도 이유를 묻지 않겠으니, 지갑만 돌려달라고 전해주세요. 그 안에 주민등록증이랑 운전면허증 각종 은행 카드가 들어 있어서 다 만들어야 해서요. 부탁합니다."

사장은 오의 얼굴을 봤다. 오는 고개를 저었다.

"주일마다 교회 다니는 착실한 사람이에요. 절대 그럴 리 없어요."

사장은 전화기에 대고 말했지만, 오의 얼굴을 다시 훑어볼 때는 의혹이 짙은 눈이었다. 사장은 장사가 끝난 밤에 오를 데리고 홍의 집으로 갔다.

"생각해보세요. 돈 만 원이 없어서 카드 계산을 하는데, 지갑을 뭐 하러 훔치겠어요?"

지갑은 신발장 마지막 칸에서 나왔다. 사장이 찾아냈다. 홍은 미안하다고 사과했지만, 고개를 갸웃거렸다.

"아까, 열어봤는데. 온종일 찾던 게 왜 거기서 나올까. 발이 달렸나? 이해가 안 가네."

홍의 중얼거림이 문밖으로 고스란히 넘어왔다.

오가 아파트 로비를 나설 때, 홍이 차에서 내려 우산을 펼치는 모습이 보였다. 홍의 휴대폰 번호가 자동차 앞 유리에 붙어 있었다. 오는 홍을 스치고 지나갔다. 홍은 잠시 오한테 눈길을 주었지만, 아무것도 담기지 않은 눈으로 손에 들고 있는 휴대폰을 들여다봤다. 홍은 휴대폰에서 거의 눈을 떼지 않고 아파트 로비 문을 열고 들어갔다. 오는 홍의 SNS에 올려진 글이 떠올랐다.

홍의 SNS에 올라온 사진은 오의 얼굴이 아니라 중국집 짜장면 그릇이었다. 발 빠른 홍의 팔로워들이 글을 퍼가 오의 신상과 함께 다시 올렸다. SNS에서 홍의 얼굴은 포토샵 처리가 되어 생기발랄했다. 홍은 흔히 말하는 SNS 공주였다. 팔로워들이 만 명이 넘었다. 팔로워가 거의 없는 오가 자신의 SNS에 올려놓은 사진을 그들이 퍼갔다. 오가 헬멧을 쓰고 찍은 사진이었는데, 혐오감을 준다는 추천이 오백 건이 넘었다. 이름, 나이, 사는 곳, 직업, 직장, 종교, SNS. 오에 관한 모든 것이 사람들에게 혐오감을 주었다. 평범한 사람이, 익명의 사람들에게 어떻게 노출되고 어떻게 욕을 먹으며, 그들의 말에 의해 무덤이 만들어지는지, 오는 그 과정을 고스란히 겪었다. 오는 악성 댓글이 도배된 SNS를 탈퇴했다. 메일함은 차고 넘칠 만큼 욕설이 쏟아졌다. 중국집에 배달 전화보다 오에 관해 묻는 전화가 더 자주 왔다. 사장은 오를 직원으로 둘 이유가 없었다. 번호가 유출된 오의 휴대폰은 시도 때도 없이 울렸다.

홍의 한마디로, 그간에 오가 만들어온 세상이 막을 내렸다.

오가 다른 계정으로 홍의 친구가 되자 SNS를 통해 홍의 이름, 나이, 사는 곳, 취미, 가족관계까지 알 수 있었다. 그즈음 라이더 앱이 생겼고 오는 라이더가 되었다. 새벽이나 밤중에도 홍의 근처로 접근할 수 있었다.

오는 바이크로 향하던 발길을 돌려 홍을 따라갔다. 홍과 단둘이 엘리베이터를 탔다. 오가 먼저 이십 층을 눌렀고 홍이 십 층을 눌렀다. 홍은 휴대폰을 들여다보다가 코를 막았다. 팔인승 좁은 엘리베이터 안이 찌든 음식 냄새로 가득 찼다. 오는 홍이라는 여자의 기억력에 기가 찼다. 홍에게 오는 그저 '냄새나는 없는 존재'인 듯했다. 오는 오른쪽 벽에 붙은 광고판을 보다가 거울을 통해 홍의 휴대폰을 들여다보았다. 홍은 SNS를 보며 연신 클릭했다. 엘리베이터가 멈추고 홍이 내렸다. 오는 참았던 숨을 뱉어냈다. 홍이 현관문을 열고 들어간 뒤 엘리베이터 문이 서서히 닫혔다. 오는 홍의 머리털 한 올도 잡아채지 못했다. 배달 캐리어 안에는 아이의 공룡 피규어와 홍의 머리카락 몇 가닥만이 들어 있었다. 오와 배달 캐리어 앞에서 엘리베이터 문이 다시 열렸다. 이십 층이었다. 오는 서둘러 내린 후 엘리베이터가 닫히길 기다렸다. 삼십 초 후 버튼을 눌러 다시 탔다.

2

홍은 엘리베이터에서 내렸을 때 등이 뜨거웠다. 좀처럼 사람의 눈을 보지 않는 홍이었다. 홍은 뒤돌았다가 남자의 눈을 보고 말았다. 무심한 듯 광고판과 거울을 들여다보던 남자의 눈이 흙빛으로 일렁였다. 홍은 그런 눈을 본 적이 없었다. 원한과 증오와 한이 담긴 눈이면 저런 빛이 날 것이라고 생각하며 몸을 떨었다. 살면서 기쁨이라고는 느껴보지 못한 눈이었다. 홍은 몸으로 도어락을 가리고 번호를 눌렀다. 남자가 엘리베이터에서 뛰어나와 홍을 잡아챌 것 같아 손이 떨렸다. 현관문을 열고 들어간 홍은 문 앞에 서서 귀를 기울였다. 엘리베이터 문이 천천히 닫혔다. 남자가 내린 기색은 없었다. 홍은 문을 열고 엘리베이터가 서는 층 번호를 보았다. 이십 층에서 멈추는 엘리베이터를 확인하고 홍은 안도의 한숨을 내쉬었다.

남자를 어디서 봤을까. 홍은 미간을 찌푸렸다.

1

오는 집에 들어서자마자 배달 캐리어를 던져놓고 모니터를
들여다봤다. 네 개의 프레임이 홍의 동선을 보여주었다. 홍은
옷을 벗고 맨몸이 되었다. 화장실 문을 열어놓고 샤워를 시작
했다. 샤워하고 머리를 동여맨 홍이 거실과 부엌과 방을 맨몸
으로 돌아다니며 물을 마시고 로션을 바르고 머리를 말렸다.
오는 땀을 비 오듯 흘리며 홍의 움직임을 살폈다. 행주를 집어
든 홍은 식탁을 쓱쓱 닦고 행주를 싱크대에 처박았다. 홍은 공
룡 피규어가 잔뜩 굴러다니는 거실 바닥을 비로 싹싹 쓸어 단
숨에 치워버렸다. 홍은 소파에 누워 낮잠에 빠졌다. 오는 목이
말라 모니터에서 눈을 뗐다. 배달 캐리어에서 튀어나온 공룡
피규어가 오를 노려보고 있었다. 오비랍토르. 공룡 이름이 영
어로 씌어 있었다. 홍의 SNS를 뒤졌다. 홍이 올려놓은 사진과
정보가 있었다.

오비랍토르.

−1924년 몽골의 백악기 후기 지층에서 발견되었다.

오비랍토르(Oviraptor)란 이름은 '알도둑'이란 뜻인데 처음

골격 화석이 발견된 당시 프로토케라톱스(Protoceratops)의 알로 추정되는 공룡알과 함께 발견되었기 때문에 오비랍토르가 이 공룡알들을 훔쳐 먹었을 것으로 생각되어 붙여진 이름이다. 그러나 후에 오비랍토르의 알 화석과 둥지 속의 알을 품고 있는 골격 화석을 발견하게 되어 알을 훔쳐 먹었던 것이 아니라 둥지 속의 알을 품어 새끼를 돌보았던 것으로 보인다.

오는 블루투스 이어폰을 끼고 화면을 들여다봤다. 어린이집에서 돌아온 아이는 고개를 갸웃거리다가 울음을 터트렸다. 홍이 아이를 안고 달랬다. 홍과 아이는 공룡을 찾아 집 안을 뒤지고 다녔다. 오는 옆에 놓인 오비랍토르를 쓰다듬었다. 아이가 늘 잡고 다녔을 목 부위의 칠이 벗겨져 번들거렸다. 홍과 아이는 안방의 침대를 뒤지고 침대 밑을 살폈다. 앞 베란다를 샅샅이 뒤지고 나머지 두 방과 소파 밑까지 뒤졌다. 오는 베란다로 뛰어나가 그들을 보았다. 베란다로 나온 아이는 방충망을 열고 아래를 내려다보았다. 홍이 아이를 밀어내고 방충망을 닫았다. 프레임 안에서 아이는 오후 내내 울었다. 아이는 밥을 먹지 않았다. 울다가 지쳐서 잠든 아이를 홍이 안아다가 침대에 뉘었다. 홍은 베란다 앞에 쪼그리고 앉았다. 홍이 저렇게 앉아 오의 집 쪽을 보고 있을 때면, 오는 망원경을 들고 베란다로 나갔다. 망원경으로 훔쳐본 홍의 얼굴은 멍해 보였고, 아무것도 보고 있지 않다는 것을 알 수 있었다. 늦게 귀가한 남편이 아이와 함께 침대에서 잠들었다. 홍은 소파에 누워 홈쇼핑 채널을 켰다. 홍은 무릎을 세워 쪼그리고 앉아 홈쇼핑을 보다가 물건을 시켰다. 그사이 순간, 순간, 홍은 사진을 찍어 SNS에 올렸다. 카메라를 설치할 필요가 있었을까. 오는 계속 업데이트되는 홍의 SNS를 보고 픽, 웃음이 터졌다. 그러나 SNS의 홍과 현실의 홍은 달랐다. SNS의 홍은 뽀얗게 반짝이고 매 순간 화보처럼 행복하게 사는 여자였다. 현실의 홍은 연민이 들 만큼 지루하고 진부하고 늙고 평범한 여자였다.

2

홍은 사람이 떠드는 소리를 듣고 싶어서 홈쇼핑 채널을 켜놓았다. 남편은 입 다물고 있는 시간이 휴식 시간이었다. 홍은 굳이 남편과 이야기하지 않고도 하루를 잘 보냈다. 단지 만사가 귀찮고 짜증이 났으며 신경질이 났다. 홍은 아이가 잠들어 있는 시간이 제일 편했다. 하루는 나른하게 시작해서 재미없게 흘러갔다. 서늘한 바람이 불어오는 베란다 창 앞에 멍하니 앉아 있는 시간이 홍에게는 더할 수 없는 위안이었다. 그리고 SNS를 통해 남들의 삶을 들여다보는 일. 그런데 그 흐름을 뚝, 끊어놓은 게 공룡이었다. 홍은 베란다 창과 자신의 발가락을 카메라에 담아 SNS에 올렸다. 발밑의 어둠이 아름다운 밤. 추천과 댓글이 달리느라 휴대폰이 웅웅, 어둠 속에서 울었다. 홍은 팔로워들의 댓글을 훑어보았다. 공허했다. 공룡은 어디 갔을까. 홍은 건너 아파트에 차곡차곡 켜진 불빛에 시선을 돌리다가 멈췄다. 홍의 동공이 커졌다. 공룡을 잃고 미친 듯이 울던 아이의 눈이 누구와 닮았는지 생각났다. 낮에 엘리베이터에서 보았던 라이더의 눈이었다. 육 년 동안 아이를 키우면서, 홍은 작은 사람을 키워 어른을 만드는 것은 중노동이라는 것을 배웠다. 아이는 끝없이 요구하고 칭얼거렸다. 만사가 귀찮은 홍은 인내심의 한계를 느꼈다. 아이를 베란다 밖으로 던지는 상상을 간혹 했다. 그러나 상상일 뿐 아이는 홍에게 없어서는 안 될 존재였다.

1

오는 새벽에 바이크를 몰고 대로를 질주했다. 라이더를 하는 것처럼 아파트 주차장으로 들어섰다. 홍의 자동차를 지나며 예리한 드라이버로 뒷유리창 모서리를 찍었다. 배달 캐리어에 드라이버를 집어넣었다. 오비랍토르와 드라이버가 덜컹거렸다. 집에 돌아와 홈쇼핑 채널이 돌아가는 홍의 집을 들여다봤다. 모니터 안에 남편이 등장했다. 남편이 옷을 벗고 소파로 다가갔다. 홍이 벌거벗은 채 남편의 허리에 올라앉아 몸을 흔들었다. 오는 뛰었다.

남편의 거친 숨이 문을 넘어왔다. 오는 숨을 헐떡거리다가 침을 뱉었다. 고개를 들었다. 복도 벽에 '금연'이라는 붉은 글씨가 적혀 있었다. 어릴 때 주인집 남자가 피우던 담배 연기가 코끝을 스쳤다.

*

지포 라이터의 열고 닫히는 음이 경쾌했다. 담배 연기를 내뿜으며 주인집 남자가 오에게 돈을 내밀었다.

"양담배 좀 사 와. 남은 돈으로는 너 맛있는 거 사 먹고. 꼭 길 건너 슈퍼에서 사 와야 한다. 거기 담배가 맛있거든. 알았지?"

담배 심부름을 시킬 때마다 주인집 남자는 후했다. 눈을 찡긋거리고 오한테 빨리 다녀오라는 신호를 보냈다. 오는 머릿속으로 남은 돈을 셈하면서 콧노래를 불렀다. 오는 집 밖을 나와 두리번거리다가 가까운 편의점으로 들어갔다. 집까지 한 달음에 뛰어왔을 때 문밖에서 우뚝 멈췄다.

"빨리 끝내고 가요. 오 오겠어요."

엄마의 지친 목소리가 들렸다.

"기분 잡치게 왜 서둘러? 그 녀석 심부름 한두 번 해?"

주인집 남자의 거친 목소리가 들렸다. 이를 악문 엄마의 신음이 문을 타고 넘어왔다.

"사모님도 눈치가 이상해요. 담배 피운다고 나가서 자꾸 안 들어온다고 내 앞에서 부러 이야기하는 것 같아요."

엄마 말이 느릿느릿 이어졌다. 주인집 남자의 숨이 거칠어졌다. 봉지를 들고 있던 오의 손이 바들바들 떨렸다. 오는 어떻게 해야 할지 갈피를 잡을 수 없었다. 집 밖으로 나온 오는 담배를 한 개비씩 꺼내 짓뭉갰다.

엄마는 아무 일 없었다는 듯 머리맡에 놓인 수표를 만지작거렸다. 오는 자신이 몇 번이나 담배 심부름을 했었는지 세어 보았다. 후한 심부름 값을 떠올리며 입술을 깨물었다. 오는 주인집 남자가 흘리고 간 지포 라이터를 슬그머니 주머니에 넣었다. 다음번 심부름부터는 정신없이 달려갔다 왔다. 주인집 남자는 인상을 찌푸리고 입맛을 다셨다. 달리기 선수 시킬까 봐요. 엄마가 주인집 남자를 놀리듯 웃으며 말했다.

*

　홍이 아이를 카시트에 앉히고 문을 닫았다. 오는 바이크로 홍의 차를 따라갔다. 홍의 차는 마트로 향했다. 홍이 차에서 아이를 내리고 마트로 들어갔다. 쾅 소리와 함께 닫힌 유리문에 서서히 금이 갔다. 오는 행인처럼 천천히 걸어가며 차 유리를 보았다. 금 간 유리로 보이는 차 안은 칠흑처럼 검었다. 오는 문득 목이 말랐다.

　"오비랍토르 없잖아. 안 팔잖아. 없어. 엄마. 없다고. 내 공룡 데려와. 엄마……."

　아이가 홍의 손에 잡혀 질질 끌려오며 소리 질렀다. 홍이 진땀을 흘리며 아이의 두 팔을 잡아끌었다. 제발 떼 좀 그만 부려. 다 떨어졌다잖아. 엄마가 어떻게 하겠어. 정말, 아들 하나 키우기가 이렇게 힘들어서야 원. 내가 너 때문에 못 살겠어. 미치겠어. 못처럼 날카로운 홍의 목소리가 오의 귀를 찔렀다.

　"내 공룡. 내 공룡 데려오란 말이야. 난 엄마보다 공룡이 백배는 더 좋아."

　아이도 지지 않고 악을 썼다.

　"유리가 깨졌어. 이것 봐. 차 유리가."

홍이 아이의 손을 놓고 말했다. 아이는 바닥을 구르면서 울었다. 홍이 휴대폰을 꺼내 유리창을 찍었다. 잠깐 사이, 홍은 SNS에 사진과 글을 남겼다. 누군가 내 차를 난도질했어요. 어떻게 하죠? 댓글이 달리기 시작했지만, 홍은 남편에게 전화했다. 아이가 우는 소리 때문에 한쪽 귀를 막고 소리를 버럭버럭 질렀다.

"엄마 CCTV 확인해 봐야겠어. 누가 그랬는지 잡히기만 해 봐. 아, 짜증 나는 날이네. 진짜. 너 여기 얌전히 있어."

홍이 아이를 앞자리에 밀어 넣고 달려갔다. 아이는 주차장이 떠나가도록 울었다. 오는 폐쇄회로를 피해 앞쪽으로 다가가 유리를 똑똑 두드렸다.

"어? 짜장면 아저씨네."

아이가 울음을 그치고 말했다. 아이는 차 유리를 내렸다. 아이의 얼굴은 눈물과 콧물로 범벅돼 있었다. 얼마나 힘껏 울었는지 머리카락도 젖어 있었다. 홍에게는 없는 사람이었던 오가, 아이에게는 있는 사람이었다.

"공룡을 찾니? 오비랍토르."

"어? 어떻게 알았어요?"

"네가 오비랍토르 이름을 부르면서 울었잖아."

아이가 풀이 죽어 대답했다.

"엄마가 공룡이 집을 나갔대요. 내가 말을 안 들어서요."

아이는 울상을 지었다.

"엄마는 거짓말을 하는 거야. 오비랍토르는 네가 말을 안 들어서 집을 나간 게 아니야. 이건 비밀이야. 엄마한테 절대 말하면 안 돼. 내가 오비랍토르를 찾게 도와줄게."

아이는 홍이 사라진 곳을 향해 눈을 돌리더니 고개를 끄덕였다.

2

홍은 아이를 어린이집에 던지듯 내려놓고 카센터로 갔다. 자동차를 맡긴 홍은 택시를 타고 아파트 관리실로 달려갔다. 마트에서 폐쇄회로를 확인했을 때 의심스러운 사람은 없었다. 관리실 폐쇄회로를 본 홍은 뒷목을 잡았다. 홍이 세워두었던 주차구역에는 폐쇄회로가 없었다. 누구였을까. 홍은 나른한 일상을 흐트려놓은 사람을 생각해내려 애썼다. 자주 물건을 배송하지만 마주치지 않고 통화만 한 택배 기사와 음식 라이더들, 그 밖에 급할 때만 들르는 골목 슈퍼의 주인, 몇 명이 함께 교대하는 경비들. 기억할 가치를 두지 않는 말 그대로 없는 사람들을 떠올렸다. 홍의 일상이라는 것이, 벨리댄스를 추고 집에 와서 청소하고 낮잠을 자는 게 고작이었다. 그사이 순간순간 SNS를 하고. 홍은 입맛이 없어서 하루에 한 끼도 제대로 챙겨 먹지 않았다. 사람 눈을 쳐다보는 것도 귀찮아서 상대를 볼 때 멍한 눈으로 시선을 피해서 봤다. 블랙박스 안 달렸어요? 사각지대이고, 애매한 곳이라 주변에 세워진 차가 없으니……. 의도적인 것 같은데, 원한 살만한 일은 없죠? 남의 차를 긁었다던가. 관리실 직원의 말에 홍은 머리를 긁적였다. 블랙박스가 고장이더라고요. 홍은 대답하다가 흙빛 눈이 떠올랐다. 어떻게 다른 CCTV라도 보실래요? 의심스러운 사람 있는지요. 관리실 직원이 물었다. 아니요. 다친 사람도 없고요. 그냥, 우리가 갈아 끼워야죠. 뭐, 잡겠다고 나서도 잡히는 것도 아니고요. 홍은 박카스를 사서 관리실에 주고 돌아왔다.

1

오는 검은색 우의를 입고 마스크를 꼈다. 장마는 한 달째 계속되었다. 홍이 아이를 보내면서 짜증을 내는 소리가 들렸다. 홍은 아이의 걸음이 느리다고 채근했다. 장화를 신고 우산을 든 아이가 홍의 뒤를 따라가고 있었다. 오는 아이를 스치고 지나가면서 눈으로 신호를 보냈다.

"오늘이야."

오가 소곤거렸다. 아이는 홍을 흘깃거리고 고개를 끄덕였다. 아이의 우산에 그려진 캐릭터가 위아래로 흔들렸다. 우산 똑바로 들어. 뒤돌아선 홍의 목소리가 빗속에 섞여들었다. 홍은 화를 내면서도 아이의 우산을 카메라로 찍었다. 홍은 휴대폰을 들여다보며 앞서 걸었다. 어린이집 늦었어. 엄마도 빨리 가 봐야 한단 말이야.

오는 양쪽 귀가 못에 찔리는 것 같아 귀를 막았다. 오는 화내던 엄마를 보듯 홍의 뒤태를 노려봤다.

*

침대 밑 상자를 열어본 엄마는 오를 흘겨봤다.

"그냥, 잠깐 보고 주려고요."

오는 두 손을 비비며 잘못했다고 빌었다. 엄마는 주인집 아들이 아끼는 닌텐도를 손가락으로 가리켰다.

"이러면 안 돼. 이거 잃어버렸다고 집안을 발칵 뒤집었어. 우리 방 뒤진다는 걸 주인집 아저씨가 간신히 말렸어."

날카로운 엄마의 목소리에 오는 몸을 움츠렸다. 몸을 못으로 긁는 것 같았다.

"이건 그냥, 놀이에요. 엄마를 화나게 하는 사람들 물건을 잠깐 보관했다가 화 풀리면 돌려주려고요. 골탕 좀 먹으라고요."

엄마는 베개 밑에 놓인 수표를 펼 때처럼 묘한 만족감을 드러내며 웃었다.

"그래도 이러면 안 돼."

엄마의 목소리가 전에 없이 부드러워졌다. 주인집 아저씨의 지포 라이터를 들어 불을 켜보던 엄마는 그것을 내려놓았다.

주인집 아저씨의 지포 라이터를 잃어버렸다고 말한 것은 주인집 아줌마였다. 엄마와 주인집 아저씨는 의뭉스럽게 입을 꼭 다물었다. 누가 훔쳤는지 내 손에 잡히면 반 죽여놓을 거야. 아주. 주인집 아줌마가 엄마를 잡아먹을 듯이 노려보며 쏘아붙였다. 주인집 아줌마는 사사건건 트집을 잡고 엄마를 괴롭혔다.

"그래, 이건 잠깐 보관하는 것이구나. 돌려주면 돼."

엄마는 주인집 아줌마의 반지를 집어 들었다. 집 한 채 값이라고 자랑하던 것이었다. 주인집 아줌마는 엄마를 자주 괴롭혀서 큰 걸 집어 와야 화가 풀릴 것 같았다. 반지를 손가락에 껴 보는 엄마의 얼굴이 환했다.

엄마와 반지가 갑자기 사라져서, 오는 주인집 아줌마한테 반지를 돌려줄 수 없었다. 오의 놀이도 끝이 났다.

*

오는 장갑 낀 손으로 도어락을 눌렀다. 신발을 벗고 거실로 들어갔다. 집 지키는 개처럼 공룡 피규어들이 입을 쩍쩍 벌리고 있었다. 오는 설치했던 장비를 거둬들여 배달 캐리어에 넣었다. 베란다로 고개를 돌렸다. 에어컨 실외기 쪽 창은 열려 있었다. 오는 침대 밑 상자를 찾아 열었다.

*

오의 엄마가 떠난 후, 주인집 여자는 침대 밑 상자를 발견했다.

"도둑년. 경찰에 신고해서 콩밥을 먹여야지."

주인집 여자는 오의 멱살을 잡고 흔들었다. 오는 주인집 여자한테 발길질을 당해 걸레처럼 구석에 처박혀 있었다. 주인집 여자는 오와 엄마가 머물던 뒤채의 살림살이를 헤집었다. 주인집 남자는 팔짱을 끼고 서 있었다.

"엄마가 아니라 내가 다 훔쳤어요."

오의 말에 주인집 여자가 콧방귀를 뀌었다.

"꼴에 저 버리고 도망간 년도 엄마라고 싸고돌긴. 내가 모를 줄 알아? 좋아, 그럼 반지 내놔봐."

주인집 여자가 손을 내밀었다.

"아줌마가 엄마한테 침 뱉은 날 변기에 넣고 똥하고 내렸어요. 그리고 지포 라이터는 훔친 거 아니에요. 아저씨가 우리 집에……."

오의 말이 이어지기 전에 주인집 남자가 지포 라이터를 쥔 손으로 오의 뺨을 후려쳤다. 도둑놈. 주인집 남자는 욕을 퍼부으면서 오를 때렸다. 뭐라는 거야? 주인집 여자가 눈을 가늘게 떴다. 양 볼이 떨어질 듯 뜨거워졌을 때 닌텐도가 콧등으로 날아왔다. 닌텐도를 던진 주인집 아들의 눈에 야비한 웃음이 흘렀다.

주인집 여자는 엄마가 오를 찾으러 올까 봐 내쫓지 않고 궂은일을 시켰다. 주인집 아들은 오가 도둑놈 새끼라고 학교에 소문을 냈다. 맞고 또 맞고. 학교 아이들이 반지값만큼 오를 때렸다. 오는 밤마다 주인집 아들의 혀를 뽑아 씹어 먹는 상상을 하며 자랐다.

*

오는 상자에서 실꾸리를 꺼냈다. 가느다란 검은 실이었다. 공룡 목에 실을 감아 묶고 실 길이를 늘였다. 실꾸리에 실을 감아 사용하지 않은 것처럼 정돈해 침대 밑에 넣었다. 배달 캐리어에서 홍의 머리카락을 꺼냈다. 까맣게 잊고 있었는데, 요긴한 단서였다. 공룡의 목 부분 실에 머리카락을 돌돌 말았다. 공룡을 들고 베란다로 갔다. 실외기는 베란다 안 바닥에 놓여 있었다. 실외기가 설치된 창은 반쯤 막힌 채였다. 에어컨을 돌리려면 실외기의 열기를 내보내려고 창문을 열어두어야 했을 것이다. 에어컨을 켜지 않을 때는 안전을 위해 창문을 닫아야 할 것이다. 게으른 홍은 매번 여닫기 번거로워 늘 열어두는 듯했다. 아이가 실외기 위에 올라가 난간에 발을 내민다면 돌이킬 수 없는 일이 벌어질 것이었다. 낡고 얇은 방충망은 세게 밀면 찢어질 것 같았다. 비가 내려 창틀도 난간도 미끄러웠다. 오는 실을 놓칠 것 같아 손가락에 힘을 주었다. 공룡을 밖으로 향하게 하고 실을 난간에 묶었다. 공룡의 무게 때문에 실은 아래로 미끄러져 난간 끝에 매달렸다.

아이의 캐릭터 우산이 돌아오는 게 보였다. 오전 내 내리던 비가 오후까지 퍼부었다. 아이는 잠시 우산을 젖히고 자신의 집을 올려다보았다. 망원경 안에서 빙긋 웃는 아이의 눈이 흐릿하게 보였다. 참 착하구나, 착한 아이는 어른 말을 잘 듣는 거란다. 엄마한테 아저씨 이야기하면 안 된다. 알았지? 아이는 칭찬을 하자 함빡 웃었었다. 홍이 아이를 채근해 집 안으로 들어갔다.

아이가 베란다로 나왔다. 아이는 실외기에 올라갔다. 아이가 얇은 방충만을 열었다. 아이는 실에 매달린 공룡을 잡으려고 손을 뻗었다. 아이는 실을 잡아채 용케 공룡을 끌어 올렸다. 아이는 미끄러운 난간을 잡고 몸을 숙였다. 아이의 손에 공룡이 잡혔다. 아이의 머리카락이 비에 젖었다. 아이가 공룡 목을 잡고 씩, 웃었다.

2

홍은 아이를 건네주던 남자의 말을 떠올리며 머리를 감았다.

"아이 아빠는 아이를 가진 것만 알지 낳았는지는 몰라요. 서류는 가짜니까, 본인만 알고 걸리지 않게 조심하세요. 쥐도 새도 몰라야 합니다."

머리를 헹궈내며 홍은 엘리베이터에서 보았던 남자의 눈을 아이의 눈과 비교해 보았다.

"애 엄마는 고등학생이었어요. 아이 아빠라고 해봐야 노는 녀석이었겠죠. 걱정하지 마세요. 이런 경우 찾으러 올 일은 절대 없거든요."

홍은 라이더의 나이를 가늠하려고 얼굴을 떠올리려 애썼다. 좀처럼 얼굴은 떠오르지 않고, 엘리베이터에서 맡았던 찌든 음식 냄새만 생각났다. 흙빛으로 빛나던 눈과 그 눈 속에 들어 있던 그 무엇. 홍은 라이더가 언제부터 보였는지 기억을 더듬었다. 홍이 차에서 내릴 때 라이더는 로비에서 나오던 길이었다. 스치고 지나갔었는데 어찌 된 일인지 라이더는 홍과 함께 엘리베이터에 타고 있었다.

홍은 어깻죽지에 소름이 돋았다. 아이의 주위를 맴돌고 있었을까. 홍은 머리를 수건으로 동여매고 휴대폰을 찾았다. 라이더? 배달부? 홍은 수건에 감긴 머리를 잡아 뜯었다. 홍은 자신의 SNS에 올렸던 사진을 넘기면서 살폈다. 창문을 찍었던 사진에 눈길이 멈췄다. 누군가 베란다 창을 건너다보고 있었다. 홍은 고개를 들고 사진에 찍혔던 집을 건너다보았다. 누군가 홍의 집을 보고 있었다. 아이를 찾으러 왔을까. 홍은 눈에 힘을 주고 망원경을 든 사람의 얼굴을 보려고 했다. 홍은 망원경이 향한 곳으로 고개를 돌렸다. 홍의 눈에 난간에 올라가 있는 아이의 모습이 보였다. 아이의 작은 손에 공룡이 들려 있었다.

홍의 지갑이 없어졌던 날, 홍은 정신이 없었다. 홍은 휴대폰에 꽂아둔 카드를 찾겠다고 집을 더듬고 다녔다. 아이가 식탁 위에 공룡을 올려두었다. 아이는 종종 공룡한테 짜장면을 먹였다. 그러고 나면 아이는 공룡을 목욕시키겠다고 욕실을 거품 천지로 만들어 놨다.

"식탁에서 공룡 치워. 또 짜장면 그릇에 공룡을 처넣으려고 그러지? 너 짜장면 못 먹게 할 거야. 홍이 아이한테 소리쳤다."

홍은 아이의 사소한 행동 하나에 속이 터졌다. 이성을 잃고 아이한테 소리 지르고 나면 자괴감에 가슴이 답답했다. 나른한 일상과 남편의 무관심까지 모두 아이 탓 같았다. 홍은 아이를 향해 몇 번 더 소리를 질렀다. 얌전히 앉아 짜장면 먹으라고. 옷에 흘리지 말라고. 홍은 휴대폰을 아이가 숨긴 게 아닐까, 라는 의문이 들었다. 아이는 공룡 목을 꽉 쥐고 바닥에 내려놓지 않았다. 배달부는 의뭉스럽게 서서 아이와 공룡을 바라보고 있었다. 배달부가 고개를 기울여 아이의 얼굴을 뚫어지게 바라봤다. 홍은 불안했다. 홍은 조급한 마음에 소파 구석과 텔레비전을 올려 둔 서랍을 뒤졌다. 홍은 자신이 불안한

게 배달부 때문인지, 늘 손에 쥐고 있던 휴대폰을 놓쳐서인지 가늠할 수 없었다. 홍은 주방 서랍에서 휴대폰을 발견했다. 홍은 자신도 모르게 SNS를 눌러 확인하며 안도했다. 그러다 우두커니 선 배달부와 눈이 마주쳤다. 카드를 받아 드는 배달부의 얼굴이 묘하게 일그러졌다.

"경찰에 신고하세요. 우리 직원은 훔치지 않았으니까, 경찰에서 가려주겠죠."
중국집 사장이 큰소리쳤다. 홍은 사장의 거침없는 목소리를 이웃이 들을까 봐 조마조마했다. 오후 내내 요동치던 가슴이 터질 듯이 방망이질했다. 그럴 생각까진 없고요. 홍이 사장을 만류했다. 홍은 경찰이 오고, 경찰이 집을 뒤지고, 경찰서에 가서 조서를 작성하는 과정을 머릿속에 그려보는 것만으로도 벅찼다. 카드사에 일일이 전화해 카드는 모두 정지된 상태였다. 지갑 속에 아이의 입양 당시 사진이 없었다면, 지갑을 포기했을 것이다. 냉장고 속에 있을지 몰라요. 많이들 그러거든요. 한번 확인해보세요. 홍은 말 잘 듣는 아이처럼 순해져서 냉장고를 열어봤다. 경찰, 이라는 단어가 홍에게 오히려 위협적이었다. 사장은 쪼그려 앉아 신을 고쳐 신었다. 부엌에서 돌아온 홍과 남편은 지갑을 찾지 못해서가 아니라, 사장 때문에 안절부절못했다. 덥네요. 사장은 손부채질하고 파카 지퍼를 내렸다. 사장의 얼굴은 붉게 상기돼 있었다. 제가 찾아볼게요. 사장이 신발장을 열고 단숨에 지갑을 찾아주었다. 홍은 사장한테 사과했다. 제가 이 밤에 여기까지 온 이유는, 계속 저희 집을 이용해달라는 말씀을 드리려고 하는 겁니다. 혹시 이번 일로 단골을 잃을까 봐 그럽니다. 이 년 단골 아닙니까. 부탁하러 왔다는 사람의 말투가 건달처럼 거칠었다. 홍은 큰 죄를 저지른 것 같아 바닥에 납작 엎드려 빌고 싶은 기분이었다.

"네가 여기다 넣어놓은 거 아니야? 지갑이 왜 여기 들어가 있어?"

중국집 사장이 돌아간 후 홍은 아이를 세워놓고 물었다. 이 집에서 지갑을 옮길 손은 아이밖에 없었다. 아이는 고개를 저었다.

"괜히 애는 잡고 그래. 아무래도 저 사람 손이 탄 게 아닐까 싶은데."

홍의 남편은 아이의 손을 잡고 방으로 들어갔다. 그렇지? 홍은 남편의 말에 고개를 끄덕였다. 사장의 무례함이 괘씸했다. 홍은 여봐란듯이 주말에 그 중국집에 배달을 시켰고 사진을 찍어 SNS에 올렸다.

내 아이를 훔쳐보다니.

홍은 속이 후련했다. 홍은 폭로하고 야유할 수 있는 또 다른 홍이 SNS에 있다는 것이, 무슨 짓을 해도 그 안에서 지켜지는 자신이 있다는 것이, 만 명의 친구들이 덮어놓고 편들어주고, 나서서 복수해줄 수 있다는 것이, 든든했다.

홍은 사진을 올린 날짜를 확인했다. 오래전 같은데 고작 일 년 전이었다. 라이더 앱이 생긴 후로는 배달부의 얼굴을 마주 대하거나 결제를 직접 한 적이 없었다. 홍은 까맣게 잊고 있던 일이었다.

1

오는 엄마가 떠나고 난 후의 오 일을 잊을 수 없다. 주인집 여자는 빛 하나 들어오지 않는 지하실에 오를 가두고 굶겼다. 첫째 날 오는 오기로 참았다. 어둠을 이기려고 숫자를 셌다. 엄마가 오겠지. 둘째 날은 나가기만 하면 주인집 식구들을 다 죽여야지, 하는 마음으로 참았다. 엄마가 올 거야. 셋째 날 허기에 쓰러졌다. 엄마가 구해줄 거야. 자신의 오줌을 받아 마셨다. 넷째 날부터 오지 않는 엄마가 미웠다. 살려달라고, 잘못했다고, 문에 대고 빌었다. 다섯째 날, 오의 영혼이 조각조각 나뉘었다. 지하실의 어둠이 증오로 이글거리는 오의 눈 속으로 빨려 들어갔다. 계단 입구에 경계를 이루듯 누군가 서 있었다.

그 경계를 지키기 위해 오는 교회에 다니며 성실하게 살았다.

홍이 지하실의 경계를 무너뜨리기 전까지.

홍에 대한 증오가 지하실 곰팡이처럼 하루하루 자라나 복수가 오의 사는 이유가 되기 전까지.

홍의 비명이 고층 건물 사이에 공명처럼 울렸다.

오는 아파트 베란다에 매달려 있는 아이를 보았다. 홍의 절규 속에서, 가느다란 실에 매달린 홍의 세계가 하나씩 끊어지는 소리가 들렸다. 오는 듣기 싫은(혹은 듣고 싶은) 엄마의 목소리를 들었다. 홍은 두 손으로 아이의 팔을 잡고 끌어 올리고 있었다. 오는 안도의 한숨을 내쉬었다. 오는 가끔 자신에게 묻곤 했다. 홍에 대한 증오가 과하지 않냐고. 그러나 홍에 대한 분노가 끓어올라 밤잠을 설치던 날들과 잊히지 않는 기억에 미친 사람처럼 악을 질러대던 시간이 오를 잠식했다.

오는 마무리 짓기 위해 홍의 사진을 찍었다.

비정한 모정.

오는 홍의 SNS 댓글에 사진을 첨부했다. 그러나 대댓글들은 홍의 편에 서 있었다. 노출된 오는 홍의 삶을 훔치려다가 또 한 번 자신의 삶을 도둑맞고 있었다.

해안 길을 따라가다 보면

용궁에 가자고 한 사람은 지희였다. 지희는 택시 기사의 말을 녹취한 파일을 들려주었다. 주란은 마지못해 동의했다. 마리는 지희가 용궁 이야기를 꺼내자마자 찬성했다. 마리는 찾고 싶은 사람이 있었다. 울릉도에서의 마지막 밤이었다.

*

지희의 생각에 주란과 마리와는 친한 친구가 아니었다. 독서클럽에서 만난 사이로 두 달에 한 번 보고 단체톡으로 이야기를 할 뿐이었다. 주란이 잘하는 것은 분석하고 조사한 다음

데이터를 표로 만드는 것이었다. 고객을 위해 고객의 고객을 조사하는 일. 주란은 그 일을 잘했다. 마리가 잘하는 일은 공간을 디자인하고 만드는 일이었다. 완공된 건물 내부에 탁자와 의자 등의 가구를 놓거나 어울리는 조명과 문을 다는 일. 더 크게는 경기장 내부를 채우는 공사를 하거나 테마파크 내부를 설계하는 일. 공간을 만들어 내는 일을 잘했다. 지희가 잘하는 일은 해맑게 웃는 것이었다. 지희는 데뷔한 소설가였지만 제대로 소설을 쓰지 않았고 독서클럽에서 읽은 책에 대해서도 적절한 비평을 하지 못했다. 직장생활에 찌들어서 웃으려야 웃음이 나지 않았던 주란과 마리는 잘 웃는 지희를 좋아했다. 지희에게 웃음이 없었다면 같이 여행 올 생각을 하지 못했을 것이라고 했다. 직장생활을 하지 않고 부모의 용돈만으로 40년을 해맑게 살 수 있다니. 다음 생에는 그런 부모를 가진 소설가로 태어나야겠다, 주란과 마리는 종종 그게 소원이라고 말했다. 주란과 마리는 지희의 웃음에서 세파에 찌든 마음을 위로받는 기분이라고 했다.

친한지 친하지 않은지 헷갈리는 세 여자가 울릉도에 가자고 합을 본 것은 우연한 기회였다. 지희는 마리의 SNS를 보고 마리가 울릉도에 있는 C 리조트의 외관과 내부를 샅샅이 들여다보고 싶어 한다는 것을 알았다. 여행을 같이 가면 더 가까워질 수 있을 것 같아서 지희가 마리를 부추겼다. 마리가 울릉도에 가자는 말을 냈다. 지희가 찬성했다. 지희는 독도가 자기네 땅이라고 우기는 일본에 본보기를 보이기 위해, 독도에 가서 침이라도 발라놔야겠다고 말했다. 지희의 소설에는 반일 감정이나 정치적 상황이 극명하게 묘사된 내용이 없었다. 마리는 지희의 과한 애국심이 소위 작가라고 불리는 치들의 자격지심에서 비롯된 것이라고 생각했다. 같잖은 심사에 한마디 찌르고 싶었지만 C리조트에 갈 수 있다는 기대감에 지희를 두둔했다.

—우리가 좀 의식 있는 사십 대가 될 필요가 있지.

마리가 말하자 지희는 신이 나서 기막히게 옛날이야기를 했다. 울분을 토하면서.

—1930년도에 작가들이 얼마나 힘든 시대를 살았는데. 시 한 줄 쓰고 잡혀가 고문당하고 그랬단 말이지.

주란은 지희가 내지르는 분노가 불편해서 인상을 찌푸렸다.

—요즘 대학원 시 수업에서 1930년대를 공부하고 있거든. 수업 시간마다 우리는 화가 나서 울잖아. 그 시대 여류 작가들, 독립운동하며 시 쓰던 시인들, 친일했던 작가들까지.

마리는 인상을 찌푸렸다. 지희는 마리의 미간에 그려진 굵은 주름을 보며 입을 다물었다. 까마득한 과거의 일로 현실성이 전혀 없는 나에게나 어울릴 이야기라고 생각하고 있겠지. 지희는 주란과 마리의 표정에서 읽을 수 있는 무시를 짐작하고 곱씹었다.

　─좋겠다, 지희는. 과거만 살아도 되고.

　마리가 시원하게 속을 말했다. 지희는 마리가 예민해진 사정을 알고 있었다. 마리는 프리랜서로 중국 업체에 일해주고 대금을 받지 못하고 있었다. 대기업 하청으로 들어온 일은 시간이 촉박했다. 며칠 밤을 새우고도 모자라 울릉도에 가서 밤에 일해야 맞출 수 있는 일정이라고 했다. 주란과 마리가 서로 눈을 마주쳤다. 지희는 자신을 만나기 전에 주란과 마리가 미리 만나서 직장 이야기를 했을 것임을 짐작했다. 둘이 하던 이야기가 끝나지 않고 이어졌다. 주란은 사소한 실수로 일을 망쳐놓는 직원에게 화가 나서 집까지 한 시간 반을 걸어서 돌아왔다. 화를 풀 데가 없었다. 걸으면 발바닥이 아팠고 피곤해서 아무 생각 없이 잠들 수 있었다. 사람이 미워서 죽을 지경인데 다음 날 또 얼굴을 대하면서 일을 해야 했다. 감정 조절을 못하고 고함이라도 지르면 사람들은 주란이 노처녀 히스테리를 부린다고 뒷담화를 했다. 나이 먹은 여자 상사는 만사를 오롯이 삭혀야 했다. 주란이 투덜거리다가 지희를 보고 말했다. 세상 물정 모르는 지희 앞에서 이런 이야기를 하는 것도 기운 빠진다. 지희는 속으로 발끈했지만 참아 넘겼다.

　－독도 가서 태극기라도 흔들고 올까?

　반은 농담으로 마리가 말했다.

　－대박. 좋은 생각인데. 꼭 인증샷 찍어서 SNS에 올려야지.

　지희가 농담을 진지하게 받으며 대답했다.

　－나도 가서 머리 좀 식히고 싶어.

　주란이 결론을 짓듯 말하고 휴대폰 검색을 시작했다. 언제나 그렇듯 가는 방법과 배편과 숙소를 알아본 것은 주란이었다. 주란의 사전 조사로 울릉도에 갈 방법이 두 가지로 압축되었다. 강릉에 가서 하룻밤을 잔 후 배를 타고 울릉도로 들어가는 방법. 잠실에서 새벽 4시에 출발하는 단체 버스를 타고 강릉에 가서 배를 타는 방법. 대신 잠실에서 단체 버스를 탈 경우, 숙소와 일정은 여행사가 미리 짠 패키지로 움직여야 했다. 숙소가 C리조트가 아니라 M리조트로 바뀐다는 말에 마리는 입을 내밀었다. 주란은 식사까지 포함된 패키지 일정의 저렴한 가격이 마음에 든다고 했다. 지희는 강릉에서 일박하는 것이 부담스러워 패키지 일정에 찬성했다. 두 명이 손을 들자 패키지 일정으로 가닥이 잡혔다.

*

오늘이 보름이잖아요. 이런 날 깊은 바다에 있던 용왕이 잠깐 뭍으로 올라와 사람들을 기다리거든. 용궁이야. 운이 좋은 사람만 찾아갈 수 있는데, 거기 가면 원하는 것을 얻을 수 있다고 전해지지요.

뭐든지요? 녹음기 안에서 지희가 진지하게 물었다. 그럼, 돈 빼고 뭐든지 소원을 다 들어준다고 들었어요. 그런데 용궁을 꼭 찾아야죠.

─들었지?

지희가 녹음기를 껐다. 주란과 마리는 용궁의 구체적인 위치를 듣고 서둘렀다. 세상 물정 모르는 지희가 속아 넘어간 것이라고 놀려주고 싶었다. 지희는 모험을 떠난다는 설렘에 사십 평생 뛰지 않던 심장이 요동쳤다.

용궁은 울릉도 도동항에서 행남해안산책로를 따라 왼쪽으로 들어가다 보면 나타난다고 했다. 절벽 옆에 만들어진 길을 걷다 보니 바위 사이의 동굴을 지나가게 되었다. 산책로 밑은 파도가 거칠게 몰아치고 있었고 발밑이 고르지 않았다. 용궁이 과연 있을까. 지희는 셋 다 미쳤다는 생각에 웃음이 터졌다. 울릉도에서의 마지막 밤을 특별하게 보내고 싶었던 지희는 30분을 걸어가도 아무것도 보이지 않자 마리의 눈치를 살폈다. 마리는 전날 밤 새벽까지 일하고 잠이 들었다. 그런데도 마감을 맞추기 힘들어서 집에 돌아가고 싶었다. 비행기를 타고 빨리 갈 수 있으면 좋으련만. 마리는 배를 타고 다시 버스를 갈아타고 가야 하는 까마득한 길에 골치 아파했다. 맨 앞에서 지희는 걸음을 재촉했다. 행남해안산책로 초입에서 인증샷을 찍으며 유난을 떨던 지희는 미안한 마음에 자꾸 뒤를 돌아보았다. 주란이 외쳤다.

 ─여긴가 봐. 용궁.

 지희는 숨을 몰아쉬며 고개를 들었다. 더 걸어가고 싶어도 길이 없었다. 동해의 거친 파도가 달려와 바위를 집어삼키고 물거품을 남겨 놓고 가는 살풍경이 보일 뿐이었다. 이제껏 걸어온 바윗길과 다른 색이 펼쳐져 있었다.

 하얗고 거대한 소라껍데기를 뒤집어 놓은 듯한 바위 굴에 알전구가 반짝였다. 검은 바위가 아니라 대리석처럼 흰 바위가 둘러싸고 있어서 눈이 부셨다. 화산 폭발로 형성된 울릉도는 검은 바위 일색이었는데 그곳만 흰색이었다. 밝고 환했다. 바위 굴이 움푹 들어간 곳에 테이블을 놓고 해산물과 술을 팔고 있었다. 작은 간판에 삐뚜름한 붉은 글씨로 '용궁'이라고 쓰여 있었다. 용궁이라는 글씨가 없었다면 식당이라는 생각을 하지 못했을 것이다. 테이블에 앉아 술을 마시던 사람들이 고함을 질렀다. 메뉴판에 조잡한 글씨로 가격표가 적혀 있었다. 백발 머리를 투 블록으로 자른 남자가 회 접시를 든 채 오가고 있었다. 흰 굴과 백발 머리가 조화를 이루면서 신비스러운 느낌을 주었다.

　─속았어. 용궁 식당에 가라고 우릴 속인 거네. 그냥 술이나 마시고 가자.

　마리가 한숨을 쉬며 말했다. 홍합탕의 가격을 보고 주란은 비명을 질렀다. 예술가라며 곧 죽어도 술을 찾는 지희가 호박 막걸리를 시켰다. 회와 탕과 막걸리가 테이블에 놓였다. 지희가 백발 남자를 향해 소리쳤다.

　─사장님 여기가 용궁인가요? 그럼 용왕님이신가요?

　백발 남자가 고개를 끄덕였다.

　─용왕님한테 빨리 소원 빌어야지. 젠장, 택시 아저씨 영업 잘하시네.

　마리도 막걸리 한 잔을 들이부으며 대꾸했다. 지희는 술을 마시니 진짜 용궁에 온 기분이 들었다. 지희는 배낭에서 주섬주섬 뭔가를 꺼냈다.

　─내가 취하면 다 까먹잖아. 너희가 한 이야기 녹음했다가 소설에 쓰려고. 직장 이야기 말이야. 요즘 오피스 소설이 유행

인데, 나는 일이 어떻게 진행되는지 모르니까 글을 쓸 수가 없네.

주란이 소라를 집어 먹으며 말했다.

— 녹음한다고 생각하면 말하기 부담스러워. 우리가 딱히 하는 이야기도 없지만 녹취로 남는 거잖아.

마리가 지희를 보며 말했다.

— 꺼.

— 그럼, 녹음기는 꺼서 배낭에 넣어놓을게.

지희가 배낭을 만지작거렸다. 주란이 지희의 잔에 막걸리를 따랐다. 그때 마리의 휴대폰이 울렸다. 중국 업체와 연결해준 브로커였다. 마리는 휴대폰을 들고 테이블과 조금 떨어진 곳에서 통화했다. 한국 브로커는 중국 브로커를 통해 업체를 연결했는데, 업체에서 중국 브로커에게 대금을 지불했다고 했다. 중국 브로커는 잠적한 상태였다.

— 나는 계약금 삼십 프로밖에 받은 게 없어요. 이거 자재비도 안 나오는데 어떻게 마무리를 지으라는 말이에요. 연결했으면 책임을 져야 할 거 아닙니까.

마리가 말하자 한국 브로커가 소리쳤다.

— 소송 걸어보던가. 대신 계약금 십 퍼센트가 아니라 삼십 퍼센트는 받았잖아. 중국 사람들 계약금만 지불하고 돈 떼먹

는 거 몰랐어?

브로커는 배 째라는 식이었다.

-씨발, 좆같은 사기꾼 새끼들. 진짜 중국 브로커가 튄 겁니까, 아니면 업체에서 계약금만 주고 돈 떼먹는 겁니까? 그건 확실히 알아요?

마리는 있는 대로 소리를 질렀다. 용궁이 쩌렁쩌렁하게 울릴 줄 알았는데, 파도 소리에 마리의 목소리가 묻혔다.

-왜 욕을 하고 난리예요. 나도 돈 못 받아서 답답해 죽겠는데. 이래서 프리랜서랑 일하면 안 된다니까. 업체였어봐요. 이렇게 했겠어? 개인이라 소송도 못 하고 쫓아오지도 못할 거니까, 이런 식으로 대응하지.

마리는 몇 달 전 그만두고 나온 회사가 떠올랐다. 마리는 휴대폰을 던져버리고 싶었다.

-아무튼, 나 내일 서울 가니까 그때까지 해결해요. 나는 진짜 소송 걸 마음도 있으니까.

마리는 전화를 끊고 테이블로 돌아왔다. 지희는 그사이 술이 올라 볼이 붉어져 있었고 주란은 허리를 꼿꼿이 세우고 회를 집어 먹고 있었다. 주란은 테이블에 휴대폰을 올려놓고 지는 해와 바다를 동영상으로 촬영했다. 둘 다 기분이 좋아 보여서 마리는 은근히 부아가 났다.

―야, 용왕 어디 있냐? 지희 네 말 듣고 용궁 찾아온 거잖아. 여기 와서 중국인 브로커 새끼 잡아 죽여달라 하려고. 그 쌍놈의 새끼를 그냥. 근데 왜 없어? 내가 그 넓은 중국을 어떻게 뒤져. 용왕 나오라고 해.

지희가 배시시 웃더니 백발 남자 쪽으로 고개를 돌렸다.

―저기 용왕님 계시네. 용왕님! 우리 마리가 그 새끼 잡는 게 소원이라는데요.

지희가 소리를 질렀다. 백발 남자가 입꼬리를 올리고 웃는 모습이 보였다. 백발 남자는 호박 막걸리 한 병을 들고 오더니 지희의 앞에 놓았다. 그가 다가오자 지희의 귀에 파도가 거칠게 몰아치는 소리가 들렸다.

―아가씨들 맺힌 게 많은가 보네. 이건 서비스요.

백발 남자의 말이 신호라도 되는 듯이 셋 다 맺힌 것을 말하기 시작했다.

이십 대랑 일하는 거 너무 힘들어. 자꾸 꼰대가 돼. 일찍 낳았으면 너 같은 자식이 있을 텐데. 대학생 인턴한테 이런 소리를 하고 앉아 있어. 주란이 말했다. 지희는 '일찍 낳았으면 너 같은 자식이 있을 텐데'라는 말을 곱씹었다. 흔한 말인데 지희를 찔렀다. 지희도 푸념했다. 나도 대학원에서 만난 이십 대들 겁나. 말을 잘못하면 이모님 소리 들을까 봐. 마리가 말을 받았다. 걔네는 알까? 우리가 자기들 무서워하는 거. 걔네는 우리처럼 되고 싶을걸. 꼰대? 아니, 정규직 팀장. 계약직이나 인턴 말고. 셋이 돌아가면서 신세 한탄을 했다. 난 요즘 돌아서면 다 까먹어. 난 벌써 노안 왔어. 난 새치 장난 아니야. 염색 안 하면 할매야, 아주. 우리 진짜 중늙은이 같아.

주란과 마리는 일 이야기가 아니라 자신들의 이야기를 했다. 지희도 알아들을 수 있는 이야기였다. 지희는 마음이 편해졌다. 지희는 주란과 마리의 직업적 이야기를 들으려고 친해졌지만, 들어도 표현할 수 없는 세계는 공감을 줄 수 없다는 당연한 깨달음을 얻었다. 지희가 얻어야 하는 것은 주란과 마리의 마음이었다. 마음을 얻기 위해서는 웃음이 아니라 진짜 마음을 보여줘야 했다. 마음을 얻어야 두 사람을 이해하고 그들의 삶을 글로 담을 수 있을 것이다. 지희는 용궁에 앉아서 비로소 글쟁이인 자신의 자리를 찾은 기분이었다. 지희는 마리가 이야기하던 공간이 주는 마법을 느꼈다.

지희는 해안 산책로 쪽으로 고개를 돌렸다. 길이 파도에 덮여 사라지고 없었다. 지희는 고개를 갸웃했다. 중간에 길이 끊긴다면 이곳은 섬일 것이다. 해안 길이 굴곡지고 험하긴 했지만 섬으로 연결돼 있진 않았다. 지희는 주변을 둘러봤다. 용궁식당에 발을 들이기 전에 테이블에 앉아 있던 사람들도 사라지고 없었다. 그 순간 밀려드는 파도 소리도 볼륨을 낮추듯 사라지고 들리지 않았다.

가만, '아가씨 맺힌 게 많은가 보네.'라는 말을 어디서 들었더라. 지희는 기억을 되짚기 시작했다. 어쩌면 울릉도에 도착한 순간부터 용궁에 오도록 모든 시간이 짜여서 돌아가고 있었는지 모른다.

*

배를 오래 타고 도착한 울릉도에서의 첫 끼니는 오징어 내장탕과 나물이었다.

오징어 내장을 왜 먹지?

지희는 묻고 싶었지만 얼굴이 누렇게 뜬 두 여자를 보고 입을 다물었다. 버스는 M 리조트에 지희와 주란, 마리를 내려놓고 떠났다. 숙소는 말만 리조트지 모텔보다 못한 수준이었다. 침대도 없이 축축하고 낡고 얇은 요와 때가 눅진 베개가 있었다. 엄지손가락만 한 바퀴벌레가 날아다니자 주란이 이불을 뒤집어쓰고 비명을 질렀다. 주란은 일찍 자리에 누웠고 마리는 일정을 맞춰야 하는 일을 시작했다. 노트북을 켜놓고 공간 설계를 했다. 지희는 인터뷰를 하려고 마음 먹고 왔으므로 몰래 녹음기를 눌러 놓고 이것저것 물었다. 마리는 대형 몰에 휴대폰 행사 매대를 급하게 만들어줘야 했다. 선이 이어지고 색이 입혀지면서 마리는 일에 빠져들어 입을 다물었다. 지희는 마리의 말을 10프로도 이해하지 못하고 있었지만 모를수록 고개를 끄덕였다. 주란이 눈을 뜨고 마리와 일 이야기를 시작했다. 지희는 끼어들 수 없었다. 지희는 주란과 마리가 저렇게 떠들고 있으면 숨이 막혔다. 알아들을 수 없는 용어와 그들이 만들어놓은 견고한 세계가 높은 담처럼 느껴졌다. 소설을 쓰지 않았다면 저 담이 저렇게 높지 않았을 거라고, 적어도 담의 반 정도는 지희도 쌓고 살았을 거라고 후회했다. 지희는 글판에서도 현실에서도 자리를 잡지 못한 자신이 한심했다. 여행 내내 지희는 사진마다 웃고 있었지만 주란과 마리가 원하기 때문에 웃었다. 결핍에 허덕이는 소설가의 내면은 누구도 좋아하지 않았다.

다음 날의 일정은 독도에 가는 것이었다. 독도는 하늘이 허락해줘야 들어갈 수 있는 섬이었다. 파도가 높은 날이 많아서 단번에 독도에 들어간 사람은 적다고 했다. 그러나 지희는 첫 방문에 독도에 들어갔다. 군악대가 음악을 연주했다. 민간단체가 와서 독도지킴이 행사를 하고 있었다. 독도는 작아서 갈 수 있는 길이 많지 않았다. '독도 이사부길'에서 사진을 찍고 독도경비대와 사진을 찍고 나자 배가 곧 떠난다는 방송이 들렸다. 독도에 발을 딛고 내렸을 때 느꼈던 설렘은 짧은 시간 사라졌다. 뭔가를 느끼고 의미를 되새기기에는 방문객이 너무 많아 어딜 가든 소란스럽고 비좁았다. 지희는 독도에 관한 소설을 쓴다면 도대체 뭐라고 묘사해야 할지 감이 잡히지 않았다.

이렇게 왔다 가면 우리나라 섬이 되는 건가? 지희는 누군가 붙잡고 묻고 싶었다.

오후에는 택시를 타고 섬을 돌았다. 택시 기사가 일제 강점기 역사부터 이야기해주었다. 향나무가 많았던 울릉도에서 일본 사람들이 향나무를 수탈해 가는 바람에 산에 나무가 남아나지 않았다고 했다. 오징어도 다 가져갔겠지. 지희는 오징어 내장탕밖에 먹을 수 없었을 울릉도 사람들의 가난이 짐작되었다. 일본인 고리대금업자가 살았다는 적산가옥에서부터 난파된 보물선이 울릉도 앞바다에 있다고 사람들을 속여 인양 투자금을 모았던 최근의 사기 사건까지 말했다.

─일제 강점기, 1930년도, 드디어 왔네. 과거로.

택시 기사의 말을 듣다가 주란이 지희에게 속삭였다.

―내가 원하는 과거는 여기가 아닌 것 같아.

지희가 말했다. 지희는 그 순간들을 다 녹취했다.

C리조트에 갔다가 돌아오는 택시 안에서 기사가 용궁에 관해서 했던 말도 지희가 녹취했다. 택시 기사와 나눴던 다른 이야기도 녹취했다.

―아가씨, 맺힌 게 많은 사람이구만.

지희는 마지못해 대답했다.

―좋은 소설을 쓰고 싶어요.

택시 기사가 헛웃음을 쳤다.

―요즘 누가 소설을 읽는다고. 그래, 도대체 뭘 쓰고 싶은 거요? 이름을 내기에는 시대를 잘못 만난 것 같은데.

지희가 대답했다.

―그래서 자꾸 과거로 가고 싶어요. 일제 강점기인 1930 년대로 돌아가서 쓰면 어떨까 하는 생각까지 했어요. 그래서 이 섬에 온 것 같은데…….

―진짜 굶어 죽고 싶은 모양이네. 인생 길어요. 잠깐 쉬어 가도 좋지.

지희는 차디찬 바닥에 엎드려 있던 이십 대를 떠올렸다. 지희가 돌아가고 싶은 과거는 그때였다. 1930년도가 아니라. 지희는 그때 뭔가를 잃었고 어쩌면 그 잃은 것 때문에 오늘까지 버티면서 글을 쓰는지 모른다. 배 속에 있던 것이 사라진 날, 허전해서 내내 찬 바닥에 배를 깔고 누워서 글을 썼다.

지희의 결핍은 거기서 시작되었을지 모른다. 20년 동안 잊고 살았을 뿐. 지희는 택시 기사의 눈을 다시금 바라보았다. 그때 잃어버린 것은 다시 찾을 수 없는 것이었다. 살아 있었으면, 잘 자랐으면, 스무 살이 되었겠구나. 그때의 내 나이로 자랐겠구나. 지희는 그 사실을 상기하자 마음이 쓰라렸다. 흔한 말인 '내가 일찍 낳았으면'이라는 말이 퍽 무서웠다. 팔딱이던 조그만 세포에 이십 년의 시간이 더해지자 건장한 생명이 되었다. '낳았으면'이라는 말이 낳지 않고 한 사람을 살해했다는 선명한 죄책감을 주었다. 지희는 까맣게 잊고 있던 과거가 눈앞에 다가오자 가슴이 일렁였다. 맺힌 것은 계속 맺혀 있는 게 나았다.

지희는 룸미러 속 택시 기사의 눈을 피했다.

*

그 사람이었다. 지희의 과거를 '맺힌 게 많다'라는 말로 끄집어낸 사람. 택시 기사가 용궁을 소개한 것이 아니라, 용궁 주인과 기사는 같은 사람이었다. 지희는 이제껏 그를 알아보지 못한 자신이 기이하게 여겨졌다. 어둠이 내려앉은 바다에 오징어잡이 배의 불이 깜빡였다. 어둠이 점점 짙어지더니 파도 소리가 커졌다. 파도 소리를 밀어내고 달빛이 비쳤다. 달빛에 드러난 파도는 푸르게 일렁였지만 눈에 보이는 파도라 무섭지 않았다. 지희는 택시 기사에게 속았다는 것을 인정했다. 뭘 찾으러 여기 왔는지 헷갈렸고 밤바람은 차가웠다. 용궁이라니. 지희는 호박 막걸리를 들이켰다.

―춥다. 해물라면 주문해야겠어.

마리가 말했다. 주란은 고개를 저었다.

―해물라면은 아까 안 된다고 했잖아. 메뉴 중에 제일 싸니까 안 파나 봐.

주란은 주문해서 먹은 음식과 술값을 눈대중으로 계산했다. 주란은 술을 한 잔만 마셨다. 한 명이라도 정신을 차리고 있어야 바가지를 쓰지 않을 것 같았다.

―내가 가서 용왕님한테 결제해달라고 할게. 난 할 수 있어.

마리가 자리를 털고 일어났다.

―그래, 너는 할 수 있을 거야.

지희가 고개를 번쩍 들고 말했다. 마리가 주문받는 곳으로 가서 실랑이를 시작했다. 지희는 마리가 백발 남자를 어르고 달래고 들었다 놨다 하는 모양을 지켜봤다. 해물라면을 먹으려는 게 아니라 계약을 따내려는 사람처럼 필사적이었다. 지희는 마리가 직장에서 일하는 모습이 그려졌다. 마리가 자신감이 없거나 자존감이 떨어질 때 더 많은 말을 한다는 것을 알고 있었다. 마리는 자신의 능력을 증명하려고 언제나 필사적이었다. 직장을 그만둔 후 그것은 더 심해진 듯 보였다. 마리는 일 년 동안 해외로 장기출장을 갔다가 돌아온 후 자리를 잃었다. 나이 많은 여직원들은 어느 정도 승진 후 슬슬 밀려나다가 온갖 궂은일을 도맡곤 한다. 회사에서는 그들이 임원까지는 올라가지 못하게 은근히 밀어내다가 그만두게 만든다. 마리도 당했던 방법이었다. 지희는 주란을 향해 시선을 옮겼다. 주란에게 올 거친 파도였다. 이들이 파도에 떨어져 나가면 나를 덜 무시할까. 지희는 그 생각이 들자 그들이 안쓰럽다기보다 속이 시원했다. 마리가 해물라면 냄비를 들고 왔다. 마리는 대단한 일을 해낸 사람처럼 들떠서 말했다.

 ─봐, 내가 해낸다고 했지? 용왕님이 소원도 들어주시겠대. 그래서 내가 그 사기꾼 소환해달라고 했어.

 뭐래. 주란이 말하고 라면 한 젓가락을 집었다. 지희는 마리에게 잘했다고 칭찬하고 라면을 덜어서 접시에 옮겨 담았다. 해물라면이라는데 들어간 해물이 새우와 조개밖에 없었다. 해변 동굴에서 파는 거라 이것도 삼만 원이나 했다. 관광객한테 바가지 씌우고. 진짜 도둑놈들. 주란은 라면을 먹으면서도 돈이 아까워서 투덜거렸다. 그때 낯선 남자가 옆 테이블에 앉았다. 이십 대로 보이는 젊은 남자였다. 길이 사라졌는데 어떻게 건너왔을까. 지희는 사라진 해안 길을 넘어다보았다. 그 남자는 지희보다 더 당황한 표정이었다. 그가 지희에게 말을 걸었는데 중국어였다.

—중국인이 울릉도까지 놀러 왔나.

지희는 영어로 대답하고 중국어에 능통한 마리를 봤다. 마리가 고개를 들고 그 남자를 봤다. 마리는 벌떡 일어났다. 플라스틱 의자가 뒤로 발랑 넘어갔다.

—어? 도망간 그 브로커네. 그 새끼 SNS 사진이랑 똑같아.

마리가 말하자 지희와 주란은 그 남자를 봤다. 지희는 마리가 취했다고 생각했다. 말릴 겨를 없이 마리가 그 남자의 테이블로 가더니 중국어로 말을 걸었다. 마리는 남자의 맞은편에 앉아 욕을 퍼부었는데 한국어 욕이어서 상대가 알아듣는지는 모를 일이었다. 지희는 백발 남자가 만족스럽게 고개를 끄덕이는 것을 보았다. 다들 취했나. 지희는 호박 막걸리를 여러 잔 마셔서 머리가 어지러웠다. 마리를 건너다보던 주란은 막걸리를 벌컥벌컥 마셨다. 중국 남자의 멱살을 잡으려던 마리는 점점 목소리 톤이 낮아졌다. 중국 남자의 말을 듣느라 마리의 말은 드문드문 들렸다.

─용왕님, 우리 팀이 해체되지 않게 해주세요. 팀원들 다 데려가고 싶어요. 죽어도 후배 밑으로 들어가기 싫다고요.

주란이 백발 남자를 향해 고함을 질렀다. 지희는 주란이 취한 모습을 처음 봤다. 지희는 꺼냈던 녹음기를 켜려고 배낭을 열었다.

배낭 안에 아기가 들어 있었다.

지희는 몸이 굳어져서 멍하니 앉아 있었다. 지희가 20년 전에 묻어버린 과거였다. 지희는 그것을 잃었다고 생각했고 다시 찾고 싶다는 소원을 빈 적이 없었다. 택시에서 잠시 떠올렸을 뿐이었다. 지희가 울릉도에 발을 들이고 조금씩 삐걱거리던 시간과 사람들이 이 아기에게로 지희를 내몬 듯했다.

─좋은 글을 쓰고 싶다며. 그럼 잃어버린 과거와 마주해야지.

백발 남자가 지희 곁으로 와서 말했다. 저는요? 주란이 옆에서 소리를 질렀다. 백발 남자가 난처한 표정을 짓더니 해물라면을 손으로 가리켰다.

─이걸 먹으면 소원을 이룰 수 있나?

주란은 중얼거리더니 라면을 냄비째 들고 마시듯 먹었다. 주란은 냄비를 테이블에 놓고 생각난 듯 물었다.

─너 배낭 안에 뭐가 있는데 그래?

지희는 배낭 지퍼를 닫으려고 했다.

—어떻게든 받아내야지. 당신까지 업체에서 못 받았는지 몰랐어!

마리의 목소리가 주란과 지희 사이에 끼어들었다. 지희는 아기가 숨을 쉬지 못할까 봐 배낭 지퍼를 닫지는 못하고 가슴에 끌어안았다. 지희는 헛것을 보고 있다고 믿고 싶었다. 왜 이 아기는 자라지 않았을까, 궁금했다.

—너 우리를 속이고 있지?

주란이 젓가락을 놓으며 지희를 향해 물었다.

—갑자기 내가 뭘 속인다는 거야? 네가 진짜 원하는 것을 말해. 주란아.

주란이 한숨을 쉬었다.

—사실은 말 안 듣는 직원 때문에 한 시간 반을 걸어서 집에 돌아간 것이 아니야. 나와 일했던 다른 팀원들을 다 자를 거래. 근데 나는 내가 알던 후배가 팀장으로 있는 곳으로 가래. 나는 두 명만 더 받아달라고 했거든. 그랬더니 그 둘은 안 된다고 하더라고. 미워도 내 새끼인데. 그래서 나도 같이 그만둬야 하나 고민하느라고. 미치는 줄 알았어. 나 서울로 돌아가면 직장 그만둬야 할 거야. 왜 내 소원은 안 들어주는 거야? 나 그만두기 싫다고.

주란이 엎드려서 울기 시작했다. 지희는 아기가 든 배낭을 들키지 않아 한숨 돌렸다.

—그냥, 혼자라도 살아남아야지.

백발 남자가 테이블에 삶은 소라를 놔주며 말했다. 지희가 백발 남자를 올려다보자 그가 윙크했다. 택시 기사님이시죠? 지희가 속삭였다. 백발 남자가 어깨를 으쓱했다. 둘이 속닥거리자 엎드려 있던 주란이 고개를 들고 백발 남자를 봤다.

—팀을 책임지면서 매출이 떨어질 때마다 애가 탔어요. 직원들을 들볶자니 히스테리 부린다고 할 것 같고 이래저래 눈치를 보느라 혼자 일을 처리하곤 했는데. 늘 아랫사람 의견을 물어보고 수렴했고. 그런데도 매출이 점점 떨어지자 회사에서는 팀 해체를 선언했어요. 경력 쌓느라 시간이 이만큼 걸렸는데. 결혼도 연애도 안 하고 일만 했어. 경력 쌓이니까 인제 그만두라는 식이야. 아, 나 진짜 열심히 살았거든.

주란이 중얼거렸다. 주란은 백발 남자한테인지 지희에게인지 속을 털어놓으며 마음이 풀리는 것처럼 보였다.

—우리 같이 사업해볼래?

마리가 중국 남자에게 말하는 소리가 들렸다. 사기꾼한테 같이 사업하자니. 지희는 마리를 말리고 싶었지만 배낭 때문에 움직일 수 없었다. 마리는 계획하고 있던 사업 아이템을 중국 남자에게 주저리주저리 말했다. 지희는 두 여자 몰래 배낭 속을 보았다. 소설을 쓰기 시작하고 생긴 아기였다. 지희는 엄마가 되기에는 어렸다. 아기는 지희의 발목을 잡는 존재였다. 그때는 이 아기를 아무도 모르게 없애고 나면 끝이라고 생각했다. 지희가 소설가가 돼서 얻고 싶은 것이 부인지 명성인지 몰랐지만 아기는 아니었다. 그 후 지희는 죄책감을 느끼지 않았는데 아기가 떠오르면 더 쾌활하게 웃었다. 웃다 보니 20년이 훌쩍 지나갔다. 오피스 소설이 문제가 아니었다. 지희는 자신의 이야기는 피했다. 남의 상처를 녹취해서 소설을 썼다. 유행하는 아이템을 쫓아다니느라 직장 이야기에 몰두했다. 소설가의 시대가 끝나버린 것이 아니라 지희가 감추고 있는 비밀이 현재를 볼 수 없게 했다. 문학 공부를 계속하고 사람들을 쫓아다니며 녹취하고 다녀도 지희는 나아질 수 없었다. 지희는 보드라운 아기의 볼을 만졌다.

이제 키워야지. 다짐하면서.

—아기가 예쁘네. 우리한테 숨기던 것이 이거구나.

주란과 마리가 배낭을 들여다보며 말했다. 지희는 놀라서 몸을 떨었다. 아기가 울기 시작했다. 백발 남자가 젖병을 가져다주었다. 지희는 아기의 입에 젖병을 물렸다.

—이래서 네가 과거 이야기만 했구나. 그래도 일제 강점기

는 너무 멀리 가지 않았니? 의식이 과잉되었다고 마리랑 배꼽 잡고 웃었어. 이제 현재를 제대로 쓸 수 있겠니? 아니, 너를.

주란이 물었다. 지희는 고개를 끄덕이며 말했다.

―너희를 소설 소재로 생각해서 미안해. 근데, 아무리 들어도 너희의 좌절이 이해가 안 가서 쓸 수 없었어. 이 아기를 죽였던 게 문제가 아니야. 특별히 모성애가 넘쳤던 것도 아니었거든. 그냥, 나를 숨기고 다른 사람의 아픔만을 쓰려고 했던 게 문제야.

마리가 뜬금없이 다른 이야기를 했다.

―우리 비 맞으면서 봉래폭포 보러 산에 올라갔잖아. 가다가 먼저 갔던 사람이 볼 거 없다고 하니까, 옳다구나 하고 중간에 내려왔잖아. 나는 그때가 좋았어. 같이 비를 맞고 있으니까, 외롭지 않더라고.

주란이 말했다.

―지희야, 이제 우리 앞에서 그만 웃어도 돼. 차라리 울어.

지희가 물었다.

―너희들 원하는 것은 다 얻었어?

―원하는 걸 얻으려고 온 게 아니라 답을 찾으러 온 것 같아.

주란이 대답하고 파도를 바라봤다. 바다의 푸른빛이 점점 진해지고 있었다. 밤이 깊어지고 있었고 갈 길이 멀었다. 우유

를 다 먹은 아기는 잠이 들었다. 지희는 아기를 다시 배낭에
넣었다. 배낭 안이 따뜻할 것 같았다. 지희는 아기가 든 배낭
을 소중하게 안고 일어났다. 세 사람이 자리를 털고 일어나자
사라졌던 해안 길이 다시 나타났다. 지희가 앞장서고 마리와
주란이 뒤를 따랐다. 절벽 사이에 난 길은 좁고 험했다. 길 아
래에는 거친 파도가 치고 있었다. 지희가 뒤를 돌아보자 테이
블을 정리하던 백발 남자가 고개를 들었다. 백발 남자가 손을
흔들었다. 지희는 다른 테이블을 보았다.

중국인 남자가 사라지고 없었다.

지희가 마리를 보았지만 마리는 그를 찾지 않았다. 바위
굴을 통과한 후 지희가 용궁을 다시 보았다. 어둠 속에서 하
얗게 빛나던 용궁이 사라지고 없었다. 알전구 불빛조차 사라
지고 달빛에 푸르게 덮인 바위 굴만 보였다. 용궁이 없어졌어.
지희는 중얼거리고 주변을 둘러봤다. 마치 파도가 집어삼킨
것처럼 흔적도 없었다. 지희는 주란과 마리에게 묻고 싶었지
만 두 여자는 신경 쓰지 않는 듯했다.

해안 산책로가 끝나는 지점에 이르러서야 지희는 긴장을
풀었다. 아기를 물에 빠트릴까 봐 어깨에 힘을 주고 온 참이었
다. 지희는 배낭을 살며시 열었다. 아기 울음소리가 났다. 그
러나 아기는 사라지고 없었다. 지희는 배낭 안을 샅샅이 뒤졌

다. 아기 울음은 녹음기가 눌려서 나는 소리였고 아기 울음소리가 아니라 여자의 목소리였다. 지희는 녹음기를 꺼내 볼륨을 올렸다. 자신의 목소리였다. 내용은 알아들을 수 없었다. 주란과 마리가 지희가 들고 있는 녹음기를 보았다. 지희는 어깨를 들썩이며 미안하다는 표정을 지었다. 지희는 녹음기를 바다에 던졌다. 이제 다른 사람의 사연을 쓰지 않고 자신만의 이야기를 하기 위해.

살다 보면 막다른 길목에서 또 다른 용궁을 마주칠 수 있겠지. 지희는 셋이 걸어온 해안 길을 건너다보았다.

세도나

피로연이 열리는 레스토랑에 들어가려다 멈칫했다. 방울
소리가 들렸다. 똬리를 튼 방울뱀이 주변에 있진 않은지 둘러
봤다. 마른 풀이 우거진 사막에 쪼그리고 앉아 있는 소녀가 보
였다. 먼 거리여서 아슴푸레했다. 소녀는 붉은 사막의 한가운
데에서 쪼그리고 앉아 오줌을 누고 있었다. 치마가 들춰진 소
녀의 엉덩이가 붉은 모래 위에서 보얗게 빛났다. 소녀가 주춤
하고 일어나 속옷을 올리고 치마를 탈탈 터는 모습이 보였다.
방울뱀이 있을지도 모르는데. 물리면 죽을 텐데. 나는 이모한
테 들었던 말이 생각나서 소녀를 넘어다보았다. 소녀는 내가
있는 방향으로 오지 않고 더 깊은 사막을 향해 걸어가기 시작

했다. 방울 소리가 요란해졌다. 섬뜩한 기분에 발밑을 내려다봤다. 방울 소리는 내 손에서 나고 있었다. 휴대폰 벨 소리였다. 액정에 뜬 번호를 보았다. C 신문사 기자였다. 전화를 받자마자 다급한 질문이 쏟아졌다.

―발표하신 칼럼 때문에 전화했습니다. 80년 광주의 일에 대해서 더 하실 말씀이 있습니까? 부군과는 사전 협의가 된 내용인지…….

머릿속에 방울뱀이 기어 들어와 시끄러운 방울 소리를 냈다. 나는 전화를 끊었다. 건조하고 차가운 냉기가 짐승처럼 몸을 깨물었다. 사막의 겨울은 낮에는 반소매를 입어야 할 만큼 더웠다. 밤이 되자 날카로운 냉기가 살을 파고들었다. 파티용 원피스에 홑겹 코트를 걸치고 있던 나는 바들바들 떨면서 레스토랑으로 들어갔다. 인디언 남녀의 얼굴을 그린 그림이 정면 벽에 있었다. 그림 밑에 영어로 쓰인 글이 보였다.

세도나는 인디언의 성지다. 인디언에게는 신의 땅이었다. 인디언들은 끝까지 항쟁하며 이 붉은 사암 땅을 지키려 했다. 소년들은 학살당하고 소녀들은 강간당했다. 인디언의 마지막 전사가 여기서 죽었다. 살아남은 노인들과 여자들과 아이들은 방울뱀이 우글거리는 황무지로 쫓겨났다.

레드락이 이어지던 풍경이 눈앞에 그려졌다. 붉은 땅에 오줌을 누고 더 깊은 사막으로 걸어가던 소녀가 떠올랐다. 레드락의 붉은색이 상처와 피로 얼룩져 보였다. 나는 결혼식 피로연과 어울리지 않는 상상을 떨치려 주변을 둘러봤다. 훈훈한 열기와 음식 냄새, 술병이 장식된 벽에 켜진 파란 조명에 몸이 녹았다. 테이블에는 노란 데이지꽃이 두 송이씩 꽂혀 있었고, 유리잔과 식기류 사이에 향초가 빛났다. 티 없이 깨끗한 잔에 담긴 와인이 이국적인 분위기를 더했다. 테이블마다 사람들이 앉아 북적였다. 그들은 토르티야로 싼 초록색 밥을 정성껏 잘라 먹거나, 카레가 담긴 접시에 스푼을 올려놓고 이야기 중이었다. 피부색이 다양했는데 같은 향료의 음식을 씹고 있는 모습이 포근했다. 레스토랑 왼쪽 벽에는 세도나의 베스트 뷰인 동굴 안에서 레드락을 찍은 사진이 걸려 있었다. 그것은 스킨나무 덩굴에 둘러싸여 신비로웠다. 나는 테이블을 둘러보며 앉을 자리를 찾았다. 멕시칸 목사 부부, 신부 친구인 백인 아가씨 둘, 신랑의 여동생, 그리고 동양인 부부가 앉아 있었다. 먼저 도착한 일행이었다. 그들은 나초를 깨물며 지루함을 견디고 있었다. 나는 레스토랑에 들어오기 전에 받았던 전화가 생각났다. 한국인 부부는 기다림이 지루했던지 인상을 찌푸리고 있었다. 온화한 이야기 소리와 웃음소리가 들리는 다른 테이블에 비해 그들의 테이블에는 침묵이 흘렀다. 그들이 한국인이라 피하고 싶었다. 나는 다른 테이블을 둘러봤다. 자리를 찾고 있는 내 옆으로 이모가 왔다. 이모는 내 의도를 모르고 한국인 부부와 마주 보며 앉으라고 의자를 빼주었다. 부부 중 여인이 나를 올려다봤다. 그녀와는 구면이었다. 그녀와 나는 일주일 전에 한인교회에서 만났다. 그녀는 사막까지 온 나를 반기며, 결혼식에서 꼭 다시 만나자고 말했었다.

"사진작가가 가르쳐 준 포인트를 찾지 못해서 캐롤과 릭과 계속 헤맸어요. 사진작가는 레드락이 잡히게 사진을 찍고 싶어했거든요. 차를 같이 타고 간 게 아니고, 가족들이 따로 움직여서 서로 헤맨 거죠. 사진을 찍자마자 해가 졌어요. 레드락과 노을이 아름다웠어요. 세상에 하나뿐인 결혼사진이 나올 것 같아요."

나는 여인의 정면에 앉으며 피로연이 늦어지는 이유를 말했다.

"우린 두 시간째 기다리고 있었지요. 배고파서 저기 저 목사가 나초를 사겠다고 했어요. 짜고 맛없는 소스에 찍어 먹었더니 자꾸 갈증이 나네요."

여인은 반기지 않는 투로 말을 받았다. 여인은 결혼식 하객처럼 보이지 않았는데, 화장기 없는 얼굴과 색이 바랜 외투가 초라해 보여서였다. 일주일 사이에 여인에게 무슨 일이 있었는지 얼굴에 그늘이 지고 초췌했다. 나는 이 부부에게 분위기를 맞추려고 눈치를 살폈다.

"이모분이 처음에 미국 왔을 때, 교회에서 우리를 만났지요. 우리가 일도 알아봐주고, 음식도 나눠 먹으면서 정착을 도와주었어요."

여인의 남편이 어색한 분위기를 풀어보려고 대화를 이어갔다.

"저는 캐롤의 결혼식을 보려고 한국에서 왔어요. 한국분들을 다시 뵈니 반갑습니다."

여인은 반가운 기색이 없었다. 나는 여인의 냉랭함이 한국인이 지닌 예의와 침착함에서 오는 것으로 여겼다. 그러나 여인의 시선은 호의적이지 않았다. 내 속을 꿰뚫으려는 집요함과 섬뜩함이 담겨 있었다. 며칠 만에 여인과 나 사이에 거대한 벽이 쌓인 듯했다. 여인의 시선이 얼음송곳처럼 날카롭고 차가워 나는 다른 테이블로 옮기고 싶었다. 입이 떨어지지 않아서 예의상 짓는 미소도 지어지지 않았고 시선을 피하게 되었다.

"휴대폰이 계속 울리네요."

여인이 내 주머니를 가리켰다. 머릿속 방울뱀이 시끄럽게 꼬리를 흔들었다. 골이 지끈거렸다. 휴대폰을 꺼내 액정을 확인했다. A 신문사 기자였다. 수신 거부를 눌렀다. 다시 전화가 울릴 것 같아 진동으로 바꿔놓았다.

나는 여인을 만난 후 일주일간 사막의 도시들과 관광지를 돌아다니며 지냈다. 관광지를 다니는 동안 한국인이 보이지 않아서 편안했다. 사막을 돌아다니면서도 휴대폰이 울릴 때마다 소스라쳤다. 휴대폰을 끄지 않은 것은 혹시라도 걸려올지 모를 남편의 전화 때문이었다. 나는 연재하던 칼럼을 써서 메일로 보냈을 뿐, 한국에서 걸려오는 전화는 받지 않았다.

신랑 신부인 릭과 캐롤이 레스토랑 안으로 들어섰다. 캐롤은 한 손으로 웨딩드레스 자락을 들고 있었는데, 드레스 끝에 사막의 붉은 모래가 묻어 있었다. 릭은 시원하게 큰 눈에 기쁨을 담고 커다란 입을 벌려 치아를 드러냈다. 릭과 눈이 마주치자 그는 윙크하며 웃었다. 일주일 동안 지켜본 릭은 늘 저런 미소를 지어, 낯선 나라에서 긴장한 내 마음조차 푸근하게 만들었다.

땡, 땡, 땡.

멕시칸 목사가 스푼으로 잔을 두드렸다. 릭과 캐롤의 키스 타임이었다. 둘이 키스하자 여기저기서 박수가 터졌다. 멕시칸 목사가 건배를 제안했다. 나는 잔을 들었다가 서늘한 시선에 고개를 돌렸다. 여인의 시선이 나한테 머물러 있었다. 여인은 할 말이 있는데 참고 있는 표정이었다. 여인의 남편도 나를 예리하게 바라봐서 그들의 시선에 붙들려 위축되는 느낌이었다. 이 부부는 결혼을 축하하러 온 것일까. 의혹이 들어 그녀와 남편을 번갈아 보았다. 여인의 시선에는 나를 주눅 들게 하는 뭔가가 담겨 있었다. 그들이 알고 내가 모르는 사실로 인해 들뜨고 화해야 할 피로연의 분위기가 얼어붙고 있었다. 그들은 호의적인 하객이 아니었다.

"이모가 미국에 있는데, 아이들 유학은 안 보내세요?"

여인의 남편이 물었다. 공격적인 말투였다. 나는 대답을 고르면서 부부의 얼굴을 봤다. 그들은 아버지의 옷을 물려 입은 아이들처럼 살짝 큰 옷을 입고 있었다. 여인의 외모는 한국에 있는 내 엄마를 닮았다. 내 엄마는 평생 화장을 하지 않고 꾸미지 않았다. 일 년에 두 번만 머리를 짧게 잘라 파마했다. 여인도 수더분하게 꾸미지 않은 외향이었는데, 남의 눈에 띄지 않고 조용히 살고자 하는 사람처럼 옷도 얼굴도 무채색이었다. 삶에 대한 욕망이나 에너지가 거세된 채 죽음을 향해 가는 순례자들이 내 앞에 앉아 있는 것처럼 보였다. 그들에게서는 유복한 노년이 지닐 만한 안정되고 따뜻한 표정조차 지워지고 없었다. 내 엄마가 이제까지 지니고 살던 뭔가에 눌려 사는 초조함이 엿보였다. 심중에 박힌 녹슨 바늘 하나를 지닌 사람들만이 갖는 분위기였다. 내 시선이 부담스러웠는지 여인의 남편이 헛기침을 했다.

"아이들이 한국을 좋아해요."

내 답이 만족스럽지 못한지, 부부가 서로를 바라봤다. 그들은 눈빛으로 뭔가를 가늠하고 판단했다.

"휴대폰이 계속 울리네요. 받으셔야 하는 거 아닌가요?"

여인이 내 주머니를 눈짓하며 물었다. 뭔가를 짐작하는 듯한 비웃음이 엿보였다. 나는 수신자를 확인했다. 낯선 번호였다. 여인이 휴대폰과 나를 바라봤다. 나는 진동이 멈추길 기다렸다. 기자일지도 몰랐다. 또 칼럼에 대해서 묻는다고 하면서 남편의 의중을 물을 것이다. 나는 여인의 재촉을 피하려고 휴대폰을 들고 레스토랑 밖으로 나왔다. 여인의 남편이 내 뒤를 따라왔다. 나는 별수 없이 휴대폰을 귀에 댔다.

－S 방송국 정치부 기자입니다. 80년 광주 사건을 이제 와서 꺼내는 의도를 듣고 싶습니다. 칼럼을 연재한 이유가 혹시 정치적 의도 때문 아닙니까. 부군의 정치적 선전을 위한 방편이 아닌가, 의혹이 드는 부분이 있습니다.

여인의 남편이 몇 걸음 떨어져 담배를 꺼내 물었다. 나는 대충 몇 마디 대답하고 전화를 끊었다. 사막의 방울뱀들이 모두 내 머릿속에 모여든 것처럼 시끄러웠다. 붉은 사암이 어둠 속에서 별빛을 받고 있었다. 여인의 남편이 다가와 말을 걸었다.

"담배 한 대 드릴까? 안 피우시나? 나도 오래전 시끄러운 한국을 피해 이곳으로 이민 왔소. 사막에는 우리 부부와 인디언만 있을 줄 알았소. 이곳 한인 타운은 한국보다 더 작은 둥지더군. 피할 수 없어서 견디면서 살았소. 이렇게 시간이 지났는데도 뭔가가 나를 자꾸 쫓아오는 기분이오. 그래서 더 깊은 사막, 사람이 없는 곳이나 인디언만 있는 황무지를 찾아 들어간다오. 선인장과 방울뱀이 있는 곳으로."

여인의 남편이 하는 말을 듣다가 나는 그에게 담배를 한 개비 받았다. 그가 불을 붙여주었다. 나는 담배를 피우지 않는 사람이었지만 그 순간에는 그래야 할 것 같았다.

"저 레드락 꼭 무덤 같지 않소?"

그가 붉은 사암을 향해 연기를 피워내며 물었다. 나는 고개를 끄덕였다.

"고등학교 때쯤이었어요. 새로 만든 무덤이 붉은 흙에 덮여 있는 걸 봤죠. 한 오백 명이나 육백 명의 무덤이었죠. 그 광경은 참혹했어요. 믿고 싶지 않았죠. 이곳 세도나에 발을 들이면서부터 그 무덤이 떠올랐어요. 나도 그 붉은 무덤에서 도망가고 있다고 생각했는데. 여기까지 와서 저 레드락을 보니 그렇게 멀리 도망가지 못한 것 같군요."

그가 헛웃음을 지었다. 사막의 냉기가 손끝을 시리게 했다. 나는 담배를 피우는 척 입에 연기를 머금었다가 뱉어냈다. 그가 레드락을 보며 서 있는 모습은 안에서와 다른 분위기였다. 성공한 이민 1세대가 아니라, 인디언처럼 구석으로 밀려나 숨어 지내는 이방인의 모습이었다. 나는 그의 말에 동질감을 느끼는 내가 기이했다.

"레스토랑에 도착했을 때, 저기 사막에서 오줌 누는 소녀를 봤어요. 누더기를 걸친 인디언 소녀였어요. 검은 머리카락을 길게 늘어뜨린 소녀가 사막에서 오줌을 누고는 더 깊은 사막으로 걸어갔어요. 낮에 길에서 물건을 파는 인디언 소녀를 봤는데, 그 소녀인가 싶어요."

내가 말하자 그가 고개를 갸웃했다.

"인디언은 세도나에 남아 있지 않소. 여긴 이미 백인들의 땅이거든. 돈 많은 예술가들이 땅을 사들인 통에 인디언은 여기 남아 있을 수 없었을 거요. 박물관의 박제된 동물들처럼 모형 인형으로나 이 도시에 남아 있소. 더구나 이 어두운 사막에는 방울뱀이 우글거리오. 잘못 봤을 거요."

멕시칸 목사의 말이 밖에까지 들렸다. 나는 이모가 나를 찾을 것 같아 레스토랑으로 먼저 들어갔다. 멕시칸 목사가 목소리를 가다듬고 기도를 시작했다. 기도하는 도중 사진작가가 릭과 캐롤의 모습을 촬영했다. 레스토랑으로 들어온 여인의 남편은 다시 차가운 표정으로 돌아갔다. 나는 그와 담배를 피우고 이야기를 나누면서 동질감을 느꼈던 것이 믿기지 않았다. 여인은 여전히 공격적인 표정으로 나를 보고 있었다. 여인이 물었다.

"왜 가족 없이 혼자예요?"

"정치인의 아내로 사는 것은 힘든 일이라 남편이 일 년에 한 번은 외국으로 여행을 보내줘요. 이번에는 캐롤의 결혼식이 있어서 미국으로 온 거예요."

나는 도망치듯 트렁크를 챙겨 비행기에 오르던 것이 생각나 침을 삼켰다. 여인이 눈을 가늘게 뜨고 나를 봤다. 더 묻고 싶은 것이 있지만 입꼬리를 누르며 참는 듯했다. 내 주머니 속 휴대폰이 몸을 떨었다. 나는 여인의 눈치를 보느라 휴대폰을 꺼내서 확인하지 못했다.

"칼럼을 발표하셨다죠?"

이마에 돌멩이가 날아와 박히듯 따끔했다. 일주일 전 비행기에 오르면서 내가 발표한 칼럼에서 도망친다고 생각했다. 가장 먼 애리조나 사막 한가운데 가서 사람을 옥죄는 글에서 숨고 싶었다. 시간이 지나 돌아가면 내 글은 감쪽같이 덮여서 잊혀지고, 반목하던 부부 사이도 나아지지 않을까. 일말의 기대를 안고 지구 반대편을 향해 열다섯 시간의 비행을 시작했다. 태평양을 건너고, 비행기를 경유해 왔건만, 먼저 와 기다렸다는 듯이 내 글이 손을 내밀었다. 여인이 냅킨으로 입술을 닦으며 말했다.

"우리가 광주 사건 이후로 이민 왔거든. 그 도시에 있던 사람들 사이에 분명히 간첩이 껴 있었을 거야."

내 손이 부들부들 떨렸다. 왜인지 모르지만, 사막에서 오줌 누던 인디언 소녀의 형상이 떠올랐다. 인디언 소녀는 사람을 피해서 사막으로 간 것일지도. 나는 여인의 남편을 바라봤다. 그가 한마디 거들어주길 바랐다. 여인은 참고 있던 말을 계속했다. 나는 사막으로 도망 와서 편지 쓰듯 칼럼의 연재를 마무리해 보냈다. 내가 열어보지 않은 인터넷 세상에서 어떤 파장이 일고 있을지 두려웠다.

내 취재의 시작은 신문 기사를 읽고부터였다. 계엄군이 여성들을 산으로 끌고 가 집단 성폭행한 기사였다. 나는 피해자의 구술자료를 확보하고 취재하던 도중 기밀문서를 입수했다. 계엄군에 의해 강간당하고 살해당한 소녀의 유해가 발굴된 자료였다. 소녀의 가슴은 짓이겨져 있었고, 성기가 난자당해 있었다. 소녀는 광주 교도소 근처에서 유골로 발견되었다. 나는 기밀문서를 바탕으로 심도 있는 자료를 수집하기 시작했다. 피해 여성들 관련 기사 중 일부는 유골만 남은 소녀의 처참한 상태와 비슷했다. 유골의 골반부와 대퇴부에 총상과 자상의 흔적이 뚜렷하게 남아 있었다.

5·18 당시 계엄군 군인들이 여성들에게 저질렀던 학살과 폭력행위는 전쟁범죄와도 같았다. 5월 22일 광주시내에서 시위대는 온몸이 두부처럼 짓이겨지고 가슴이 잘린 여성 시신을 발견했다. 사망자는 당시 19살이었던 ㅅ씨였다. 1980년 6월20일 광주지검 공안과에서 작성한 검시 조서는 "ㅅ씨가 가슴이 날카로운 것에 찔린 '좌유방부 자창'에 골반부와 대퇴부에 여러 발의 총탄이 관통했다"고 기록하고 있다. 전문가들은 "계엄군은 대검으로 ㅅ씨의 젖가슴을 찔렀고, 실신했거나 죽은 상태의 ㅅ씨의 성기 쪽에 집중적인 총격을 가한 것으로 보인다"고 말했다. 여성 가슴과 성기를 난자하는 행위 등은 전쟁 때 진압군이 피지배 여성들의 전의를 꺾기 위한 전형적 '과시적 성폭력'으로 분석된다.*

* 《한겨레》, 2018.10.05. 기사. [단독] "5·18 때 계엄군, 여성 3~4명 산으로 끌고 가 집단 성폭행" 일부 발췌.

나는 집단 성폭행 생존 피해자들의 구술자료를 확보하고, 소녀의 유골에 대한 추가 자료를 수집해 칼럼을 썼다. 그 글을 싣고 파장이 두려웠다기보다 그때 내 일을 마주하기 두려웠다. 나는 그날의 직접 경험자가 아니라 그해 태어난 아이였다. 80년 광주 사건이 일어났을 때, 계엄군은 많은 사람을 무참히 살해했다. 특히 여성들은 성폭행을 당하고 죽거나 피해자로 살아남아 힘든 시간을 보내고 있었다. 피해 여성들은 그날의 공포를 곱씹으면서 숨어 지냈다. 여성이 당한 일은 부끄럽고 수치스러워 숨겨야 하는 일로 여겨졌기에, 사십 년이 지나도록 언급되지 않았다. 나는 광주 사건에서 피해자 여성들의 진상규명이 필요하다고 생각했다. 남편은 그 일이 이제 다 지나가지 않았느냐고, 다 끝난 과거의 일이 아니냐고 말하면서 나를 불편하게 대하기 시작했다. 칼럼을 연재하면서도 나는 그날의 직접 경험자가 아니라는 비판을 받았다.

　　"당신은 칼럼에 계엄군이 소녀를 강간하고 죽였다고 썼죠? 그건 간첩들이 가짜 소문을 만들어 퍼트린 거예요. 거기에 분명 간첩이 있었어요. 우린 이곳에 이민 와서 매일 그 도시의 사건을 되풀이해 봤어요."

간첩이라니. 머릿속에 우글거리던 방울뱀이 쏟아졌다.

"어쨌든 그곳에서 사람들이 죽었잖아요."

여인이 나를 향해 외쳤다.

"당신은 그때 태어나지도 않았지?"

나도 탁자를 치면서 물었다.

"당신은 그날 그곳에 있었나요?"

여인이 남편을 향해 세차게 고개를 돌렸다. 그는 인터넷에서 뭔가를 찾고 있는 듯 휴대폰을 들여다보고 있었다. 그로 인해 잠시 침묵이 흘렀다. 나는 피가 끓고 가슴이 뛰었다. 나를 바라보는 시선이 느껴져 고개를 돌렸다가 캐롤과 눈이 마주쳤다. 캐롤의 얼굴에서 미소가 사라졌다. 나는 이곳이 결혼식 피로연 장소였다는 사실을 깨달았다. 캐롤의 눈에 담긴 절망감이 읽혔다. 나는 미안하다는 제스처를 취했다. 캐롤이 고개를 끄덕이고 릭을 보며 웃었다. 캐롤은 하객들의 분위기를 싸늘하게 만드는 원인이 나라고 짐작하는 듯했다. 나는 부부와 내가 앉은 테이블로 고개를 돌렸다. 테이블에는 보이지 않는 선이 그어져 있었다. 대화가 끊기고 나서는 서로의 얼굴을 볼 수 없었다. 내 주머니 속 휴대폰은 여전히 몸을 떨고 있었다. 방울뱀이 레스토랑 안을 기어 다니며 나를 비웃는 것 같았다.

사막으로 도망 와서 힘없는 노인들과 싸우는 것이 너의 자의식이니?

나는 방울뱀의 목을 비틀듯 휴대폰을 손으로 꽉 쥐고 레스토랑 밖으로 나왔다. 액정에 찍힌 번호는 다른 방송사의 정치부 기자였다. 나는 레드락과 별을 보며 머리를 식혔다. 여인의 남편이 슬그머니 나와 담배를 꺼내 물었다. 그가 담배를 내밀었다. 나는 그 칼럼을 쓸 자격이 충분히 있다고 말하고 싶었다.

"나는 80년 5월, 그날 태어난 사람을 알아요. 그의 엄마의 진통이 시작되자, 그의 아버지는 의사를 데리러 갔다가 돌아오지 않았죠. 임산부의 배를 갈라 태아를 꺼내고, 소녀들을 강간해 자궁을 도려낸다는 소문이 돌았죠. 그의 엄마는 두려워서 남편을 찾으러 갈 수 없었어요. 계엄군은 전쟁과 같은 공포를 조장하기 위해 의도적으로 소녀들에게 잔혹한 짓을 했죠. 소문이 퍼져나가 도시 전체가 공포에 떨도록 만들었죠."

그가 내 시선을 피해 레드락을 봤다. 그는 담배 연기를 길게 내뿜으면서 뜸을 들였다. 속이 타는지 여러 번 필터를 빨았다.

"나는 황무지에 오두막을 만들어놓고 혼자 살고 싶소. 휴대폰이 안 되는 곳에서, 아내도 없이 혼자 살아야겠소. 나는 저 사람까지 죄인처럼 끌고 다녔소. 그날 소녀들이 강간당하고 죽는 것을 보았소. 소녀들은 죽지 않으면 끌려갔소."

그는 와인을 마시고 취한 것 같다. 그의 얼굴이 불콰했다.

"그날의 일을 녹취파일로 증언해줄 수 있나요?"

나는 그를 한 대 칠 기세로 물었다.

"내가 그런 사람인 걸 증언하고 나면 내 자식들과 손자들은 이민자 사회에서 제대로 살 수 없을 거요. 내 아내를 이해해주시오. 아내의 얼굴을 봐서 알겠지만 마음이 들볶이는 사람이오."

그는 레스토랑 안에서와 다르게 패배감에 젖은 목소리로 말했다.

"이민 와서 처음에는 아이들 키우며 먹고사느라 잊을 수 있었소. 먹고사는 일이 해결되고 보니까, 견딜 수 없는 뭔가가 하루를 채우더군. 그때부터 황무지의 인디언을 찾아 떠돌기 시작했소."

나는 증언을 피하려는 그에게 말했다.

"오늘 결혼식에 잘 오셨네요. 릭이 멕시코 인디언의 후손이거든요. 그들이 그렇게 쉽게 사라질 거라고 생각하세요? 학살과 강간을 잊었을 거라고 마음 놓지 마세요. 그런 일들이 사람들의 기억에서 잊혔다고 해서 그들의 후손이 그 일을 잊고 살지는 않아요."

릭의 이야기를 하다가, 학살이라는 말을 할 때는 내 명치를 두드렸다. 그는 고개를 숙였다. 이모가 레스토랑 문을 열고 나한테 들어오라는 손짓을 했다. 그가 먼저 레스토랑 안으로 들어갔다. 나는 붉은 사막으로 고개를 돌렸다. 인디언 소녀가 사막을 헤매고 다닐지도 모를 일이었다. 붉은 사막에서 방울 소리가 들렸다. 그것이 인디언 소녀가 내는 소리인지 방울뱀의 소리인지는 모를 일이었다. 나는 레스토랑으로 들어갔다. 그는 내 시선을 피해 휴대폰에 눈길을 두었다. 그러다 그는 휴대폰과 나를 번갈아 보더니, 얼굴을 붉혔다. 여인이 그의 낯빛을 보다가 휴대폰을 들여다봤다. 여인의 남편이 여인에게 눈짓했다.

당신은 늘 그런 식이지. 있는 대로 내뱉어놓고 주변 사람들이 어떤 마음인지 어떤 피해를 보는지는 돌아보지 않아. 그게 글 쓰는 사람으로서의 책임감이야?

새벽에 들어온 남편이 양말을 벗어 던지며 말했다. 보수당 정치인인 남편은 아내로 인해 힘들어했다. 내가 써서 발표한 칼럼이 그의 일상에 파장을 일으키는 것 같았다. 남편은 보수당의 젊은 정치인으로 유명세를 탄 사람이었다. 보수당 추종자들은 나한테서 홍어냄새가 난다고 조롱했다. 남편이 간첩과

산다는 댓글을 달았다. 연재 시작부터 내 칼럼이 주목받은 이유는 남편의 정치적 입지가 한 역할을 했다. 그는 그의 목소리가 아닌, 내 목소리 때문에 논란의 대상이 되어야 했다.

그 일은 당신 한풀이 같아. 이제까지 숨겨왔으면서 계속 덮고 살면 안 되는 거야?

당신이 그 일과 직접 연관된 것이 알려지면, 내 정치적 삶이 평탄하지 않을 거야.

알잖아. 당신도 지금 그래서 고민하고 있는 거잖아. 우리도 살아야 하니까.

나는 그의 말을 듣고 있다가 물었다.

내가 그 일과 직접 연관돼 있다는 걸 알았으면 당신은 나와 결혼하지 않았겠지?

그는 침묵으로 '그렇다'는 답을 했다.

그날 새벽 여행 가방을 챙기면서 그 일에서 도망가고자 했다. 고립되고 싶었다. 그러나 캐롤의 결혼식 핑계를 대고 사막으로 와서 내가 한 것은 그 일의 마무리였다. 시작일지도 몰랐다. 내가 발표한 마지막 칼럼이 정계에 파장을 일으켰을 것이다. 그것을 견디고 있는 것은 남편이었다.

나는 위장을 찌르는 허기를 느꼈다. 멕시코 향신료가 입에 맞지 않았고 앞에 앉은 여인 때문에 음식을 삼킬 수 없었다. 여인이 잠시 나갔다가 돌아와서 자리에 앉았다. 여인은 길쭉한 유리병을 탁자에 올려놓았다. 병 속에는 배추김치가 들어 있었다. 잘 익은 배춧속과 주황색 김칫국물까지. 한국 음식이 그립던 내 입에 침이 고였다.

"선물로 주려고 가져왔어요."

여인이 말했다. 나는 가시 돋듯 날카롭던 여인의 기세가 수그러든 것에 의혹이 들었다. 나는 입안에 고여 있던 침을 삼켰다.

"이 김치를 담그려면 피닉스에서 여섯 시간을 차를 타고 가야 해요. 사막을 여섯 시간 달려가야 한인 마켓이 나와요. 배추랑 고춧가루랑 저렴하고 싱싱한 것들을 살 수 있는 마켓이요. 지난주에 당신을 만나고 한국 음식이 먹고 싶을 것 같아서 담갔어요."

여인은 유리병을 만지작거리면서 말했다. 나는 여인과 여인의 남편을 바라봤다.

"남편과 나는 광주 일이 있고 나서 쫓기듯 이민 왔어요. 사막으로 와서 살면서 김치가, 한국 김치가 너무 먹고 싶었어요. 이 지역 마켓을 다 뒤지고 다녀도 재료를 찾을 수 없었죠. 선인장과 방울뱀을 견디면서 길을 걸어 집에 돌아오던 날이 생각나요."

여인의 말은 하소연에 가까웠다.

"제 마지막 칼럼을 읽으셨군요?"

내 말에 여인은 한숨을 몰아쉬더니 유리병을 지긋이 바라
봤다.

"이모님이 당신이 작가이면서 칼럼니스트라고 말해줬어요.
신문에 연재하는 칼럼이 있으니 읽어보라고요. 칼럼을 읽고
처음에는 화가 났어요. 이 선물을 들고 와서 말하고 싶었어요.
시간이 지나 잊혔으니 제발, 들추지 말아 달라고요. 모든 사람
이 그 일로 양심의 가책을 느끼며 살지는 않는다고요. 역사가
그랬으니까, 그땐 다들 그랬으니까, 그러면서 잊고 살지 왜 들
추느냐고요. 도망 온 우리도 힘든 시간을 견뎠다고요. 소수민
족으로 차별받으면서, 김치 같은 것이 먹고 싶어서 울었다고
요. 당신의 마지막 글을 읽지 않았다면."

땡, 땡, 땡.

멕시칸 목사가 유리잔을 스푼으로 두드렸다. 그러자 모든
사람들이 유리잔을 스푼으로 두드리기 시작했다. 마치 종소리
처럼 맑고 투명한 소리가 레스토랑 내부를 채웠다. 릭과 캐롤
이 지친 기색 없이 서로를 끌어안고 하나가 되었다. 릭과 캐롤
은 하객들의 테이블을 돌면서 볼에 키스를 해줬다.

여인의 말은 유리잔 소리에 끊어졌다. 여인은 입을 오물거렸지만, 종소리처럼 요란한 소리에 묻혀 들리지 않았다. 여인은 답답한지 주변을 둘러봤다. 여인이 피로연 분위기에 어울리지 않게 울먹이자 나는 다른 사람의 눈치가 보여서 일어났다. 내가 밖으로 나오자 여인의 남편이 따라 나왔다. 그가 담배에 불을 붙였다.

"제 아내가 하려던 말은."

나는 레드락을 손으로 가리키며 그의 입을 막았다. 며칠 전 세도나를 둘러보며 이름이 각각 다른 사암에 올라갔다. 사암마다 인디언의 형상이 선명했다. 인디언이 만들어놓은 전설이 전해졌다. 인디언은 학살당하고 추방당했지만, 그들이 지키려던 의미가 마침내 완성된 듯했다. 흙도 모래도 산도 붉은 이 사암 지역이 더 붉게 느껴졌다.

"초저녁에 봤던 인디언 소녀가 보이지 않네요."

내가 그에게 말하자 그가 내 눈을 바라봤다. 그와 나는 사막으로 고개를 돌려 인디언 소녀를 눈으로 찾았다. 밤이 깊어지자 사막의 능선이 살아 있는 듯 몸을 뒤척였다. 수많은 별무리가 하늘을 운행하며 밤을 푸르게 만들었다. 사막 능선은 푸른 빛 아래 계속해서 모양이 바뀌었다. 사막을 헤매다가 집으로 돌아가는 인디언 소녀처럼 보였다. 강간당하고 학살당했을 오래전 이 땅의 인디언 소녀.

내가 쓴 칼럼 속 소녀도 집으로 돌아가지 못하고 땅에 파묻힌 유해였다. 그 소녀의 부모가 소녀를 기다렸을 시간을 그려보면서 나는 칼럼을 썼다.

"내 칼럼 속 소녀의 가족은 사십 년이 넘도록 기다렸대요. 다들 소녀가 죽었다고 했지만, 시체가 없었으니까, 언젠가는 돌아올 거라고 믿었대요. 그 가족의 시간은 사십 년 전에 멈추어 있었던 것이지요."

나는 계속 말했다.

"나는 그 도시의 생존자들이 그날의 학살에 대해서, 군인들이 공포심을 주기 위해 여자들에게 가했던 짓들에 대해 분노하길 바랐어요. 나도 그 일을 말하는 것이 두렵지만, 더는 침묵할 수 없었어요."

별똥별 하나가 길게 꼬리를 물며 사막 능선에 떨어졌다. 그것은 꼬리가 긴 한 마리의 방울뱀이 되어서 인디언의 땅으로 돌아갔다. 뱀의 꼬리에 달려 있던 방울이 깨져 그 조각이 별이 되는 것처럼, 무성한 별들이 일시에 빛을 냈다. 그가 말했다.

"당신이 사막을 관광하는 것이 아니라 헤매고 있었다는 것을 알고 있소. 누군가의 연락을 기다리며, 또 연락을 피하면서 견디고 있다는 것도. 나는 사막을 떠돌며 계속 참회할 겁니다. 버려진 인디언을 찾아다니면서. 나는 돌아가지 못하지만, 당신은 돌아갈 수 있을 겁니다."

나는 돌아가는 길을 잃은 것 같았다. 그때 내 휴대폰에 별 하나가 들어와 반짝였다. 문자가 들어온 신호였다. 일주일 동안 기다리던 문자였다.

마지막 칼럼 읽었어. 이제 그만 돌아와.

남편이었다. 나는 달가운 마음에 그가 내 앞에 서 있다는 것을 잠시 잊었다. 나는 인터넷을 열었다. 내 칼럼이 남편의 사진과 함께 메인에 있었다. 댓글에는 남편을 동정하는 글과 남편의 입장을 동조하는 글이 달려 있었다. 남편은 보수파이지만 진보의 우호적인 표까지 얻고 있었다. 기자들의 우려처럼 광주의 일과 내 칼럼이 남편의 정치적 입지를 세워주고 있었다. 나는 한숨을 길게 쉬었다. 그는 내 표정을 지켜보더니 레스토랑 안으로 들어갔다. 내내 그와 여인에게 화를 내고 있었는데, 나는 그들과 다를 것이 없었다. 나는 할 말을 잃고 레드락으로 고개를 돌렸다. 그의 말이 맞았다. 나는 집으로 돌아가기 위해, 갈 곳을 찾기 위해 사막을 헤매고 있었다. 나는 기다리던 남편의 문자를 보면서 깨달았다. 나는 길을 잃은 것이 아니었다. 길을 찾아가고 있었다. 나는 광주의 일과 칼럼 속 소녀가 정치적으로 이용되는 것을 막아야 했다. 내가 침묵하는 것은 가해자의 시간을 사는 것과 같았다.

내가 돌아가야 할 곳은, 남편의 곁이 아니었다. 나는 엄마 곁으로 가야 했다.

나는 침묵하는 사막으로 고개를 돌렸다. 오줌을 누고 사막으로 걸어 들어간 인디언 소녀가 보였다. 사막을 헤매던 인디언 소녀가 레드락을 향해 달려갔다. 강간당한 소녀의 유해 사진을 봤을 때, 나는 소녀가 원하던 것이 무엇인지 알 것 같았다. 나는 소녀를 집으로 부모에게로 온전히 보내주고 싶었다. 부모가 딸의 무덤을 만들어 주고 밥과 국을 떠놓고 실컷 울 수 있게.

나는 레스토랑 안으로 들어갔다. 그와 여인이 돌아가기 위해 자리를 털고 일어났다. 식사가 입에 맞지 않아 빈속인 그들은 한층 늙고 피로해 보였다.

"여긴 여름에 화씨 100도예요. 겨울이 살 만하죠. 낮엔 따뜻하고 밤에만 추우니까요."

여인이 일어서며 내게 말했다. 아무렇지 않은 듯 날씨 이야기를 했지만, 그녀의 몸은 심하게 떨리고 있었다. 여인의 심중에 박힌 녹슨 바늘이 요동치다가 심장을 찌른 것처럼. 부부

의 자동차가 어둠을 향해 달려갔다. 나는 마지막 칼럼을 떠올
렸다.

그해 나는 열일곱 살이었다.

오래전 한꺼번에 묻혀 있던 뼈들이 무덤을 찾아 들어갔다.
열일곱 살 여자아이 눈앞에 펼쳐졌던 붉은 봉분들. 무덤 앞의
사진들.

아버지의 무덤은 그곳에 없었다.

내가 아버지에 대해 물었던 날, 숨도 크게 못 쉬고 돌아눕
고 돌아누우며 잠들지 못하던 엄마의 한숨을 기억한다. 그곳
에서 죽었지만, 유해가 없어서 증명되지 않았던 아버지의 죽
음. 엄마가 아버지를 입에 올릴 수 없었던 것은 엄마가 겪은
전쟁과 같은 참상의 공포 때문이었으리라. 공포는 엄마의 입
을 다물게 했다. 엄마와 나는 침묵하며 아버지가 돌아오길 기
다렸다.

붉은 무덤들을 본 날, 나는 침묵을 깨기로 했다.

나는 유골이 없는 아버지 대신 둔부가 난자당해 죽은 소녀
에게 시선을 돌렸다.

'저 소녀를 보라'라는 제목으로 칼럼을 썼다.

그 속뜻은 '내 아버지를 찾는다'였다.

나는 돌아가서 엄마의 마음에 박힌 녹슨 바늘을 뽑아줄 것
이다. 그 누구도 엄마와 나에게 그 시간이 지나갔다고, 끝났다
고 말하지 못한다. 못해야 한다. 그 시간은 엄마와 나의 인생
이며, 우리는 여전히 붉은 길을 헤매고 있는 아버지를 기다린
다. 찾는다.

나는 칼럼의 마지막 문장을 읽었다.

*내가 그 붉은 무덤에서 태어난 아이이다. 죽은 소녀들이
일어나 집으로 돌아가는 날, 내 아버지는 돌아오리라. 뼈조차
사라지고 없어서 내가 말을 해야 존재할 수 있는 나의 아버지.
무덤 없이 내 옆에 있는 나의 아버지로.*

관계의 온도

내비게이션에 찍혀 있는 레스토랑 위치는 고속도로 옆이었다. 유영은 레스토랑 간판을 찾지 못해 길을 지나쳤다. 유턴하세요. 내비게이션이 말했다. 유영은 유턴해서 주변을 둘러보며 레스토랑 간판을 찾았다. 논이 펼쳐져 있었고 노랗게 여문 벼가 바람에 출렁였다. 간간이 공장 건물이 보이긴 했지만 고속도로 옆은 인가나 건물이 보이지 않았다. 저기 있다. 규희가 외쳤다. 산뜻한 파란색 글자가 작은 간판에 적혀 있었다. 그냥 지나칠 만한 크기였다. 레스토랑은 길옆이 아니라 간판을 따라 샛길로 들어가야 있는 듯했다. 길은 비포장이었다. 유영은 자갈이 튀어 차 바닥을 긁어놓을까 봐 염려했다. 아이들을 친정에 맡기고 온 참이었다. 레스토랑은 보이지 않아. 정말 있긴 한 걸까. 유영이 말했다. 논이 끝나고 고구마밭이 펼쳐졌다. 고구마밭 가운데 레스토랑이 보였다. 고구마 잎이 손을 흔들어 환영하듯 일제히 바람에 흔들렸다.

"잘 찾아왔네. 고구마밭이야."

유영이 말했다. 근데, 상호가 다른데. 규희가 중얼거렸다. 유영은 규희가 브런치 카페를 레스토랑으로 착각했을지 모른다고 생각했다. 서울에서 한 시간 떨어진 외곽으로 나온 길이었다. 유영은 숨을 몰아쉬며 브레이크로 속도 조절을 했다. 유영이 새로 맡은 프로젝트가 글램핑을 할 수 있는 카페에 관한 것이었다. 마침 파워 블로거인 규희에게 이 레스토랑에서 홍보 의뢰가 들어왔다.

"아니야, 저쪽에 하나가 더 있어. 레스토랑 이름이 보여. 37.5."

유영은 규희가 가리키는 곳으로 시선을 옮겼다. 고구마밭 옆에 투명한 유리로 지어진 건물이 보였다. 건물을 중심으로 텐트가 쳐져 있었고, 바닥에는 잔디가 깔려 있었다. 철제 그네와 조각상, 색깔이 다른 의자들이 놓여 있었다. 정원에는 나무들이 있었다. 어디에 대고 카메라를 눌러도 그럴듯한 사진이 나올법한 공간이었다. 핫한 레스토랑만 찾는 파워 블로거 규희의 홍보가 더해진다면, 일부러 찾아오는 사람들이 늘어날 것이다. 유영은 자갈이 튀어 오르는 주차장에 차를 세웠다. 규희를 찾는 곳은 새로 인테리어를 해놓은 카페와 레스토랑들이었다. SNS에서 핫플레이스로 떠오르는 장소들이었고 음식 맛이 좋았다.

"너는 네 일을 하고, 나는 글램핑 텐트와 카페 내부 인테리어를 촬영해 가면 되겠어."

마른침을 삼키며 유영이 말했다. 유영은 길을 헤매느라 긴장해서 겨드랑이가 젖어 있었다. 창문을 내리자 이마에 와닿는 바람이 시원했다. 규희가 별말이 없자 유영은 차에서 내리기 전에 말했다.

"시승감 죽이지 않아? 이번에 뽑은 차야."

규희는 비닐이 벗겨지지 않은 시트를 쓰다듬으며 말했다.

"승차감 좋네.. 유지비 장난 아니겠는데. 너 사업이 잘되고 있구나."

내비게이션이 켜져 있던 유영의 휴대폰에 문자가 떴다.

〈전세 물건 추첨이 곧 시작됩니다. 당첨될 경우 오늘 안에 계약금을 이체하시면 됩니다. 오랜만에 나온 물건이니 행운을 빕니다.〉

유영이 문자 알림을 손가락으로 넘겼다. 레스토랑 근방은 대부분 고구마밭이었다.

"난 어제 시댁 가서 종일 고구마를 캐고 왔는데. 또 고구마
밭에 왔네."

유영이 고구마밭을 둘러보며 말했다.

"고구마밭이 있었네. 나는 다 논인 줄 알았어. 고구마가 이
렇게 자라는구나."

규희가 고구마순을 처음 보는 사람처럼 말하고 차에서 내
렸다. 유영은 창문을 올리고 가방을 챙겼다.

"근데, 명절에 고구마를 캤다고?"

규희가 물었다. 운전석에서 내린 유영은 자갈이 튀었던 범
퍼를 눈으로 확인했다. 입으로는 어제의 이야기를 늘어놓았다.

"우리 오면 캐라고 고구마를 남겨놓은 거야. 고구마가 얼
마나 안 캐지는 줄 알아? 깊이 파야 겨우 하나씩 나와. 내가
생리를 해서 배가 찢어질 것처럼 아팠거든. 그 밭을 호미로 파
느라고 죽는 줄 알았어."

규희는 카메라로 레스토랑 정면과 정원을 몇 컷 찍을 뿐
대꾸하지 않았다. 규희는 레스토랑 문을 밀고 들어갔다. 유영
은 부동산에 답 문자를 보내고 규희를 따라 들어갔다. 외부만
큼 내부도 식물로 꾸며져 산뜻했다. 조명이 있어야 할 자리
에 인조 꽃 넝쿨이 출렁였다. 테이블마다 커플들이 앉아 있었

고, 플레이팅된 음식에 카메라를 들이대고 있었다. 눈처럼 흰 접시에 담긴 음식은 이탈리아풍이었다. 치장된 음식은 곧바로 SNS에 올라갈 것이고, 레스토랑 이름과 함께 다시 한번 핫플레이스를 증명해줄 것이다. 규희가 들어서자마자 직원이 다가왔고, 곧 매니저 명찰을 단 정장 차림의 남자가 나타났다. 규희는 매니저와 다른 테이블에서 태블릿을 보며 이야기를 나누었다. 규희가 잠시 유영을 손으로 가리켰다. 매니저가 눈인사를 건넸고 유영은 얼결에 고개를 숙였다. 규희가 유영을 보며 슬며시 미소를 지었다. 규희가 유영이 있는 테이블로 왔다.

"여기 대표 메뉴들을 하나씩 다 맛을 보자. 매니저가 순서대로 가지고 올 거야."

규희가 말하자 유영이 고개를 끄덕였다. 유영은 그간의 만남으로 규희의 사정을 알고 있었다. 규희는 전형적인 대치동 키즈 교육을 받고 자랐고, 부동산으로 재산을 불린 엄마와 강남지역의 고급 아파트에서 살았다. 규희는 당장 회사를 그만두더라도 가진 재산만 가지고도 생활할 수 있었다. 규희는 직장에서도 제법 잘나가는 축에 속했고, 세컨 잡으로 뛰고 있는 파워 블로그 활동이 만만찮은 수입을 가져다준다고 했다. 파워 블로그의 팔로워들을 그대로 옮겨 유튜브까지 시작했다고 했다. 구독자가 백만을 넘어가면서 광고가 붙고 수입이 더 늘었다.

"여기 오려고 남편이랑 대판 싸우고 아이들은 친정에 맡겨 놨어. 시댁에 고구마밭이 있는데 말이야."

유영이 남편과 시댁 이야기를 꺼내자 규희는 지루하게 지나간 명절이 떠올랐다. 엄마랑 둘이 보내는 명절은 실컷 늦잠을 자고 일어나 나물과 잡채에 밥을 먹었다. 음식은 엄마가 한 것이 아니라 아파트 상가 반찬 가게에서 사 온 것이었다. 식사 후에는 텔레비전에서 하는 뻔한 예능을 보면서 서로 눈을 마주치지 않았다. 친척을 찾거나 찾아올 누군가가 없이 지나가는 날이었고 무한히 길게 느껴지는 하루였다. 외롭다고 생각한 적은 없었다. 다른 사람이 가진 남편과 자식, 시댁 외에 규희는 다른 것을 가졌다. 규희는 약속이나 일을 잡아 명절날 나가곤 했다. 이번에도 규희는 명절 다음 날 파워 블로그에 홍보할 레스토랑과의 미팅을 잡았다.

"식사하고 밖에 있는 텐트에서 차 마시자."

규희가 말했다.

"내가 글램핑 카페 일 맡았을 때, 진짜 그게 가능한가 했는데. 근데, 네 덕에 일이 술술 풀리겠어. 오늘 고객한테 보여줄 샘플 촬영 충분하겠다. 나중에 내가 인테리어한 글램핑 카페 무료로 홍보해줄 거지? 네 블로그에."

유영은 규희가 시댁 이야기를 불편해하는 것 같아 다른 이야기를 꺼냈다. 유영은 이 계약을 따내려고 자료 조사에 여념이 없었다. TV에서 방영되고 있는 캠핑카부터, 마당에 텐트가쳐져 있는 제주도 펜션까지. 언택트 시대에 가족과 시간을 보내는데 캠핑만 한 것이 없었고 유행은 카페 인테리어에도 영향을 주었다.

"나는 사실 캠핑 싫어해. 손이 너무 많아 가. 음식도 다 준비해야 하고, 식구들 뒤치다꺼리할 생각하면 노동이지 힐링이아니야. 깔끔한 시트가 깔린 호텔이 최고지. 지난달에 간 D호텔 스위트룸 죽이더라."

유영이 말했다. 규희가 유영을 쳐다봤다.

"그래도, 맡은 일은 잘 해낼 거지?"

규희가 묻자 유영이 고개를 끄덕이며 멋쩍게 웃었다. 음식이 나왔다. 파스타와 샐러드, 스테이크와 리소토였다. 사진이선명하게 나올 디자인과 색감이었다. 유영이 포크로 샐러드를찍으려 하자 규희가 유영의 손을 쳤다. 유영은 포크를 떨어뜨렸다. 유영은 아차 싶어서 포크를 가지런히 정리했다. 매니저가 다가와서 음식 접시와 포크와 나이프를 다시 정리했다. 직원이 꽃 모양으로 접힌 냅킨을 접시 옆에 놓았다. 매니저가 신호를 보내자 다른 직원이 화병에 꽂힌 꽃을 들고 왔다. 옆 테이블 손님이 이 테이블을 넘어다봤다. 유영아 네 블라우스가 색감이 잘 안 나오네. 유영은 의자를 끌지 않으려고 슬쩍 밀고 일어났다. 프레임에서 유영이 빠지고 음식만 들어갔다. 문자 알림음이 울렸다. 방향을 바꿔가며 사진을 찍던 규희가 유영을 바라봤다. 다시 문자 알림음이 울렸다. 유영은 그제야 알아채고 자신의 휴대폰을 들여다봤다.

〈사모님 운이 좋으시네요. 전세 물건에 당첨되셨습니다.〉

유영은 문자를 보자 손가락이 떨렸다. 전세가 몇 배로 뛰고 전세 물건이 없었다. 전세 물건이 나오면 줄 서서 기다리던 사람들을 대상으로 추첨을 하기로 했다. 이번에 놓치고 나면 유영에게 언제 기회가 올지 모를 일이었다. 유영이 전세 살고 있던 집은 의무거주기간 때문에 집주인이 들어와서 산다고 했다. 전세 계약기간 만료도 얼마 남지 않은 상황이었다. 규희가 카메라 셔터를 눌렀다. 백 컷이나 천 컷을 찍어야 건질 수 있는 사진이 나온다고 했다. 음식이 식었네요. 규희의 목소리가 들릴 때야 유영은 레스토랑으로 정신이 돌아왔다. 유영은 허기졌는데 음식 냄새로 헛배를 채워 속이 느글거렸다.

유영은 음식을 허겁지겁 먹기 시작했다. 다시 문자 알림이 울렸다. 유영은 문자를 봤다. 또 부동산인가. 아니면 친정엄마일지도. 아이들이 엄마를 기다리며 아우성치고 있을지 모른다.

명절 다음 날 아이들을 두고 나간다며 친정엄마의 지청구를 듣고 나왔다. 유영과 싸운 남편은 친구들을 만나 저녁 늦게까지 술을 마실지 모른다. 유영은 휴대폰을 열었다가 규희가 올린 음식 사진을 보았다.

"유영이 너 무슨 일 있어? 왜 그렇게 식은땀을 흘려?"

규희가 물었다.

"잠깐, 나 남편한테 전화 좀 하고 올게."

유영이 자리에서 일어나다가 포크와 나이프를 떨어뜨렸다. 규희가 괜찮다는 손짓을 했다. 유영은 남편한테 전화를 걸었지만 받지 않았다. 계약금은 살던 집보다 한참 오른 금액이었다. 전세자금 대출도 한계에 다다라 있었다. 돈 나올 구멍이 없었다. 부동산에서 전화가 왔다.

"쉬는 날이라 은행이 열지 않아서요. 지금 약속이 있어서 나와 있는데, 집에 가서 컴퓨터로 이체할게요."

부동산에서는 서둘러달라고 했다. 오늘 중으로 입금되지 않을 경우, 다음 순번에 기회가 넘어간다고 말했다. 대기자가 여럿이라며 거드름을 피웠다. 유영은 기다리라고 큰소리를 치고 테이블로 돌아갔다. 레스토랑 밖에서 고구마 순들이 일제히 흔들리는 풍경이 보였다. 유영은 투덜거리며 자리에 앉았다.

"남편이 전화를 안 받네. 다정도 병이던 사람이, 콩깍지가 벗겨진 건가?"

규희가 입을 오물거렸다.

"생각보다 맛이 괜찮네. 맛있는 거 먹으면 기분이 좋아질
거야."

규희가 스테이크 한 조각을 입에 넣으며 말했다. 유영은
치즈가 덮인 파스타가 느끼했다. 유영은 규희에게 부탁을 해
볼까 하다가 고개를 저었다.

"더 필요한 거 있으십니까."

매니저가 다가와 규희를 보며 물었다. 규희 옆에 있는 유
영은 보이지 않는 것처럼 규희만을 바라봤다. 유영도 매니저
처럼 과한 미소를 지으며 규희를 봤다. 규희가 매니저에게는
눈길도 주지 않고 유영을 보며 눈으로 물었다. 왜?

"여기요. 사이다 좀 주세요."

유영이 말했다. 규희가 매니저를 바라봤다. 매니저가 물러
가고 나서 규희가 유영을 봤다. 규희는 유영을 한참 쳐다봤다.
유영은 사이다를 벌컥벌컥 마시고 잔을 소리 나게 내려놓았다.

"유영아 나한테 할 말 있어?"

유영은 뒷골이 뻐근하고 눈이 튀어나올 것 같은 게 차디찬
사이다를 한꺼번에 마셔서인지 규희에게 할 말을 못 해서인지
모르지만 무슨 말이든 해야 했다.

"오늘 받는 돈은 얼마야? 나 용돈 번다고 완전 신났잖아."

유영은 입이 떨어지지 않아 다른 말을 해놓고 속으로 한숨을 내쉬었다. 손이 떨려서 뭘 입에 넣는지도 모를 지경이었다. 남편은 왜 전화도 받지 않을까. 유영은 속이 타서 남편에게 문자를 남겼다.

"네 통장에 적당히 넣을게."

규희가 말했다. 유영의 휴대폰 문자 알림이 울렸다. 유영은 화들짝 놀라서 몸을 움찔했다.

"유영아, 왜 그렇게 놀라?"

규희가 웃으며 물었다. 유영은 괜찮다는 뜻으로 어깨를 으쓱했다. 유영은 화장실에 다녀오겠다며 자리에서 일어섰다.

유영은 규희를 동유럽 여행에서 만났다. 프라하에서 출발하는 패키지여행으로 부다페스트까지 돌고 오는 일정이었다. 남편이 주는 생일선물이었다. 유영과 규희는 프라하의 틴 성모 성당 앞에서 서로의 사진을 찍어주다가 안면을 텄다. 규희는 처음부터 거리를 두고 유영을 대했다. 패키지여행이라는 것이 식사할 때도 기차나 다른 것을 탈 때도 짝을 이루어서 해야 했다. 낯모르는 사람과 세트로 묶이느니 안면을 튼 또래 여자가 나왔다. 유영은 여행이 끝날 때까지 결혼한 것을 비밀로

했다. 규희가 선입관을 가지고 자신을 대하는 것을 원하지 않았기 때문이다. 또 여행이 끝나면 끝날 관계로 여겼기에 결혼한 것을 숨겼다. 동유럽의 고딕식 건축물을 감상하고 프라첼버거를 먹고, 체스키크롬로프의 붉은 지붕들을 건너다보면서 유영은 규희와 자매처럼 친해졌다. 빈의 상징인 슈테판 성당 앞에서 유영이 말했다.

"여긴 '슈테판'이라는 성씨가 우리나라 김 씨 같은 건가봐."

유영의 말에 규희가 허리를 잡고 웃고 나서 말했다.

"우리가 어떻게 이제야 만났을까. 우리 여행 끝나고도 계속 만나자."

마지막 날 밤, 둘은 한방에서 잠이 들었다. 그때 유영은 남편과 아이들에 대해서 털어놓았다. 너 가이드 꼬시려고 독신인 척 한 거지? 규희가 키득거리며 말했다. 그 가이드가 너한테 관심 있는 것 같더라. 유영은 아니라고 그럴 리 없다고 말하면서도 설레었다. 다시 싱글이 된 기분이 들었고 규희가 주는 유대감이 좋았다. 규희도 자신의 이야기를 했다. 규희는 이제껏 자기를 드러낸 적이 없다고 말했다. 아버지가 엄마를 떠난 후로 엄마의 뜻에 맞추어 살았다고. 엄마가 없는 세상은 상상할 수 없고 엄마의 의도대로 사는 게 자기의 행복이라고 했다. 결혼 따위는 생각하지 않는다고. 누구든 가까이하기 전에 거리를 두고 상대를 파악하라고 엄마가 가르쳐주었다고 말했다. 그래서 너에게도 거리를 두었지. 규희가 유영에게 속삭였다. 거리를 두다 보니 어떤 사람도 믿을 수 없었고, 미래를 꿈꿀 만큼 가까워지지 못했어. 유영과 규희는 침대에 나란히 누워 이야기를 나누다 잠이 들었다. 유영에게 일을 다시 시작해보라고 권한 것도 규희였다. 규희의 엄마가 규희에게 했던 충고는 오히려 유영에게 도움이 되었다. 유영은 어떻게든 규희의 마음을 얻어야겠다고 마음먹었다.

유영의 전화가 울렸다. 유영은 빈의 슈테판 성당에서 고구마밭이 펼쳐진 경기도 외곽으로 헤엄치듯 돌아왔다. 남편이었다. 유영은 전세 물건에 당첨되었으며 오늘 중으로 계약금을 입금해야 한다고 말했다.

"엄마한테 왔어. 고구마밭 옆이 신도시 부지로 선정되었다고 오늘 발표가 났거든. 작아서 팔아봐야 얼마 안 되겠지만 기다릴수록 오를 것 같아. 엄마는 안 팔려고 하는데, 계속 졸라볼게. 계약금은 그 돈 많은 친구한테 좀 빌려달라고 하면 안 되나?"

신도시 부지로 선정되었다는 말에 유영은 제자리에서 팔짝 뛰어올랐다. 유영의 예상과 달리 남편은 전세금을 구하러 시댁에 가 있었다. 역시 내 남편이야. 유영은 중얼거리며 시간을 확인했다. 고구마 봉지를 들고 서 있을 때 시어머니가 했던 말이 들리는 듯했다.

여기 옆으로 도로가 난다고도 하고, 뭐가 들어설 거라고 외지 사람들이 땅을 많이 샀다고 하더라. 나야, 농사짓는 게 좋다만은.

유영은 찢어질 것처럼 아픈 아랫배를 붙잡고 가만히 서서 듣고 있었다. 집값이 오를 때마다 가슴이 뛰고 식은땀이 났다. 전쟁이라도 나서 아파트가 다 무너져버리거나 지진으로 세상이 갈라져 사라지길 바랐다. 시어머니의 말을 듣자 유영의 눈앞에 무너졌던 아파트가 다시 세워졌고 지진으로 갈라진 땅이 단단해졌다. 그 땅을 꽉 채우며 자라고 있는 것은 고구마 줄기처럼 주렁주렁 달린 아파트였다. 유영은 열심히 고구마를 캤다. 고구마밭이 올라서 밭을 팔면 아파트를 살 수 있을지 모를 일이었다.

문자 알림이 울렸다.

〈부동산입니다. 계약금 입금할 계좌번호 보냅니다.〉

유영은 변기를 붙잡고 구토를 했다. 규희는 안 된다고 할지 몰라. 입을 헹구며 유영은 중얼거렸다. 다시 문자 알림이 울렸다. 보고 싶지 않았지만 확인했다. 규희였다. 레스토랑의 정원을 찍어 올린 사진이었다. 유영은 규희가 빤히 쳐다보면 입이 떨어지지 않았다. 그러나 이제 유영에게는 고구마밭이 있었다. 유영이 자리로 돌아가자 규희가 보이지 않았다. 유영이 눈으로 규희를 찾자 매니저가 다가와서 말했다.

"밖에 빈 텐트가 있나 보고, 먼저 가서 자리를 맡겠다고 하셨어요."

유영은 가방을 챙겼다.

"오늘 촬영은 잘 되었습니까."

매니저가 물었다.

"저야 뭐, 어시 해주고 운전해주러 온 거라 잘 모르죠. 근데, 이 레스토랑에 잘 온 것 같아요. SNS에서 본 그대로 멋진 곳이네요. 참, 규희 파워 블로그에 올라가면 대박 나는 거 아시죠? 전 나가서 규희 촬영 좀 더 도와줘야겠네요."

유영은 초록색 잔디가 깔리고 텐트가 쳐진 정원으로 나갔다. 유영은 육아로 경력이 단절된 지 8년째였다. 결혼과 출산 전 유영은 그쪽 업계에서 잘나가는 사람이었다. 그러나 출장이 잦고 퇴근 시간이 정해져 있지 않은 직업이었다. 둘째가 태어나고는 육아 휴직으로 버티다가 그만두었다. 대학 졸업 후 십 년 이상 다닌 회사였고, 유영이 국내에 수주한 사업과 해외에 체결한 계약으로 상당한 흑자를 낸 곳이었다. 유영은 전업 주부가 되면서 다시는 그 세계로 돌아갈 수 없을 거라고 생각 했다. 여행에서 만난 규희가 방향을 제시해주었다. 유영이 창 업지원을 받아 시작한 사업은 초기 단계였다. 인테리어 컨설 팅을 해주는 일이었다. 사무실을 내고 일을 시작하자마자 전 염병이 퍼졌다. 언택트 마케팅으로 옮겨가는 시점에 온라인에 갖춰진 인프라가 없었다. 사무실 임대료도 내기 어려웠고 따 냈던 공사도 모두 취소되었다. 한동안 오프라인 시장이 침체 기에 들어섰기에 인테리어를 할만한 업체를 찾기도 버거웠다. 문 닫을 즈음 도움을 준 사람이 규희였다. 유영은 규희의 엄마 가 가진 상가 중 한 곳을 인테리어 하기 시작했다. 유영이 인 테리어를 하면, 규희가 자신의 블로그에 올려 소개해주었다.

"오늘 여기까지 왔는데, 내 일은 하고 가야지."

규희가 다가와 말했다. 아이들이 뛰놀고 있었다. 유영은 아 이들을 보니 친정에 두고 온 아이들이 생각나 명치가 따끔했 다. 유영도 카메라를 들고 텐트를 찍기 시작했다. 정원에 설치 된 방식과 텐트 내부를 촬영했다. 텐트 안에는 커플들이 꼭 붙 어 앉아서 태블릿으로 영화를 보거나 담요를 덮고 차를 마시 고 있었다. 사진을 찍다가 규희를 찾았다.

규희가 정원의 끝에 있는 커다란 텐트 앞에서 손짓했다.

유영은 그곳으로 갔다. 텐트 안에는 테이블이 놓여 있었고 난로가 있었다. 유영은 시계를 봤다. 순식간에 두 시간이 지나 있었다. 차를 다 마시기 전에 규희에게 말해야 할 텐데. 유영의 속에서 불이 활활 타오르기 시작했다. 대형 텐트는 양쪽 벽면이 투명했고, 입구 쪽은 말아 올려져 있었다. 주변에 펼쳐진 고구마밭이 보였다. 유영은 시댁의 고구마밭이 떠올랐다. 유영은 고구마밭 이야기부터 꺼내 규희를 안심시킬 생각이었다.

〈엄마가 너도 좀 오래.〉

남편의 문자였다.

〈규희한테 계약금 이야기를 아직 못 꺼냈어. 좀 기다려봐.〉

유영은 답을 달았다. 문자 알림이 울릴 때마다 날카로운 글자가 살을 파고드는 기분이었다. 혹은 유영을 닦달하는 듯했다.

"어머니는 잘 계시지?"

유영이 물었다. 규희는 고개를 끄덕이며 엄마가 유영을 평가하는 방식을 떠올렸다. 규희의 엄마는 다른 사람을 믿지 말라고 했는데, 거기에는 남자도 여자도 포함되었다. 맞선 본 어떤 남자도 엄마의 마음에 차지 않았다. 재산이 기울거나 직업

이 기울거나 외모가 기울었다. 엄마는 데릴사위도 마땅찮아
했다. 남 보기 부끄럽다면서. 엄마는 규희가 친구를 사귈 때도
조심하고 거리를 두라고 했다. 그러나 규희에게는 친구가 필
요했다. 규희가 보기에 유영은 시기 질투를 하지 않아 감정에
휘둘릴 일이 없었고 일이 겹치지 않아서 경쟁할 일도 없었다.
규희는 유영에게 해줄 수 있는 만큼 최선을 다했다. 규희는 유
영을 도우려고 엄마에게 처음으로 부탁을 했다. 엄마는 마지
못해 들어주면서 선의를 베푼 것이 오히려 독이 되는 경우에
대해 말했다. 규희는 유영이 경제적으로 어렵지 않은 형편이
라고 두둔했다.

근데, 왜 너한테 도와달라고 하는데?

엄마의 물음에 규희는 입을 다물었다. 엄마가 사람을 대하
는 방식이 잘못된 것이라고, 그러니 엄마는 혼자이고 외로운
것이라고, 목구멍 안에서 평생 굴리던 말을 삼켰다.

빚을 떠안고 자멸하느니 서류를 갈라놓고 집이라도 지키자
고 제안한 것은 아버지였다. 아버지가 떠난 밤에 다른 여자 운
운하며 울던 사람은 엄마였다. 아버지가 버린 것이 아니었다.
엄마가 놓은 관계였다. 집값이 폭등하고 아버지가 찾아왔다.
한 번만 도와달라고, 같이 살아보자고, 빌던 아버지의 모습을

규희는 기억한다. 그게 아버지의 마지막 모습이었다.

"고구마밭에서 캠핑이라니."

규희가 말했다. 유영은 이때다 싶어서 고구마 이야기를 하려고 입을 달싹였다. 유영은 고구마를 캐던 순간을 떠올렸다. 푸르고 싱싱한 고구마 순을 뜯어내고 흙을 팠을 때 고구마는 보이지 않았다. 깊이 파 들어갈수록 고구마는 겨우 하나씩 얼굴을 드러냈다. 마치 유영과 규희의 관계처럼 팔수록 달라졌다. 규희가 나를 믿는구나, 안심하고 속을 털어놨을 때 느껴지는 거리감과 차가움은 유영을 움츠러들게 했다. 규희는 가난하고 힘든 사람들에게 쉽게 동조하지 않았다. 유영은 규희 앞에서 허세를 부려서라도 동등한 기분을 유지했다. 유영은 규희를 이해할 수 있는 점들을 떠올렸다. 규희의 옆에 계속 친구로 남을 이유를 만들기 위해서.

규희의 아버지가 엄마를 버린 것. 예민한 엄마의 곁을 지키려고 규희가 다른 사람을 못 만나는 것. 규희를 괴롭히는 보수성향의 직장 상사들과 말을 들어먹지 않는 부하직원들. 나이 들수록 궂은일을 다 처리해야 버틸 수 있는 규희의 직장 내 위치까지.

"시댁의 고구마밭 옆에 신도시가 들어선대."

유영이 폭탄 선언하듯 말했다. 유영은 텐트 옆에서 창창히 자라고 있는 고구마들을 손으로 가리켰다. 유영은 거들먹거리느라 어깨를 으쓱거렸다.

"대박. 로또 맞았네. 어쩐지 여기 올 때부터 고구마 고구마 하더라. 세상을 다 얻었구나. 남편 잘 만나서 여행도 자주 다니고 세상 부럽더니."

규희가 유영을 보며 말했다.

"사업도 초기 단계라 어려웠는데 한숨 돌리겠어."

유영이 계약금도 받지 못한 사업 이야기를 어필했다. 시공해준 업체마다 불만이 많았고 유지보수를 해주느라 돈을 버는 게 아니라 쏟아붓고 있었다. 사업에 계속 투자하느라 아파트 전세금 올려줄 돈도 없었다. 그래도 유영에게는 고구마밭이 있었다. 규희가 재빨리 검색해서 기사를 보며 물었다.

"몇 평이나 돼?"

유영이 뜸을 들이다가 대답했다.

"만 평 정도?"

규희가 입을 벌리고 탄성을 질렀다. 유영은 휴대폰 속 신문 기사가 아니라 시간을 확인했다. 시간이 흘러가고 있었다. 째깍째깍. 유영이 계약금을 입금해야 하는 시간이 다가오고 있었다.

"사실, 고구마밭을 팔면 넓은 평수로 옮겨가려고 전세 살고 있었거든."

유영은 말해놓고 의자 등받이에 등을 기댔다. 규희가 눈으로 다음 말을 재촉했다.

"오늘 전세 물건에 당첨되었다고 문자가 왔더라고. 한강 뷰인 전세가 갑자기 나왔다고 말이야. 대신 계약금을 오늘 안으로 입금해야 해. 오늘 아니면 다른 사람한테 기회가 간대. 남편은 시어머니한테 가 있으면서 나한테 빨리 오라고 하는대."

규희가 몸을 앞으로 숙이고 기사를 계속 읽었다.

"가봐야 하는 거 아니야? 근데, 얼마야?"

규희가 물었다. 규희는 유영이 레스토랑에 들어와서부터 내내 하고 싶었던 말이 이것이었구나 생각했다. 호텔은 스위트룸만 묵고 명품 가방만 들고 다니는 유영이 알아서 운전하겠다고 나섰을 때 의아했다. 유영은 전세 계약금이 부족하다고 말하는 태도도 비굴하지 않았다. 규희는 먼저 말을 꺼내야하나 잠시 고민했다. 규희는 직장에서 밀리고 있었다. 마흔이넘은 독신 여성이 설 자리는 단단하지 않았다. 규희는 직장에서 견딜 수 있는 기간을 길게는 3년, 짧게는 2년을 보았다. 파워 블로그 활동도 보여지는 것보다 수입이 많지 않았다. 유튜

브 조회수도 점점 하락 추세였다. 우리나라에서는 눈에 보이는 투자를 해야 하고 그것은 부동산이었다. 규희의 엄마는 부동산을 믿고 있었고 그 믿음은 언제나 기대에 부응했다. 유영이 규희에게 기회가 될지도 모른다. 규희는 주변에 펼쳐진 고구마밭을 둘러보았다. 만 평이면 이 정도보다 넓겠지. 유영의 중형 세단이 주차장에서 검게 빛나고 있었다.

"보증금이 부족해. 살던 집을 못 빼서 융통이 안 되네."

유영이 네일아트된 손을 펼쳐 보이며 여유 있게 대꾸했다.

"나한테 돈이 좀 있긴 해. 내가 사놓은 아파트 보증금을 올렸거든. 주식에 넣을까 하고 가지고 있던 돈이야."

규희가 말했다. 땅 담보가 확실하다면 큰 문제는 없을 것 같았다.

"대신 그쪽 개발되면 조합원에 넣어주면 좋겠어. 그쪽에도 투자 좀 해보게. 만 평이면 가능할 것 같은데. 어때?"

유영이 고개를 끄덕였다. 유영은 계좌번호를 규희의 문자로 보냈다. 규희는 고민했다. 엄마는 친구 사이의 돈거래는 관계를 깨는 거라고 했다. 규희의 엄마는 아파트나 상가를 규희에게 증여하지 않았다. 규희가 직장생활 하면서 푼푼이 모은 돈으로 전세를 업고 사놓은 집이었다. 집값이 오르면서 전세도 같이 뛰어서 규희에게 여유가 생겼을 뿐이었다. 규희는 유영처럼 하고 싶은 일 하면서 직장생활에 쫓기지 않고 살고 싶었다. 직장을 그만두고 유영이네 회사에 들어가서 공동 투자로 사업을 키우면 어떨까. 규희는 창창한 고구마밭처럼 성공한 여성 CEO의 모습을 그려보았다. 가슴이 일렁여서 앉아 있기 힘들었다. 규희의 휴대폰이 문자 알림을 보냈다.

〈몇 시에 들어올 거니?〉

규희는 엄마가 집 안에 앉아서도 자신의 딸이 뭘 하고 있는지 다 보고 있는 듯한 서늘한 기분에 휩싸였다. 규희는 눈앞에 앉아 있는 유영을 보았다.

딱 봐도 감이 떨어져. 십 년 전 유행했던 디자인이야.

엄마의 상가를 인테리어 해놨을 때 엄마가 팔짱을 끼고 푸념하던 모습이 떠올랐다.

"남편한테 자꾸 전화 온다. 우리 고구마밭 구경 갈래?"

규희의 마음을 읽은 것처럼 유영이 말했다. 규희도 가서 직접 보면 마음이 놓일 것 같았다. 규희가 흔쾌히 고개를 끄덕였다.

"가서 고구마 좀 같이 캐자. 어차피 신도시 들어서느라 개발되면 고구마도 못 캘 텐데. 아깝잖아. 어서 하자."

유영은 '가자', 라는 말을 '하자', 라고 해놓고 멍하니 서 있었다. 마음이 먼저 말했다. 시간은 아찔하게 지나가고 있었다. 유영은 자동차를 향해 뛰기 시작했다. 유영은 서두르느라 마시던 커피를 들고 탔다. 컵걸이를 찾다가 보조 좌석에 커피를 쏟았다. 유영은 휴지로 닦아내면서 시트의 비닐을 벗기지 않아 다행이라고 생각했다. 유영의 옆에 앉으려던 규희는 뒷좌석에 앉았다.

고구마밭으로 향하는 차 안에서 두 사람은 돈을 벌면 하고 싶은 것들을 이야기했다. 둘이 같이 떠나고 싶은 외국의 도시와 유명한 호텔들을 되뇌는 것만으로도 설레었다. 인테리어 컨설팅 업체 규모도 키워서 너랑 함께하면 좋겠다. 유영이 말했고 규희는 진심으로 제2의 인생 직업을 꿈꿨다. 규희는 투자의 기회를 쥐고 있는 유영에게 계속 땅에 관해 물었다. 규희는 고구마밭을 직접 보고 돈을 입금하려고 마음먹고 있었다. 출발하자마자 비가 내렸다. 비가 내리자 둘은 고구마를 캐려던 마음을 접었다. 빗속의 도로는 어두웠고 정체되었다. 고구마밭까지는 한 시간을 달려가야 했다.

"재산을 가지고 있으면서 사업을 하면 훨씬 여유로울 거야. 쉬고 싶으면 얼마든지 쉬고, 가족과 아이도 돌볼 수 있고. 규희 너는 좋아하는 책도 실컷 읽을 수 있잖아. 상가를 분양받으면 월세도 들지 않으니까. 1층에는 아까 본 레스토랑 겸 카페도 들일까."

유영이 말했다. 규희가 고개를 끄덕였다.

"유영이 너 이거 땀이야?"

규희가 물었다.

"아니야. 피부과 간 지가 좀 돼서 피지 분비가 많이 된 거
야."

유영은 대답하고 이마의 땀을 닦았다. 유영은 정체되는 길
때문에 몸이 타 버릴 것처럼 조급했다. 규희가 생각난 듯 말했
다.

"37.5도가 어떤 온도인 줄 알아? 사람과 사람 사이 관계의
온도래."

유영은 혼잣말처럼 중얼거렸다.

"사람 사이에 정해진 온도가 있나?"

유영을 종일 불러대던 문자 알림이 심장을 짓누르며 울렸
다.

"규희야, 계약금 빨리 입금해 달라는데. 계약금 좀 휴대폰
뱅킹으로 이체해주면 안 되겠니?"

유영이 문자를 확인하고 말했다. 들떠 있던 분위기가 일순
간 가라앉았다. 규희는 유영이 불안하게 손을 떠는 모습을 보
았다. 규희는 갚아야 할 빚을 갚지 않는 사람처럼 시달리는 기

분이었다. 부동산에서 전화가 오자 유영은 갓길에 차를 세웠다. 유영은 곧 입금할 거라고 통화하며 날카롭게 규희를 보았다. 규희는 엄마에게 전화해서 한 번쯤 물어보고 싶었다. 이런 투자가 있는데 미리 돈을 빌려주는 것이 맞는 것인지. 친구가 전세 계약금을 입금하지 못하면 이사 갈 집이 없는데, 도와주어야 하지 않겠는지. 휴대폰 거치대에 올려져 있는 유영의 휴대폰에 문자가 떴다.

〈유영아, 아버지 차 빨리 가지고 와라.〉

자신감에 차 있던 유영의 뒷모습이 늙고 초라해 보였다. 유영을 밝게 비추던 라이트가 서서히 꺼지면서 어둠에 잠겼다.

규희는 아버지가 떠나던 날, 아버지를 쫓아 나와 저 모습을 보았다. 운전석에 앉아 있는 아버지의 늙고 초라해 보이는 뒷모습이 어둠에 서서히 잠기던 모습. 그때 아버지를 잡았더라면 엄마가 가진 것이 줄어들었더라도 지금처럼 외로운 잣대로 사람들을 밀어내지는 않았을 것이다. 규희도 사람과 사람 사이에 놓여 있었을 것이고 아버지는 죽지 않았을 것이다.

규희는 돈을 이체했다.

유영은 규희가 입금한 돈을 확인했다. 유영은 아파트 전세 계약금을 이체하고 차 안의 라이트를 켰다. 온종일 땅을 판 것처럼 땀에 젖어 있던 유영은 보조 좌석 아래에 놓인 검은 봉지를 보았다. 시댁의 고구마밭에서 캔 고구마를 규희에게 주려고 가져온 것이었다. 규희와 규희의 엄마가 고구마를 구워 먹길 바라며 흙을 털고 씻었다. 유영이 줄 수 있는 진심을 검은 봉지에 담았다. 그러나 지금은 고구마 몇 알이 문제가 아니었다. 고구마밭으로 달려가야 했다. 유영은 시동을 걸었다. 남편에게 전화가 왔다. 유영은 블루투스로 받던 전화를 휴대폰으로 돌려서 받았다.

"고구마밭은 신도시에서 제외된대. 당신도 알지만 몇 평안 되잖아. 팔릴지도 모르겠어. 맹지라 보상에 포함된다는 보장이 없다고 하더라. 전세 보증금 올려주는 건 우리한테 무리야. 여보, 평수를 줄여서 이사 가자. 다른 지역으로 가던가. 계약금 입금한 거 아니지?"

휴대폰 속 목소리는 뒷자리에 앉아 있는 규희의 귀에도 똑똑히 들렸다. 유영은 규희가 계약금을 해결해주었으니 걱정하지 말라고 말하며 룸미러로 뒷자리에 앉은 규희를 보았다. 규희는 휴대폰을 들여다보고 있었다. 휴대폰 문자 알림이 와서 유영이 확인했다. 오늘 일당을 규희가 입금한 내용이었다.

규희는 유영과의 사이에서 적당한 온도를 유지하기 위해
무엇이든 감내하고 싶었다. 유영과의 사이에서는 엄마와 아버
지처럼 불편한 온도를 재현하고 싶지 않았다. 잠깐은 유영이
펼쳐놓은 화려한 미래에 들뜨기도 하면서.

온기를 느끼며 친구의 곁에 남고 싶었다.

유영과 규희는 고구마밭을 향해 어두운 도로를 달렸다.

화랑곡나방

철거 구역 빌라 단지 앞에 섰을 때, 검은 새가 날아가는 것이 보였다. 눈을 부릅뜨고 보니 새가 아니라 큼직한 나방이었다. 나는 마스크로 얼굴을 가렸다. 내 뒤에 용역들이 줄을 지어 섰다. 골목에 발을 들이던 나는 익숙한 풍경에 멈추어 섰다.

"여기서 기다려."

나는 뒤에 선 용역들에게 지시하고 골목 안으로 들어섰다. 고추에 털이 나기 시작하던 소년 시절의 내가 거기 있었다.

*

이불을 덮으면 세상이 다 가려졌다. 나는 이불 속에서 고추에 난 털을 쓸고 꼬았다가 풀고 잡아당겼다. 고추에 난 털을 만지작거리면서 엄마의 목덜미를 봤다. 엄마는 이불을 털고 일어나 스위치를 눌렀다. 아침인가 싶으면 밤이고 밤인가 싶으면 아침인 방 안에 형광 불빛이 환하게 빛났다.

엄마는 립스틱을 바르고 머리를 틀어 올렸다. 어깨에 쭉 찢어진 눈처럼 가느다란 칼자국이 보였다. 윽. 발기한 고추에서 털 하나가 뽑혀 나도 모르게 신음이 새어 나왔다. 엄마는 내 쪽으로 고개를 돌렸고 나는 재게 눈을 감았다.

아, 그 짓이라도 실컷 할 수 있었으면.

나는 천장에 점처럼 붙은 나방을 올려다보았다. 나방은 가만히 붙어 있는 것을 제일 잘했다. 꼼짝 안 하고 있는지 없는지 모르게 붙어 있으면서, 어디서 왔는지, 뭘 먹고 사는지, 왜 사는지 도통 알 수 없는 한심한 녀석이었다.

나는 무릎을 세워 이불로 텐트를 만들었다. 손놀림이 빨라질수록 숨이 거칠어졌다.

"이불에 안 묻게 싸라."

두루마리 휴지가 콧잔등을 때리고 바닥으로 길게 굴러갔다.

눈을 감았다가 떴을 뿐인데 배가 고팠다. 잠들기 전에 먹었던 라면 냄새가 코끝을 스쳤다. 땀이 밴 축축한 이불이 가랑이 사이에 착 감겨 있었다. 다리를 꽉 조였다 풀면서 이불을 걷어냈다. 꿈속에서 고추를 빨아줬던 여자 얼굴이 떠오르지 않아 피식 웃음이 났다. 소변을 누자 창자가 비어 허기졌다. 손을 바지에 문지르고 싱크대로 갔다. 라면 냄비가 입을 벌리고 있었다. 면은 퉁퉁 불어 있었고 국물이 말라붙어 냄비 테두리가 찌들어 있었다. 수챗구멍에 국물을 버리고 대충 물로 헹궈냈다. 물을 받아 가스레인지에 올리고 불을 댕겼다. 라면을 늘 넣어두었던 아래 칸을 열었다. 라면이 없었다. 위 칸에도 서랍에도 라면이 보이지 않았다. 냄비들과 빈 그릇들을 들췄다. 열 받은 내 머리처럼 물이 끓어올랐다. 씨발, 혼자 처먹는다고 숨겨놨나? 싱크대 아래 칸을 차례로 열다가 안쪽에 놓인 김치통을 끄집어냈다. 뚜껑 위에 하얗게 막이 끼어 있었다. 김치통 옆에 몸을 말고 붙어 있는 번데기들이 보였다. 번데기는 통 아래쪽까지 붙어 있었다. 눈을 크게 뜨고 봤더니 바닥을 기어가는 구더기가 보였다. 물컹하니 발바닥에 밟힌 구더기를 바닥에 문질러 뗐다. 구더기들은 작은 몸을 움직이며 어딘가로 향하고 있었다. 천장 쪽으로 기어가던 구더기들의 끝에는 나방들이 꼼짝하지 않고 붙어 있었다. 나는 김치통의 잠금쇠를 하나씩 풀었다. 손끝에 물컹한 이물감이 달라붙어 소름이 돋았다. 뚜껑을 열자 김치통 안에는 벌레가 가득 차 있었다. 원래 쌀통이었던 통 안이 쌀 반, 벌레 반이었고 벌레들은 끊임없이 꿈틀거렸다. 나는 입맛이 뚝 떨어져 벌레들 위에 침을 뱉었다. 내다 버리기도 귀찮아서 다시 뚜껑을 닫은 다음 있던 자리에 밀어 넣었다.

방바닥에 납작 누웠다. 천장에 점처럼 붙은 나방을 노려보다 보니 구더기도 견딜 만해졌다. 다시 배 속이 요동쳤다. 엄마의 화장대 서랍을 뒤졌다. 동전 하나 없었다. 삼십 분쯤 엄마를 기다리다가 비척비척 일어났다. 아, 배고파 뒤지겠네. 어딜 싸돌아다니느라 들어오지도 않아?

길고양이가 골목을 스치며 지나갔다. 나는 가로등 불빛을 피해 어둠이 내려앉은 자리를 골라 밟으며 엄마의 그림자를 찾았다. 음식점들이 즐비한 상가 거리에서 한 블록 들어오면 주택가였다. 골목의 집들은 대부분 불이 꺼져 있어 집이 잠들어 있는 것 같았다. 사방에 문이 있었다. 낮이면 깜짝 놀랄 만큼 많은 사람이 문을 열고 나왔다. 나는 낮이건 밤이건 거의 나가지 않으니까 대낮의 움직임은 소리로 감을 잡았다. 길옆의 문은 열려 있거나 허술하게 닫혀 있었다. 문을 열면 여러 개의 문과 창문이 있었다. 도시가스 배선과 전기선이 얼기설기 엉켜 있고 계량기가 문들의 숫자만큼 붙어 있었다.

여긴 도시의 하수구 같은 곳이야.

　엄마가 이 동네에 데리고 오면서 했던 말이 떠올랐다. 조선족과 필리핀, 베트남과 캄보디아사람, 한국으로 시집온 외국 여자들과 그녀들이 낳은 아이들이 산단다. 혼자 사는 노인들, 인생의 바닥에 떨어진 술 취한 사람들, 평생 월세를 벗어나지 못하는 하루 벌어 하루 먹고 사는 사람들이 길옆의 방을 하나씩 차지하고 살아. 동네 전체가 세 사는 사람들의 집이다. 건물의 벽에 난 문과, 무릎 높이에 난 창문이 보이지? 엄마는 꼭 남의 일처럼 말했다. 밥을 지어 먹고, 텔레비전을 들여다보고, 똥을 누고, 웃고, 악다구니 지르고, 서로의 몸을 더듬으며 그 짓을 하고, 새끼를 낳아 기르고, 열 받으면 두들겨 패고, 하루하루 살아가는 사람들이 이 안에 있단다. 우리는 쥐도 새도 모르게 이 사람들 속에 숨어 살 거야. 신분이 보장되지 않은 불법체류자들, 신용불량자들, 숨어야 할 이유가 있는 사람들 속에 섞여 있으면 그들은 우리를 찾지 못할 거야. 아빠가 우리를 찾으러 올지 모르니까 너무 멀리 가면 안 돼. 엄마가 나를 버리지 않고 달고 온 것에 감동하여 멍하니 서 있던 나는 무슨 말이든 보태고 싶었다. 이 골목에 숨으면 그들이 우리를 찾지 못해? 그러면 아빠는 어떻게 우리를 찾아내? 내 말에 엄마는 팔을 어루만졌다. 엄마의 팔에는 검은 양복들이 담배로 지져놓은 자국이 있었다. 어깨에는 칼로 그은 자국이 있었다. 칼자국을 만지작거리며 엄마가 말했다. 다 개소리고 월세가 제일 싸거든.

우리가 살 방은 이 골목의 제일 끝에 있었다.

골목을 따라 걷다 보니 슈퍼마켓이 나왔다. 노인이 혼자 앉아 있었다. 잡동사니가 쌓인 구석에서 텔레비전에 눈을 주며 껌처럼 붙어 있었다. 조용한 슈퍼 안과 골목으로 텔레비전 소리만 파편처럼 울렸다. 과자와 라면이 수북이 쌓여 있어서 괜히 가슴이 두근거렸다. 나는 라면 앞에 섰다. 몰래 하나 집어서 옆구리에 끼고 내달리고 싶었다. 나를 노려보는 노인의 눈알이 눈구멍에서 빠져나올 것 같았다. 라면 주세요. 돈은 엄마한테 받으시고요. 최대한 정중하게 말했다. 코끝에는 이미 라면 냄새가 스쳤다. 스낵류로 눈이 가는 걸 침을 삼키며 참았다.

"이 동네에 너 같은 놈팡이가 한둘인 줄 아냐? 외상 주기 시작했다가는 가겟세도 못 내 이 녀석아. 돈 없으면 썩 꺼져."

노인이 손을 휘저었다. 사납게 으르렁거리는 입에 더러운 침이 고였다가 튀었다. 개소리 집어치우고 빨리 꺼져. 나는 쫓겨나듯 슈퍼 밖으로 나와서 침을 뱉었다. 코딱지만 한 구멍가게에 불을 싸질러버리고 싶었다.

동네를 벗어나 한참 걸어가던 나는 건물 전체가 사라진 자리에서 발을 멈췄다. 우리 집이 있던 자리였다. 사 층 건물이 사라진 자리에는 깨진 콘크리트와 철근 조각이 뒹굴었다. 바닥은 아, 하고 입을 벌리고 있었다. 건물을 사들인 사람이 층수를 높여 새 빌라를 짓는다고 했다. 바닥이 한없이 깊어 보여, 그 안에 지나간 우리의 삶이 버젓이 들어 있을 것 같았다. 도시의 외곽이지만 번듯한 건물 사 층에, 해 잘 드는 방 세 칸짜리 집. 엄마가 아빠와 싸우고 나면 들어가서 울곤 하던 안방 화장실이 딸려 있던 곳. 학교에서 돌아와 텔레비전을 보고, 때론 지나가는 사람들의 머리 위에 몰래몰래 침을 뱉으며 거리를 내려다보던, 나의 일상이 다소곳이 돌아가던 곳. 아빠와 엄마가 나른하게 앉아 텔레비전을 보던 패브릭 소파. 엄마의 적당한 무관심에 눈 빠지게 게임을 할 수 있었던 내 컴퓨터가 있던 방. 하나씩 사라지다가 결국에 뿌리까지 뽑혀 빈 구덩이만 남은 우리의 집.

　구덩이 앞에 엄마가 쪼그리고 앉아 있었다.

　엄마도 나처럼 그때로 돌아가고 싶어 밤마다 이곳에 온 것이구나. 나는 엄마 옆에 나란히 앉아 구멍을 내려다보고 싶었다.

자리를 털고 일어난 엄마가 걷기 시작했다. 엄마를 따라 걷다 보니 지금 사는 집 근처 상가 골목이었다. 간판들이 현란한 빛을 내뿜었다. 일 층에는 음식점과 술집, 슈퍼, 중고품점, 옷가게, 부동산 등이 있었고 이 층에는 학원과 기도원, 교회, 유치원 등 되는 대로 간판을 걸고 있어 어수선했다. 말 그대로 이 동네는 쓰레기통이었다. 닥치는 대로 장사를 했다. 팔수 있는 거면 다 팔았다. 음식, 술, 옷, 여자, 몸. 다 팔아야 해서 밤이면 불빛이 요사스럽게 빛났다. 시인의 창(娼)이라는 뭘 파는지 알 수 없는 가게 앞에 섰다. 손수건만 한 창에서 뿜어져 나오는 붉은빛을 보고 서 있는 것만으로도, 고추에 난 털이 빳빳해졌다.

술집 간판이 늘어선 곳으로 걸음을 옮긴 엄마는 주위를 두리번거리며 뭔가를 찾았다. 불콰하게 술이 오른 남자들이 휘청휘청 걸어 다니며 가래를 뱉었다. 한 남자가 배시시 웃으며 엄마의 옷깃을 잡아당겼다. 엄마는 손가락 세 개를 폈다. 남자는 고개를 끄덕이고 지갑을 꺼내더니 엄마 앞에서 흔들었다. 남자는 엄마의 어깨에 손을 올리고 걷기 시작했다. 나는 남자의 뒤통수를 깨부수고 엄마를 구해주고 싶었다. 나는 쓰레기봉투를 받치고 있는 벽돌을 집어 들었다. 발소리를 죽이고 다가가 손끝에 힘을 실었다. 그때 엄마의 목소리가 들렸다.

"나는 개예요. 아무 데서나 잘해요."

손끝에서 힘이 빠져나갔다.

"씨발, 죽이는구먼."

엄마와 남자는 골목으로 빠져서 놀이터 쪽으로 걸었다.

이런, 좆 같은 엄마. 나는 걸음을 멈추고 침을 뱉었다. 엄마한테 얻어먹었던 라면 면발이 거꾸로 섰다. 붙어먹는 엄마한테 붙어사는 내가 한심해 발등에 벽돌을 던졌다. 반사적으로 발을 뒤로 빼 벽돌을 피했다. 똥 누는 자세로 주저앉았다. 내가 여자였으면 엄마 대신 그 짓을 하면 될 텐데. 나를 따먹으려고 일렬로 줄을 섰을 텐데. 나는 팔 수 있는 게 엄마밖에 없는 남자였다. 열여섯 먹은 남자는 고추에 털만 몇 개 났지 할 수 있는 게 없었다. 아르바이트를 하려고 해도 나이부터 물었다. 학교는 다니니? 그럼 나는 가출한 청소년 행세를 했다. 아버지가 술만 처먹으면 죽인다고 칼 들고 뛰어다녀서 집을 나왔어요. 그럼 열이면 열 모두 팔짱을 끼고 이렇게 말했다. 널 뭘 믿고 일을 맡기겠니? 엄마 젖 좀 더 먹고 와라. 그럼 나는 돌아서서 뇌까리는 것이다. 씨발, 좆이나 빠시던가.

나는 집에 돌아가서 이불이나 뒤집어쓸까 망설이다가 벽돌을 집었다. 고추에 난 털을 잡아당기는 것보다 엄마랑 남자가 그 짓 하는 게 더 재미있을 것 같았다. 엄마를 따라갔다. 놀이터 지하에 공용주차장이 있는 곳이었다. 엄마와 남자는 주차장 계단으로 갔다. 남자와 엄마가 엉겨 붙어 있더니 남자가 말했다. 씨발, 서자마자 죽었네. 개 같은 년. 네가 재수 없는 년이라 그래. 꺼져. 남자는 바지춤을 고쳐 입더니 엄마를 발로 찼다. 엄마는 배를 잡고 몸을 웅크렸다. 어디를 맞았는지 악, 소리도 못 냈다. 검은 양복들에게 당하는 엄마를 봤을 때처럼 눈이 뜨거웠다. 나는 벽돌을 흔들며 남자를 따라갔다. 으슥한 골목에서 남자의 뒤통수를 벽돌로 쳤다. 퍽. 골이 깨지는 소리가 났다. 골목이 흔들리게 큰 소리였는데 창문에 고개를 내밀고 보는 사람이 하나 없었다. 환장하게 더워서 창문이 모조리 열려 있었는데 말이다. 봉지가 터지듯 줄줄 피가 흘렀다. 쓰레기를 받치고 있던 벽돌이 쓰레기를 친 것이다. 나는 남자의 지갑을 꺼냈다. 개털이었다. 엄마가 받을 돈은 삼만 원? 그런데 고작 만 원짜리 한 장이 들어 있었다. 열 받아서 놈의 거시기를 걷어찼다. 남자의 주머니에서 묵직한 것이 흘러나왔다. 휴대폰이었다. 최신 스마트폰. 액정에 불이 들어와서 서둘러 전원을 껐다. 나는 주머니에 돈과 스마트폰을 찔러 넣고 뛰기 시작했다.

만 원으로 라면을 다섯 개 샀다. 남은 돈으로 소주를 살까 싶어 만지작거리다가 생수를 들고 가게를 나왔다. 라면 다섯 개를 한꺼번에 끓이자 물이 졸아붙었다. 익지 않은 면발이 퉁퉁 불었다. 라면을 목구멍에 몰아넣고 생수를 마셨다. 손이 부들부들 떨리고 구역질이 나왔다. 나는 개예요. 엄마가 했던 말이 불은 면발과 함께 꿀꺽 넘어갔다. 남자의 뒤통수를 터트렸을 때 흐르던 피가 라면 국물이 되어 졸아붙으면서 면발이 꿈틀거렸다.

"배 속에 거지가 들었냐? 작작 좀 처먹어. 뭘 그렇게 돼지처럼 처먹어?"

방으로 들어서던 엄마가 고개를 저었다. 엄마의 치맛자락에서 낯선 냄새가 풍겼다. 욱. 나는 입속으로 퍼 넣었던 면발을 냄비에 쏟아놓았다. 더러워서. 안 뺏어 먹어. 혼자 다 처먹어. 엄마는 투덜거리고 웃옷을 걷어 한쪽 가슴을 드러냈다. 젖꽃판에 선명한 이빨 자국이 있었다. 엄마는 싸구려 크림을 찍어 상처에 발랐다. 거울 속에 들어 있는 내 눈과 마주친 엄마가 농담처럼 말했다.

"지나가는 개한테 물렸어."

나는 젓가락을 집어 던지고 소리쳤다.

"어떤, 개새끼야?"

엄마는 배를 잡고 웃었다.

"그냥 좀 더럽게 생긴 개였어."

"내가 다 잡아 죽일 거야."

엄마의 어깨에 난 칼자국과 팔에 있는 담배 지진 자국, 가슴의 이빨 자국은 묘한 조화를 이루면서 내 속을 긁었다. 하루 세 끼 라면만 들어가던 뱃속이 달군 쇠젓가락을 삼킨 것처럼 따끔거렸다. 엄마는 씻지도 않고 죽은 듯이 잠이 들었다. 나는 엄마가 잠든 사이에 엄마의 치마를 들춰봤다. 허벅지와 종아리 여기저기에 멍이 있었다. 가슴을 들추려 하자 엄마의 손이 내 손을 툭 쳤다. 돌아누운 엄마는 앓는 소리를 하며 잠을 잤다.

매일 밤 엄마는 개에게 물려 왔다. 나는 엄마도 나도 멈추고 싶었다. 나는 잠이 오지 않아서 스마트폰을 하나씩 켰다. 수십 개의 스마트폰에 불이 들어오면서 불빛이 천장에 아른거렸다. 마치 수십 마리의 나방이 날갯짓을 하는 것처럼 천장에서 움직였다. 날아가. 날아가서 뭐든 나한테 불러와. 나는 파랗게 나부끼는 불빛을 보며 중얼거렸다.

찌익. 철문 열리는 소리가 들렸다. 어른 키 반만 한 문을 열면 몸을 벽에 붙이듯 옆으로 걸어야 하는 공간이 있고 몇 걸음 걸으면 우리 집 부엌문이었다. 엄마가 잠깐 나간 참이라 엄마겠지 싶었다. 나는 귀를 곧추세우고 이불을 콧등까지 끌어올렸다. 구두 소리가 들리는가 싶더니 부엌문이 열리고 노크 없이 방문이 활딱 열렸다. 그 기세에 문 옆에 붙어 있던 나방들이 놀라 날아올랐다. 나는 나방보다 먼저 놀랐다. 시커먼 남자 구두들이 방으로 들어왔다. 검은 양복들이 스위치를 누르자 형광등이 태양처럼 반짝이며 떠올랐다. 나한테는 다시 아침이었고 배가 고팠지만, 숨이 쉬어지지 않았다. 사내의 손이 내 목을 졸랐다. 눈앞에 칼이 왔다 갔다 했다. 엄마의 어깨를 그었던 칼이었다.

"상품에 스크래치 내지 마라."

옆에서 다른 사내가 으르렁거렸다. 상품? 내가?

"어떻게 찾았는지 궁금하지? 궁금할 거야."

사내가 내 목을 놨다. 존나 친절하다 그쟈? 사내는 켜져 있는 텔레비전 화면을 가리켰다. 뉴스가 나오고 있었는데 CCTV에 찍힌 내 모습이 흐릿하게 보였다. 어두운 골목 가로등 아래 나와 남자가 있었다. 폐쇄회로가 내가 하는 짓거리를 보여줬다. 내가 남자의 주머니를 뒤져 스마트폰을 챙기는 것까지. 놀이터에서 엄마랑 있던 남자는 아니었다. 그 일이 있고부터 나는 엄마가 밤 외출을 할 때마다 고양이처럼 따라 나갔다. 엄마는 발정 난 개처럼 아무 데서나 하고 다녔다. 저놈은 공중화장실에서 그 짓을 한 놈이었다. 엄마한테 돈을 준 놈이었다. 그런데 왜 쳤느냐고? 엄마한테 다른 걸 시켰기 때문이다. 역겨운 놈이라 침을 뱉어주었다.

"아가야, 삥치기는 흔해빠진 일이란다. 특히 이 동네에서는. 근데 스마트폰은 너보다 비싸거든. 너 팔아도 못 사니까 방송을 타는 거지. 게다가 병신같이 스마트폰을 켜서 위치를 들킨 거지."

사내가 이마를 훔치며 중얼거렸다. 나는 엄마가 돌아올까봐 걱정돼서 창밖에 귀를 기울였다. 이번에 이놈들한테 잡혀가면? 생각하기도 싫었다. 나는 잠들기 전에 스마트폰을 한꺼번에 켰던 것을 후회했다. 무엇이든 나타나 엄마의 그 짓을 끝낼 줄 알았지, 이들이 나타나 내가 먼저 죽을 것은 몰랐다.

엄마랑 나랑 열심히 숨어다닌 것은 이놈들이 아빠를 잡아간 다음이었다. 사채는 피를 타고 흐르지. 사내들은 엄마의 몸을 담뱃불로 지지면서 낄낄거렸었다. 나는 세상에서 돈이 제일 무서웠다. 엄마가 돌아오면 안 되는데.

"음. 음. 엄마 잡으러 온 거 아니니까. 걱정하지 말고. 너 생명보험 들어놓은 거 있던데. 아가 때 한꺼번에 완납하고 보장받는 거던데. 열다섯 번째 생일이 언제지?"

사내가 물었다.

"일주일 남았어요."

"너 일주일 있다가 죽으면 보험금 나온다더라. 그걸로 빚 갚자. 애들 생명보험은 만 열다섯 살이 넘어야 나온다고. 참, 나 어이없는 약관이지."

사내가 내 고추를 발로 짓이겼다. 불알이 터지는 줄 알았다. 벽돌이 있었으면 발을 뭉개버렸을 텐데. 오줌이 줄줄 나왔다.

"또 도망가라. 도망가서 잡히면, 네 엄마 싹 도려내버릴라니까. 네 아빠처럼."

사내의 칼이 배 위에서 동그라미를 그렸다. 칼끝에 피가 맺혀 있었다. 아빠의 피일까, 엄마의 피일까, 내 피일까. 나는 그 칼끝에서 나만의 종말을 보고 말았다.

"이건 이자로 챙겨 가마. 짜식, 많이도 모아놨네. 팔면 돈 좀 되겠네."

방을 헤집던 그들은 내가 모아놨던 스마트폰을 챙겨 갔다. 뉴스에서는 거액의 스마트폰 때문에 삑치기를 했다고 떠들었지만, 나한테는 엄마와 살을 섞은 사내들의 숫자를 헤아리기 위한 물건일 뿐이었다. 그들은 왔던 방식대로 우르르 몰려나갔다. 이 더위에 새까만 양복을 받쳐 입고 육수처럼 땀을 흘리는 꼴이라니. 역겨워서 토할 것 같았다. 사내들이 나가고 나서

나는 침을 뱉었다. 피가 섞여 나왔다. 나는 제자리를 찾아 얌
전히 붙어 있는 나방을 올려다보다가 밖으로 뛰어나갔다.

한밤중이면 닫혀 있던 문들이 열려 있었다. 없는 사람들
옷차림은 다들 거기서 거기였다. 걸레처럼 늘어진 티에다가
엉덩이가 튀어나온 반바지, 고무 슬리퍼. 누런 얼굴들이 돌아
다니는 골목은 뜻밖의 활기가 돌았다. 걸레 같은 옷들과 구분
되는 새까만 양복들이 골목의 중간쯤 걸어가고 있었다. 사람
들은 검은 양복들이 지나갈 때 그들과 눈이 마주칠까 봐 슬슬
피했다. 검은 양복들이 지나가고 나서야 길을 가며 수군거렸
다. 골목의 활기는 검은 양복들에 대한 긴장감에서 오는 것이
었다. 나는 우두커니 서서 하늘을 올려다보았다. 나방 몇 마리
가 날아다녔다. 눈을 크게 뜨고 봤더니 참새였다.

나는 검은 양복들을 향해 죽을 듯이 달렸다. 사방에 열린
문들이 지진이 난 것처럼 흔들렸다. 문이 하나씩 닫혔다. 나와
엄마가 검은 양복들을 피해 숨을 수 있는 문은 세상 어디에도
없었다. 아빠가 끌려가고 나서 엄마는 내 손을 잡고 친척 집을
돌아다녔다. 친척들은 문을 걸어 잠갔다. 자식 낳고 산 것도
아니고 어차피 남 아닌가? 재취 아녀. 친척들은 엄마의 면전
에 대고 말했다. 엄마 옆에 서 있는 나를 보고는 찜찜한 듯 입
맛을 다시고 몇 푼의 돈을 던져주었다. 우리 앞에는 단단히 걸

어 잠긴 문들만 있었다. 나는 엄마가 친척집 문 앞에 나를 던져놓고 갈까 봐 마음을 졸였다. 엄마는 닫힌 문 앞에 우두커니 서 있다가 내 손을 잡고 걸었다.

가난한 사람들이 하루 벌어 하루 먹는 이 동네가 우리를 지킬 거라고? 이 많은 문이 우리를 숨겨줄 거라고? 숨을 참고 달리면서 내 옆의 문들이 닫히는 걸 느꼈다.

사내들이 확 돌아섰다. 나는 다리가 얼어붙었다. 숨이 막혔다. 사내들은 더러운 땀을 흘리고 있었다. 바닥에 가래를 뱉고 내 얼굴을 노려봤다. 나는 벽돌로 사내들의 머리통을 박살 내는 상상을 했다. 퍽. 퍽. 폭죽처럼 경쾌한 소리와 흘러내리는 피를 생각하니 목소리가 나왔다.

"확실히… 해둘 게 있어서 왔어요. 정말 내가 죽으면 보험금으로 빚을 갚을 수 있는 거죠? 엄마를 괴롭히거나 잡아가지 않을 거죠?"

사내들은 입을 비틀면서 웃었다. 사내들은 씨발, 씨발 욕하며 가래를 뱉었다. 칼 쓰는 것 다음으로 가래 뱉는 일을 제일 잘하는 멍청이들처럼. 세 명 중 두 명이 나를 위협하러 다가왔다. 나는 슬금슬금 뒤로 물러났다. 그중 한 사내의 얼굴에는 칼자국이 있었다. 그 사내가 나한테 말했다.

"네가 계집애였으면 진작 팔아먹었을 텐데. 아니지. 지금이라도 호빠에 팔아먹을 수 있다는 걸 기억해라. 어린 사내 찾는 노인들 많다."

칼자국은 가래를 뱉었다.

"내가 약속하지. 대신 도망가지 말고, 네가 알아서 죽어야 한다. 우리 손 가면 보험금 안 나오니까. 알았냐?"

나는 정신없이 고개를 끄덕였다. 사내들은 겁먹은 내 모습을 비웃으며 돌아서서 걸어갔다. 폭염을 뚫고 서늘한 한기가 사내들의 뒷모습에서 흘러내렸다. 나는 이마의 땀을 닦았는데 땀이 비 오듯 쏟아졌다. 사내들의 모습이 골목 끝에서 사라질 때까지, 몸은 덜덜 떨리는데 땀이 나서 얼굴을 닦았다. 고개를 숙이자 땀방울이 바닥으로 떨어졌다. 내 발은 맨발이었다. 이 골목에서 나도 팔 수 있는 게 생겼다. 그것은 약관에 명시된, 내 미래였다.

열여섯 살은 돈 없는 부모가 얼마나 거지 같은지, 자신이 선 바닥에서 얼마나 올라갈 수 있고 올라갈 수 없는지 아는 나이다. 부모의 나이가 되면 십중팔구는 부모처럼 허덕이고 살게 되리라는 것을 알면서도, 참고 인내하는 법을 터득하는 나이다. 이룰 수 없는 꿈 따위로 눈을 가리고 착하디착하게 어른이 되려 한다. 그것이 보통의 미래를 꿈꾸는 열여섯 살이라면, 미래를 판 나한테 남은 건? 나는 이대로 죽는 게 억울했다. 그래서 종말의 그날까지 하루하루 악랄해지기로 했다. 평생 하려고 했던 짓거리를 다 해보기로 했다. 죽는 날까지 세상은 나를 중심으로 돌아가는 것이다. 이 동네의 각종 나라에서 온 인종들이 아니라, 나, 내가 들어가 있는 방, 내가 여는 문을 위해서 다른 문들과 사람들이 모인 것이다. 우선 나한테 필요한 건 칼이었다. 검은 양복들이 내 배 위에서 둥글게 돌리던 날카로운 칼 말이다. 접어서 주머니에 넣을 수 있는 간편한 거로. 폭죽처럼 뒤통수를 터트리는 벽돌이 있었지만, 주머니에 넣고 다니긴 무거웠다. 남자라면 칼 정도는 있어야 든든하지.

나는 손바닥만 한 칼을 구했다. 그걸 사려고 술 취한 얼간이들의 뒤통수를 다섯 명이나 터트려야 했다. 칼을 주머니에 넣고 거리로 나선 첫날, 음악이 들렸다. 생일은 오 일 앞으로 다가와 있었지만, 마음의 여유가 생겼다. 주머니에 손을 넣고 칼을 만지작거렸다. 엄마가 몸을 팔려고 헤매던 상가 거리의 음악사에서 들리는 음악이었다. 문득 더러운 골목이 환해졌다. 나는 그 음반을 갖고 싶었다. 시궁창에 어울리지 않는 소리였다. 이 거리에서 음식이나, 술이나, 여자라면 몰라도 팔려는 게 음악이라니.

유리 진열장 안에는 낡은 바이올린이 걸려 있었고 중년 여자가 꾸벅꾸벅 졸고 있었다. 나는 얼굴을 가리려고 모자를 썼다. 칼을 시험해볼 기회였다. 중년 여자는 칼을 보고 알아서 금고를 열어주었다. 칼은 기다렸다는 듯이 중년 여자의 살을 파고들었다. 죽이지는 않았다. 때려서 기절시키고 엄마의 팔에 난 무늬를 여자의 얼굴에 새겨줬다. 음악사 따위에는 아무도 관심이 없었기에 그 시간에 누구도 들어오지 않았다. 칼에 묻은 피를 여자의 옷에 닦았다. 나는 돈과 음반을 챙겨서 그곳을 나왔다. 죽음에 다가가는 하루가 지나가고 있었다. 돌아오는 길에 노인이 앉아 있는 슈퍼에 들렀다. 소주와 안줏거리를 챙겼다.

신분증.

노인은 겁도 없이 당당하게 요구했다. 노인한테 칼은 사용하지 않았다. 내 칼이 아까웠다. 그저 좀 만져주고 돈과 술을 챙긴 다음 슈퍼를 나왔다. 노인은 피를 줄줄 흘리면서 울고 있었다. 보잘것없는 물건들을 지키려다가 몸이 부서진 것이 안타까운 듯이. 놀이터에서 술을 마시면서 다음 날 하고 싶은 일을 생각했다. 그러다 깨달았다. 죽음으로 다가가는 하루가 지난 만큼 내가 더 악랄해졌다는 사실을. 경찰이 나를 잡지 못한 걸 보면 열여섯 살은 좋은 나이였다. 주머니에 손을 집어넣었다. 칼과 함께 음반이 들어 있었다. 나는 헛웃음을 터트리고 말았다. 음반이 있어도 들을 수 있는 기계가 없다는 생각이 퍼뜩 들어서였다. 스마트폰이 있으면 음반 따위 필요 없을 텐데, 라는 생각이 들어 자리를 털고 일어났다. 새벽 거리를 돌아다니다가 문 닫은 휴대폰 판매장을 봤다. 도망 다니기 시작하면서 엄마와 나에게는 휴대폰이 없었다. 스마트폰이 없는 열여섯 살을 상상해본 적 있는가? 머리에 총을 맞은 멍청이가 된 기분이다. 나는 아쉬운 대로 진열장에 벽돌을 던졌다. 가게 안에 들어가서 물건을 챙겨 나오는 데 걸린 시간은 십 초도 안 됐다. 팔 수 있는 물건이니까 챙길 수 있을 만큼 챙겼다. 악랄해질수록 세상은 점점 쉬워졌다.

"어딜 기어 다니다 인제 들어오냐?"

"알바 시작했어."

엄마가 바짝 다가앉았다. 엄마의 눈에 안도감이 스쳤다.

"영… 도망가버린 줄 알았다……."

나는 엄마의 손에 덥석 지폐를 쥐여주었다.

"내가 가긴 어딜 가."

엄마는 제법 수북한 지폐를 보더니 입을 다물었다.

"대학생인 척하고 들어간 거야. 주로 밤에 일하니까 새벽에나 들어올 거야. 내일 낮에 신용불량자들 개통해주는 데 가서 개통 좀 해 와. 일하는 데서 준 거야."

엄마는 고개를 끄덕이며 스마트폰을 받아 들었다. 엄마는 다 큰 어른을 바라보듯 나를 보았다. 그리고 어깨의 칼자국을 쓰다듬으며 덧붙였다.

"그 사람들한테 걸리지 않게 조심해."

나는 그 사람들보다, 스마트폰을 개통하다가 도난품인 것이 들통날까 봐 뜨끔했다. 엄마는 무슨 일을 하는지 더 묻지 않았다. 엄마는 돈을 세고 또 셌다. 나는 이 동네를 모두 털어다가 엄마한테 주고 싶었다. 엄마는 돌아누워 잠을 잤고 나는 이불 속에서 고추에 난 털을 만지작거렸다. 훔친 스마트폰을 어떻게 팔아먹어야 하나, 머리를 굴렸다. 길바닥에 서서 훔친 휴대폰을 사라고 흔들고 있을 수는 없는 노릇이었다. 인터넷에서 알아보더라도 내가 열여섯 살이라는 건 약점이 될 게 분명했다. 나는 고개를 흔들고 스마트폰 팔 궁리를 그만뒀다. 대신 다음번 할 일을 생각해 냈다. 고추 만지는 일로 시간을 써 버리기엔 나한테 남은 시간이 짧았다.

나는 친척들을 찾아갔다. 음악사에서 훔쳤던 음악과 같은 음악이 이어폰에서 들렸다. 다른 세상이 펼쳐진 것처럼 내가 딛고 선 길이 환했다. 어른들이 무섭지 않았다. 나와 엄마 앞

에서 문을 닫아걸었던 큰아버지, 작은아버지부터 사돈의 팔촌
까지 마주했다. 그들의 엄포는 음악에 가려져 들리지 않았다.

사채는 피를 타고 흐르죠.

나는 검은 양복들이 했던 말을 내뱉었다. 돈을 내놓지 않
으면 친척들 앞에서 내 몸에 상처를 냈다. 손등을 찌르거나 팔
을 긋거나. 친척들은 치를 떨었다.

"어디서 저런 독한 놈이 기어 나왔는지. 계모가 시키던?"

뒤통수에 침을 뱉고 말했다. 그들을 돌아보며 웃어줬다. 이
모든 것들은 검은 양복들에게서 배운 것이다. 아버지와 선생
님이 없으면 모두가 스승인 법이다. 친척 대부분은 돈을 주었
다. 다시는 오지 말라는 말과 함께. 검은 양복들 때처럼 친척
들 사이에 연락이 가서 문을 열어주지 않는 친척들이 있었다.
그들에게는 그들 자식의 이름과 학교를 댔다. 집에 없거나 없
는 척했던 사람들이 소스라쳐 문을 열었다. 한 바퀴 돌고 나서
돌아오는 길이었다.

이어폰에서가 아니라 상가에서 음악이 들렸다.

내가 훔친 음악이었다.

나는 악랄해지는 하루하루가 끝나지 않고 이어지면 어쩌
나, 종말이 오지 않으면 어쩌나, 더듬어보던 참이었다. 내가
털었던 음악사를 찾아 고개를 돌렸다. 중년 남자가 음악사에

앉아 있었다. 나는 유령을 본 것처럼 뒷걸음치며 도망쳤다. 노인이 앉아 있던 슈퍼에는 다른 노인이 앉아 있었다. 한 사람이 빠지면 다른 사람이 자리를 채운다는 것은 무서운 일이었다.

내가 종말을 맞아 사라진다 해도 엄마가 자유로울 수 있을까. 아빠가 사라진 자리를 엄마가 채웠고, 그다음은 나였는데. 내가 사라지면 다시 엄마가 그 자리를 채워야겠지. 엄마는 이 골목을 개처럼 떠돌며 아무 데서나 치마를 들어올려야 할 거야. 그 짓에, 그 짓에, 그 짓을 더해서 정말 개가 되겠지.

엄마는 끝내 벗어날 수 없겠지.

그래도 나는 미래를 팔아 돈을 남기고 죽어 없어져야겠지.

악랄한 짓을 아무리 해도 겁이 나지 않았는데, 그 순간 겁이 났다. 음악이 꺼졌다.

나는 뒷골목에 있는 다른 슈퍼로 가서 소주와 오징어를 주섬주섬 챙겼다. 만오천 원. 늙은 여자가 앉아 있었는데 신분증 따위를 요구하지 않았다. 돈을 주기 싫어서라기보다 청소년에게 술을 파는 어른이 있다는 게 배알이 꼬였다. 칼이 늙은 여자 앞에서 춤을 추었다. 머릿속이 해답을 찾은 것처럼 개운해졌다. 영문을 모르고 피를 흘리는 늙은 여자를 두고 나는 놀이터로 갔다. 늙은 여자는 죽지 않을 것이다.

놀이터에서는 귀찮은 일이 벌어지고 있었다. 교복 입은 여학생의 팬티를 세 놈이 벗기는 중이었다. 허리까지 긴 머리에 숨이 막히게 달라붙은 스커트를 입은 여자였다. 뜯어진 블라우스 깃 사이로 예쁜 젖가슴이 보였다. 비명을 지르지 못하게 한 놈이 여학생의 입을 틀어막고 다른 손을 누른 채였다. 또다른 녀석은 여학생의 가슴을 무릎으로 누르고 한쪽 팔과 다리를 짓이기고 있었다. 나머지 녀석이 팬티를 끄집어 내렸다. 여학생의 버둥거림이 들렸을 텐데, 주변의 창문은 오늘도 잠잠했다. 이 동네에서는 늘 일어나는 일이라는 듯이. 나는 들고 있던 봉지를 바닥에 내려놨다.

"우리 바쁘니까 꺼져. 이따 와서 떡 한번 치던가."

나한테 정의감 따위가 있을 리 없었다. 하루하루 악랄해지느라 바쁜 몸이니까.

한 번 더 악마가 되자.

나는 칼을 꺼내 가까이 있는 놈 다리를 찔렀다. 여학생의 가슴을 짓누르고 있던 녀석이었다. 싱싱한 피가 예쁜 가슴으로 튀었다. 노래하듯 비명이 들렸다. 다른 녀석이 나한테 덤벼들었지만 이미 두려움에 떨고 있는 게 느껴졌다. 사악한 거로 치면 다들 나보다 한 수 아래였다. 세 놈이 차례대로 도망가자 여학생은 이때다 싶어 죽을힘을 다해 달려갔다. 술맛이 떨어져서 나는 그 자리를 떴다. 여학생 때문에 경찰이 올 게 뻔했다. 종말을 향해 하루하루 악랄해지다가 마지막 날에는 이 골목을 폭발시켜버릴 것 같다는 생각에 헛웃음이 났다. 집에 가서 천장에 붙은 나방이나 세고 싶었다. 엄마 옆에서 이불 뒤집어쓰고 고추에 난 털을 꼬면서.

나방은 온종일 납작 붙어 있다가 아쉬운 듯 짝짓기를 했다. 희고 가느다란 구더기가 벽에서 천장으로 기어갔다. 나는 며칠째 집 밖에 나가지 않았다. 아침인지 밤인지 구별이 안 되는 집이라 종말이라는 시간도 오지 않을 것 같았다. 엄마는 내가 음악사에서 돈을 뜯어다 준 날부터 밤 외출을 끊었다. 내가 돈을 꺼내놓으면 어디서 났느냐고 묻지 않고 챙겨 갔다. 엄마는 볼일이 생각나 나갔다가도 금세 돌아와 내 옆에 누워 있었다.

또 한 마리의 구더기가 몸을 접었다 폈다 하면서 기어 나왔다. 엄마는 일어나서 나방을 눌러 잡다가 구더기가 나오는 곳으로 눈길을 돌렸다. 내가 스위치를 눌러 불을 켰다. 엄마와 나는 부엌 싱크대까지 구더기를 쫓아갔다. 라면을 찾다가 열어봤던 쌀통이었다. 나는 시침을 떼고 허옇게 막이 낀 쌀통을 내려다봤다. 쌀통을 열어본 엄마는 놀라서 도로 닫았다.

"화랑곡나방이야. 곡식에서 주로 생기는데…… 집에 밥 먹을 사람도 없는데 쌀이 있었네!"

벌레가 기어가는 것처럼 배 속이 울렁거렸다. 엄마는 냄비에 물을 올렸다. 나는 엄마가 이 집에 와서 한 번도 밥을 해준 적이 없다는 사실에 입술을 잘근거렸다. 나는 쌀통을 열었다. 하얀 쌀벌레가 바글바글하니 쌀을 완전히 덮고 있었다. 전에 봤을 때보다 몇 배로 수를 불려서 쌀통 전체가 거대한 벌레가 되어 꿈틀거렸다. 내가 쌀을 버리고 올게. 나는 쌀통 손잡이를 잡고 일어섰다. 묵직했다. 쌀통을 들고 집 밖으로 나와 음식쓰레기통을 찾았다. 음식쓰레기통은 썩는 냄새를 풍기며 창문 앞에 있었다. 음식쓰레기통에 버리면 사방으로 기어 다니다가 가까운 우리 집 창문으로 들어올 것 같았다. 나는 쌀통을 들고 골목을 계속 걸었다. 골목 끝에서 또 걸어 다른 골목까지 갔다.

나는 쌀통을 열었다. 쌀벌레들이 손을 타고 올라왔다. 소름 돋는 이물감에 손을 털고 벽에 문질렀다. 손톱 사이에 낀 쌀벌레를 튕겨냈다. 아, 씨발 죽을 날 받아놓은 놈이 별걱정을 다 하고 지랄이네. 나는 투덜거리며 쌀통을 엎었다. 벌레들이 뜨거운 길을 기어갔다.

어서 가서 나방이 되어라.

*

    서른 살의 나는, 골목 끝에서 발을 멈췄다. 고개를 돌리자 무릎 높이의 창문으로 집안이 보였다. 늙은 엄마가 라면을 먹고 있었다. 종말의 그날까지 라면을 먹기 위해 태어난 종족처럼, 슬픔도 증오도 수치심도 모두 배고픔에 녹아버린 듯 면을 빨아들이며, 허기를 채우고 있었다. 나는 무릎이 꺾여 창문 옆에 주저앉았다. 배가 고팠다.

    "기다리고 있었다."

    어느 틈에 눈치챘는지 엄마가 창문으로 손을 내밀었다.

    "라면 먹어라."

    방범창이 엄마와 나 사이를 가로막고 있었다. 나는 햇빛에 부신 눈을 감았다가 떴다. 음침한 어둠이 엄마의 몸을 잡아당기고 있었다. 나는 엄마한테 손을 내밀었다. 엄마의 손끝에서 화르르, 가루를 날리며 나방 한 마리가 날아올랐다.

감염의 온도, 37.5℃

황유지(문학평론가)

37.5℃는 정상체온의 범위이면서 감염체온의 경계이기도 하다. 내부에서 나를 지켜주는 적정 온도는 건강의 증거다. 그러면서 이 온도가 상승의 기운을 보일 때 우리는 무언가 이질적인 것, 내가 바깥의 무언가와 관계되어 있음을 새삼스레 안다. 박지음 작가가 관계의 적정 온도로 밝혀 적은 37.5℃(「관계의 온도」)는 말하자면 경계의 온도이다. 어떤 것들은 이 작가를 감염시키고 다시, 그의 쓰기는 독자를 감염시킨다. 이렇게 타자와의 관계란 사실적, 은유적으로 감염을 전제한다.

톨스토이는 이런 감염을 예술의 정의에 화두로 둔다. 예술은 자기가 경험한 감정을 타인에게 옮길 목적으로 재차 이를 자기 속에 불러일으켜 일정한 외면적 부호로 표현할 때 비롯된다는 그의 예술에 대한 정의는 다시 쓰자면 두.겹의 재현이다. 하나는 글쓰기에 앞서 작가의 내면에서 일어나는 사건의 복기, 기억이란 심급 차원에서 일어나는 재현인데 이때 작가는 대상에 대한 정서적 감염을 입는다. 그리고 그는 쓴다. 언어로 재현된 그것은 이제 독자에게 닿아 감염의 인자를 던진다. 이렇게 감염은 톨스토이를 따라 두 가지의 차원으로 볼 수도 있겠지만, 거기에 더해 우리는 작품 내부에서 일어나는 감염들까지도 생각해볼 수 있다. 박지음의 두 번째 소설집『관계의 온도』는 그런 다층적 감염의 수준에서 그 성취에 높게 다가가 있다.

문학으로의 진입과 발화의 과정이 감염으로 표현될 수 있다면 우리는 박지음의 '관계'를 감염의 차원에서 해석할 수 있다. 그런 면에서 작가가 그리는 인물들은 이런 감염에 종종 실패하기도 한다. 관계에 실패하는 인물들, 작가는 이들의 남루하기까지 한 생을 핍진하게 그려내며 관계의 불안, 사회의 불의와 같은 맥을 짚는다.

연두가 고시원 복도에 불을 질렀다는 이웃의 공격 앞에 연준은 연신 어린 동생을 감싼다(「내 이름은 뿌레야꼬」). 그러나 연준에게 새엄마이자 오직 하나뿐인 어른인 썸낭의 어눌한 한국어는 어떤 항의도 할 수 없는 '말할 수 없는 입'일 뿐이다. 사회는 '가난한, 이주, 여성, 노동자' 썸낭의 가족을 저 숱한 프레임 안에서 '오염된' 것으로 규정하고, '없는' 존재로 여기며, 가급적 그들이 '보이지 않기를' 요청한다. 주체라는 임의의 존재는 타자를 필요로 하지만 그들이 전면에 부각되는 것을 결코 원치 않는다. 그러면서 불편하고 불쾌한 일들을 그들의 몫으로 떨군다. 많은 이주 노동자들처럼 썸낭은 독한 화학 약품을 아무런 보호장구 없이 만지며 일한다. 그렇게 그의 신체는 존재와 함께 침해당하고 오염된다.

그런 썸낭이 낳은 아이 연두는 어쩌면 그것이 이 사회가 요청한 결과물이라는 듯 '말할 수 없는 자'로 태어났다. 그리고 이웃 남자 어른들의 성착취 대상이 된다. 그들은 아이스바 하나로 창문 안의 아이를 쉽사리 조종하고 그것을 동영상으로 찍는다. 그리고 그런 불법하고 불온한 찌꺼기들을 연준과 같은 아이들이 보고 자란다. 그러니까 연두의 발화(發火)는 발화(發話)였던 셈이다. 친절하던 어른이 연두를 가해한 범인이었지만 증거 불충분으로 일은 마무리되고 동네 사람들은 입 없는 이들, 오염된 이들이 삭제되기를 바란다.

그렇게 다시 떠나기 위해 다다른 기차역에서 그러나 썸낭은 기어이 연준을 유기한다. 폭력의 세계에 폭력의 싹을 돌려주는 일. 그것은 누적된 공포에 대한 저항으로 어떠한 관계마저도 부정하며 연준을 저 불의의 세계에 홀로 던져버리는 것이다. 영원한 소통 불가능성, 썸낭으로부터 받은 '뿌레야꼬'라는 낯선 이름처럼 연준은 기어이 어떤 관계로부터도 박탈당한다. 그리고 자신의 이름처럼 '행운'을 바라며 남쪽으로 옮겨가는 썸낭의 미래에 대해 우리는 또 다른 불행만을 예감하게 된다.

이때 우리는 소설 내부의 감염을 생각해볼 수 있다. 그러니까 이 세계에 감염되지 못한 채 영원한 타자성으로 남는 것들, 그들에게 적정 온도를 유지하는 관계란 요원한 일이다. 그런 사정은 「화랑곡나방」의 화자에게도 마찬가지다. 학교도 다니지 않고 방에 누워 야릇한 생각과 몽정 사이를 배회하던 열여섯의 '나'는 애초에 자신이 혐오스럽다. "도시의 하수구 같은"(267쪽) 구역에서 나방처럼 되는대로 알이나 까면서 사는 사람 중 하나, 그런 자식으로 태어난 것 같다. 새엄마는 골목에서 취객들을 상대로 몸을 판다. 아무 데서나 판다. 남자들은 재빨리 일을 치르고 자신을 향한 혐오인 듯 엄마에게 발길질하고 침을 뱉는다. 그러면 '나'는 그치에게 따라붙어 '삥치기'를 한다.

쌀을 넣어두는 밀폐용기에는 나방의 알이 가득하고 그것들은 변태를 거쳐 나방으로 변해 쓸모도 없이 집 천장에 찰싹 달라붙어 있다. '엄마'라는 표상이 아이를 먹이고 기르는 일련의 활동이 부재하는 자리에서 쌀을 먹고 잉태되는 것은 나방의 알뿐이다. 엄마가 '나'에게 밥을 해준 적이 없다는 사실, 어머니의 자리, 그것은 애초에 화자에게 삭제된 회복 불가의 구덩이다. 이때 '나'는 나방과 유사 존재가 된다. 그런 '잔여물'이라는 자기 인식은 끝내 혐오와 함께 존재의 부정에 닿는다. 타인을 향해 한없이 차갑고 자기를 향해 과열된 이 잉여의 온도는 적절한 관계 대신 응징과 폭력의 생산에 투여된다. 그래서 「오비랍토르」의 배달원 오의 분노 역시 어린 시절부터 꾹꾹 눌러왔던 적의의 온도가 마침내 임계점을 넘어선 결과물로 제출된다. 배달을 갔다가 지갑 도둑으로 몰렸던 일이 홍의 SNS에 게시되자 오는 악성댓글과 휴대전화 메시지 공격에 시달리게 되고 일하던 중국집에서 해고된다. 그리고 그는 홍을 주시한다. 오는 홍의 집에 침입하여 카메라를 설치하고 홍의 아이가 아끼는 오비랍토르 공룡모형을 가지고 나온다. 오는 누군가 소중히 여기는 물건을 여러 차례 훔쳐본 어린 시절의 경험으로 그런 것들이 사람들의 평안을 흩트릴 수 있다는 것을 안다. 그는 엄마의 부정과 주인집 식구들의 폭력 속에 자라온 시간을 새삼스레 끄집어올리며 그 응축된 분노를 홍에게 투사한다.

　오가 카메라로 훔쳐보는 홍의 일상은 온라인 커뮤니티에

전시되는 것과는 완전히 동떨어져 있다. 브로커를 통해 아이를 산 홍을 감싸고 흐르는 정념은 아무래도 불안이다. 특히, 임신과 출산의 경험을 가장 낯설고 친밀한 타자와의 관계 맺기라고 할 때 홍에게 그런 경험의 부재는 타인들과의 관계를 왜곡적으로 연결하고 끊어내는 온라인 커뮤니티, 즉 일종의 가상적 관계에 집착하는 병인으로 작동하고 있는 것이다.

타인의 소중한 것을 빼앗겠다는 살해의 욕망은 미수로 그치지만, 결국 응징을 목적으로 SNS에 올린 홍의 사진은 다시 오의 일상을 뺏고 만다. '알 도둑'이라는 뜻의 오비랍토르는 공룡이 알로 번식한다는 사실을 몰랐던 학자들의 오해가 빚은 오류이다. 알을 훔친 것이 아니라 제 알을 품고 있었음이 밝혀진 뒤에도 이 공룡은 언제까지나 알 도둑인 셈이다. 오가 훔친 것은 그러니까 타인의 무엇이 아닌 자신의 유년, 자신의 일상이었다. 이제 그 원한의 타나토스만이 오롯이 오의 것으로, 그것은 그를 자신으로부터 영구히 박탈하는 오비랍토르로 만들고 만다. 그런 뒤엉킴은 이 소설을 여러 겹의 알레고리로 에워싼다.

홍의 사정과 가장 멀리 위치한 인물은 어쩌면 딸의 신체를 대리해야 했던 「기요틴의 노래」 정은일 것이다. 장애인 딸이 투신 자살을 하자 충격으로 갑자기 걸을 수 없게 된 정은은 휠체어를 타고 남편의 도움을 받아 베트남 여행길에 오른다. 휠체어에 앉자 정은에게 낯선 눈길들이 따라붙는다. 휠체어를 타고 불편한 몸으로 굳이 왜 여기에 왔느냐는 시선은 '낯선' 몸들은 '여기에 있지 말라'는 혐오의 발화이다. 그런 시선 앞에서 정은은 딸과 한 몸이라고, 딸의 모든 것과 공명한다고 여겼던 자신의 오만을 알게 된다. 이런 인물에게 감염이란 내부로부터 비롯되는 것이다. 딸이 용변 실수를 했을 때 옷을 벗겨내고 몸을 씻기는 손길에 딸의 수치심에 대한 배려가 있었던가, 장애인 자식을 기르는 열혈 엄마이자 투사로 칭송받는 그 순간에 사이버 테러에 시달리는 딸의 심정을 상상했던가 하는 것들은 정은을 사후적으로 가해자에 위치시키는 냉엄한 자기 검열이다. 그래서 그는 자국민을 처단하기 위해 들여왔던 베트남의 '기요틴' 앞에서 비명을 듣는다.

사실 저 단칼로 내리쳐야 할 것은 다른 몸을 혐오로 뭉뚱그리는, 그것이 자신과 동일한 몸에서 비롯된 것임을 이 사회의 부분임을 거부하려는 자기 기만적 사회와 그 구성원(우리)들이다. 정은은 딸이 평생을 앉아 있었던 휠체어가 사회적, 정서적 차원에서 작동하는 또 하나의 기요틴이었음을 체현한다. 딸의 죽음은 사이버 테러에 더해 더없이 왜소해진 육체성의 파기가 사회적 타살임을 보여주는 서사 위로, 그럼에도 단죄된 것이 결국 장애인이란 당사자 한 사람뿐이라는 냉혹한 사실을 돌출시킨다. 이때 여행 내내 정은의 귀에 질기게 따라붙는 비명은 딸로 표상되는 어떤 이들의 발화, 울부짖음일 것이다.

어떤 감염은 시차를 두고 일어나기도 한다. 작가의 첫 번째 소설집 『네바 강가에서 우리는』에 수록된 「레드락」의 연작 격인 「세도나」에서, 소설가 '나'는 80년 광주에서 계엄군에 의해 유린되고 난자당한 소녀에 대해 칼럼을 쓰고 도망치다시피 온 애리조나 사막에서 인디언 소녀의 환영을 본다. 두렵기만 한 후폭풍 앞에서도 기어이 쓰고야 만 화자의 용단은 그 내용에 앞서 당사자성에 대해 공격받는다. 그리고 조카의 결혼식 피로연에서 마주한 한국인 남성이 계엄군의 일원이었음이 드러나며 소설은 또 다른 층위의 질문을 던진다. 그들은 누구인가? 그들에게 당사자성은 또 무엇인가? 집단의 폭력 앞에 방관했던 죄의식은 그들을 이국의 사막까지 도망치게 했음에도 미결의 역사는 여전히 그들을 사막에서 헤매게 한다.

먼 곳에서 마주한 '광주'는 다시 그곳이 인디언 학살의 땅이라는 사실과 포개진다. 무람없이 엉덩이를 까고 오줌을 누는 인디언 소녀의 천진함 속에서 기어이 마주하게 되는 것은 그런 소녀들의 유린당한 맨살, 자연으로서 살던 사람들의 소박한 삶이 아니던가. 소설가가 발화로써 불러온 역사적 관계는 '그날' 실종된 아버지들과 집으로 돌아가지 못한 소녀들을 잇는다. 거기에 덧대 또 다른 이유에서 '집으로 돌아갈 수 없는' 사람들을 부른다. 그들은 소설의 이후에 어쩌면 증언자로서 '돌아갈' 가능성을 얻게 될 것이다.

이런 유기적 회귀의 구조는 「너는 어디에서 살고 싶니」에서도 찾을 수 있는데, 이 소설의 제목은 작가가 첫 소설집에서 던진, '너는 누구이며, 어디에서 왔느냐'라는 물음의 변형태로 볼 수 있다. 화자가 외국인 선교사의 집 '딜쿠샤'를 복원하며 자신의 진짜 욕망과 마주하는 이 작품에서, 딜쿠샤 복원에 대한 욕망은 직업적인 성취 이전에 자신을 확인하고자 하는 자아 복원에 닿아 있다. 그런 집에 얽힌 따스했던 가족의 한때에 대한 엄마의 증언은 장소, 시간, 사람과 유기적으로 결합하며 한 존재를 과거로부터 온전히 존립시킨다. 그런 스위치백으로서의 과거는 현재로 그 에너지를 이전하며 화자의 긍정적 미래와 동시에 아버지에 대한 애도의 시작을 예감하게 한다.

「돌의 노래」역시 이런 물음의 연장선에 놓인다. 여순사건으로 어머니를 잃고 선교사 가족과 함께 미국으로 도망친 수잔은 여든이 되어서야 고향에 발 디딘다. 살기 위해 잊고 침묵하던 시간 동안 수잔으로 살면서도 끝내 순덕임을 잊지 않게 한 것은 엄마 순천댁이 건네준 돌멩이 하나였다. "인쟈 이 돌

이가 어매"(96쪽)란 말을 남기고 간첩이란 누명으로 참혹하게
불태워진 엄마 대신 돌멩이를 붙들고 살아왔을 순덕의 시간은
어떤 관계마저 차단한, 그래야만 했던 침묵과 함께 차가운 돌
멩이로 은유된다. 그러나 한국에 돌아와 끝내 마주한 가묘 앞
에서 그는 알게 된다. 그것은 함께 쌓이고 올려지는 무덤임을,
그것을 끝내 잊지 않을 다음 세대의 기약들을. 그제야 순덕은
어매였을 그 돌을, 자신의 온기로 따뜻해진 어매를 무더기 위
에 놓아주며 파도에 구르는 어매의 목소리를 듣는다. 이런 돌
들의 노래는 흔하고 무딘 그러나 단단하게 살아온 범인(凡人)
들의 전혀 사적이지 않은 발화이다. 이런 연대의 인식은 관계
의 온기와 함께 피어오르는 보다 오래가는 목소리일 것이다.

이렇게 시차를 둔 복원은 기억하기로부터 시작해 기록하
기로 나가는 작업이다. 기록한다는 것은 대상을 다시(re), 마음
에 두는(cord) 일이다. 리코딩은 그렇게 작가가 다시 무언가를
불러오는 일로부터 시작한다. 그래서 소설가는 역사적 과거에
그 녹음기를 들이대기도 하지만 자신의 내면을 향해 녹음 버
튼을 누르기도 한다. 「해안길을 따라가다 보면」은 「네바 강가
에서 우리는」(『네바 강가에서 우리는』)과 유사 모티브를 취하면서
도, 상트페테르부르크 네바강에 서 있던 '소설가'는 이제 울릉
도 해변에 서서 자신의 배낭 안을 들여다보고 있다(작품에 등장

하는 '소설가'는 다른 인물이지만, 해석의 관점에서 동일선상에 놓아도 무방해 보인다).

등단 후 별다른 성과를 내지 못한 소설가 지희는 녹취를 통해 소설을 기획한다. 그런 지희의 녹음은 사람들을 불편하게 만들기에 그는 몰래 배낭 속에서 녹음기를 켜곤 한다. 그러나 지희는 여행의 마지막 날 '용궁' 식당에서 자기 배낭 속에 꽁꽁 감추었던 상처를, 그 외면을 마주하면서 소설가로서 한 걸음 내디딜 가능성을 획득한다. 취기와 환상의 버무림 속에서 지희는 비로소 자신과 화해한 것이다. 기록자로의 정체성은 소설 쓰기 이전의 것으로, 소설 쓰기란 거기서 한 걸음 혹은 몇 걸음을 더 떼어놓는 일이라는 것을 깨달은 인물은 자기 내부에서의 일어섬과 화해로부터 이제 다음 차원의 감염을 예감하며 종국에 녹음기를 던져버릴 수 있는 것이다.

녹음 행위(re-cord)를 자의적으로 해석해서 끈(cord)에 새겨 가기 즉 끈을 잡고 따라가는 행위라고 한다면, 소설 쓰기는 차라리 이탈하기에 가깝다. 따라서 관계들을 쓰는 행위는 끊임없는 자리 바꿔치기를 시도하는데, 여기에서 '관계의 온도'는 발견된다. 이 아슬한 경계에 서 있는 유영은 규희와 여행에서 만나 적당히 서로를 감추며 지낸다(「관계의 온도」). 표면적으로 그들의 관계는 대치동 키즈로 자란 SNS 인플루언서이자 인기

유튜버 규희의 우위로 보인다. 경력단절의 유영에게 개인사업을 권한 것도, 일감을 준 것도 규희였다. 시어머니 소유의 고구마밭 재개발과 아버지의 고급 세단 같은 것들로 적당히 자신을 감추고 있는 유영은 소설이 진행되는 내내 규희에게 계약금을 빌리기 위해 눈치를 본다. 그러나 규희의 실상이란 오히려 위태로운 직장 내 위치와 어머니에 맞추느라 잃어버린 자신의 시간과 관계들로 불안정하기만 하다. 오히려 규희가 바라는 것은 화폐가치로 환산하지 않을 진정한 관계이다.

서로에 대한 적당한 오해, 이 편리하고 미지근한 온도는 사실상 감염을 일으키지 않는 의미에서 '적정 온도'이다. 그러나 결말에 이르러 규희는 고구마밭의 개발과는 무관하게 유영과 친구로 남기를 선택한다. 애초에 관계는 논리, 합리와 종종 결별하며 불쾌, 다툼과 같은 질병에 내던져지며 이룩되는 것임을 우리는 알고 있다. 그럼에도 나를 넘어 누군가에게 포함되려는 열기는 스스로를 폐쇄성에서 구출하며 결과의 부정성과는 상관없이 어떤 충위의 확장과 수용을 예감케 하는 것이다.

박지음은 계속해서 묻는다. 묻기 위해 경계를 밟고 지우며 자신을 향해 묻고 타자를 향해 묻는다. 그런 작가에게 글쓰기란, 엘렌 식수의 표현처럼 '타자의 경유지'로서 많은 것들을 삼키고 뱉는 감염의 과정에 놓이는 것으로 관계를 끊임

없이 의심하고 교란시키는 우글거리는 욕망의 발화일 것이다. 후속작이 전작의 흥행에 미치지 못한다는 소포모어 징크스 (sophomore jinx)는 이 작가에게는 통하지 않는 것 같다. 문학이 발생하는 지점과 작가의 사명 그 관계의 온도를 박지음은 알고 있다. 그는 이 지점, 37.5℃에서 출발하고 있다. 나를 지키면서도 조금씩 뜨거워질 가능성으로의 온도, 상승 중인 열기로서의 저 온도는 나와 외부의 경계에 서서 침투를 기다린다. 그리고 관계의 순간 우리는 서로에게 감염된다. 결국 모든 기록하기는 나에게로 회귀한다. 그것은 나에게로 돌아오기 위해 자기의 밖으로 나가 타자를 통과하는 변증법이다. 작가의 다음은 더 깊은 감염을 향하여 집을 나가고 돌아오고 다시 뛰쳐나갈 것임을 나는 믿는다.

작가의 말

이 소설들을 쓰는 동안 세상을 떠난 분들에게 안부를 전한다.

단편 「세도나」의 배경이었던 미국 애리조나주 세도나에서 만났던 분. 내게 직접 담근 김치를 선물해주신 분. 그날 사막의 레스토랑에서 그분과 광주 문제로 논쟁을 벌였다. 일 년 후 그분은 암으로 세상을 떠났다고 한다. 나는 그 소식을 이 소설집을 준비하던 지난가을에 전해 들었다.

나의 말이 아팠던가.

내내 가슴이 아렸다.

단편 「돌의 노래」는 한때 선교사로 한국에 왔던, 미국인 형부의 책상에 앉아서 쓴 이야기이다. 미국인 형부 존은 지난 여름 갑자기 세상을 떠나서 우리 가족을 슬프게 했다.

지난여름에 나는 존의 책상에 앉아 그를 애도하는 마음으로 이 소설을 썼다. 나는 존이 맞닥뜨렸을 한국의 내란(광주의 일)에 대해서 상상해보았다. 나는 존이 살아 있을 때, 그에게 자주 물었다. 당신은 그곳에서 무엇을 하였냐고. 그때마다 존은 '한국에게 부끄러운 일'이라는 표현을 썼고, 그때의 일을 묻는 내게 화를 냈다. 존이 겪은 일이 여순사건과 비슷할 것 같았다.

지난여름 나는, 존의 책상에 앉아 글을 쓰다가 밤을 새우곤 했다. 어느 밤에는 존이 젊은 시절 찍었다던 '그날의 광주' 사진을 찾아보았다. 나는 그 사진을 끝내 찾지 못했다. 대신 존이 한국에 있을 때의 모습을 발견했다. 그는 키가 큰 외국인 소년이었을 뿐이었다. 문득 존이 보냈던 문자가 떠올랐다. '나는 그때 어렸어요.'

그의 이름을 여기 남기며 나는 스스로에게 묻게 된다.

나는 그에게 친절한 가족이었던가.

존의 손을 잡아준 적이 있던가.

「화랑곡나방」은 서울예대에서 은퇴하신 박기동 교수님께서 돌아가시기 전에 따로 봐주신 마지막 소설이다. 나는 이 소설을 쓸 때, 인생에서 가장 힘든 시기를 보냈다. 너무 힘들어서 그분의 말이 들리지 않았는데, 그분이 고인이 된 후에 자꾸 그분의 말이 들린다. 이 소설을 퇴고하던 작년에는 그분의 육성이 들리는 듯했다. 부쩍 마른 몸으로 내게 오셔서 유언처럼 소설에 관해서 하셨던 말씀들. 한미한 재능에 열정뿐인 나를 지지해준 나의 사람들과 은사님들께 감사를 전한다. 나는 그분들께 부끄럽지 않은 글을 쓰기 위해 내 삶의 대부분을 소진했다.

나를 아는 모든 사람은 소설로 인해 나의 존재를 다시 인지하였다. 그 모든 관계가 나를 소설가로 살게 했다.

나를 아프게 하고 때론 위로하며 손잡아주던 내 사람들.

나는 언제나 환하게 웃지만 자주 옹졸해서 내게 내밀던 그 손들을 잡아주지 못했다.

그 손들을 오래 붙잡고 온기를 전하고 싶던 마음을 이 책에 담았다. 그러니 이 책을 읽는 당신은 내가 내민 손을 잡아주길……

2023년 1월 박지음

수록작품 발표지면

「내 이름은 뿌레야꼬」 …… 2022년 아르코 발표지원 선정작

「기요틴의 노래」 …… 『여행시절』(2021, 아시아) 수록작

「돌의 노래」 …… 미발표작

「메리의 집」 …… 《문장웹진》 2021년 9월호

「오비랍토르」 …… 2017년 월간 토마토문학상 수상작

「해안 길을 따라가다 보면」 …… 계간 《아시아》 2021년 겨울호

「세도나」 …… 계간 《아시아》 2022년 겨울호

「관계의 온도」 …… 미발표작

「화랑곡나방」 …… 《창작촌》 2015년 4호

관계의 온도

ⓒ 박지음

2023년 1월 31일 초판 1쇄 발행

지은이 박지음
펴낸이 김재범
인쇄·제책 굿에그커뮤니케이션
종이 한솔PNS
펴낸곳 (주)아시아
출판등록 2006년 1월 27일 제406-2006-000004호
주소 경기도 파주시 회동길 445
전화 031.944.5058
팩스 070.7611.2505
이메일 bookasia@hanmail.net

ISBN 979-11-5662-623-7 03810